塞纳河畔的无名少女

冯至 著

四川文艺出版社

图书在版编目（CIP）数据

塞纳河畔的无名少女/冯至著. —成都：四川文艺出版社，
2016.8
ISBN 978-7-5411-4403-5

Ⅰ．①塞… Ⅱ．①冯… Ⅲ．①散文集—中国—当代
Ⅳ．①I267

中国版本图书馆 CIP 数据核字（2016）第 187013 号

SAINAHEPANDEWUMINGSHAONÜ

塞纳河畔的无名少女

冯至 著

责任编辑	周 轶
封面设计	叶 茂
版式设计	史小燕
责任校对	王 冉
责任印制	崔 娜

出版发行　四川文艺出版社（成都市槐树街 2 号）
网　　址　www.scwys.com
电　　话　028-86259287（发行部）　　028-86259303（编辑部）
传　　真　028-86259306

邮购地址　成都市槐树街 2 号四川文艺出版社邮购部　610031
排　　版　四川胜翔数码印务设计有限公司
印　　刷　成都蜀通印务有限责任公司
成品尺寸　146 mm×210 mm　1/32
印　　张　9　　　　　　　字　数　170 千
版　　次　2017 年 5 月第一版　印　次　2017 年 5 月第一次印刷
书　　号　ISBN 978-7-5411-4403-5
定　　价　38.00 元

序

江口译翁（杨武能）

四川文艺出版社"就地取材"，抓身边的译翁帮它选编一套翻译家散文。译翁依法行事，目光首先对准自己亲近的师长和译界好友。不久后赴京出席恩师冯至的百年诞辰纪念会，从冯姚平师姐处争取到了选编出版冯至散文的授权，还顺便组了傅惟慈、李文俊、童道明、毕冰宾等几位译家的稿子。

众所周知，冯至老师被鲁迅先生誉为"中国最杰出的抒情诗人"，但他同时也是享誉海内外的学者、作家和翻译家。诗歌之后，他的散文创作同样成就斐然，许多名篇至今脍炙人口。记得 20 世纪 50 年代在重庆一中念高中，和同学们一起把语文课本里的《莫斯科》和《马铃薯甲虫与蜜橘》读得滚瓜烂熟，从此，克里姆林宫夜空中那颗美丽迷人的红星，便明灭闪烁在心海里，从少年到白头……

冯至散文选题名为《塞纳河畔的无名少女》，实际编选者兼责任编辑为周轶。他从分别问世于 20 世纪三四十年代和 80 年代的《山水》《东欧杂记》和《立斜阳集》三个集子中，精挑细选了近四十篇冯至散文的代表作，读者几可窥见大散文家冯至一生创作的全貌。

冯至老师早年留学德国并取得哲学博士学位，作为诗人则亲近译翁率先定义为"思想者文学"的德语文学，对"德国最伟大的诗人"歌德更是情有独钟，诗歌创作自然而然地融入了可视为德国文学本质特征的思辨性，所以享有"诗国哲人"的美誉。受此影响，他的散文随笔也诗意浓郁，哲理深邃。细细品味选作书名的《塞纳河畔的无名少女》这篇委婉动人的妙文，感到它既像散文又似小说，本质上却是一首耐人咀嚼的、意蕴绵长的叙事诗。[①]

除了诗意和哲理，笔者注意到老师的散文还有一个突出的特点，就是质朴平实却又含蓄深沉。叙事、状物如此，忆旅、怀人亦如此，轻言细语，娓娓道来，绝无虚夸、恣肆之态，高亢、震耳之声，一如老人家的行事为人，恰是他《〈山水〉后记》所展现的美学理想的贴切实践。这等朴实无华，不事夸张、虚饰的风格，给予阅读者隽永的享受，深刻的领悟，绝非喧嚣一时的所谓大散文可能达到的境界。

最后说说选集的内容和题材。得益于作者丰富的人生阅历，崇高的文坛地位，巨大的社会影响，《塞纳河畔的无名少女》中不少篇目都富有文学史和文化史的价值。特别是怀念故友杨晦、梁遇春、郁达夫、柯仲平的那些篇，不只情感真挚动人，作为史料也弥足珍贵。

2017 年 4 月　重庆东和春天

---

① 顺便提一句，翻译家兼戏剧家的童道明被《塞纳河畔的无名少女》深深打动，把它搬上了首都的话剧舞台，赢得了观众和评论界的赞誉。

目录

C君的来访

　　眼看着暑假又要过去一半，不禁想起去年此际的C君来访了。

　　C君是我中学的同学，在同学中仅仅剩下的一个唯一的朋友。六七年来他忘不了我，隔两三个月总有一封信寄来，述说他的生活并问及我的近况。后来竟接到他从南京天文台上来信，说是要利用暑假之便重访这久经阔别的故都；并没有什么事务，只是想减轻一些情感上的负担。——不单是这封信上，过去他也时常这样说：在那座古老的城圈里从儿时直到青年期的种种的痕迹想起来是怎样地亲切，是怎样地比外边的任何事物都要亲切呀。

　　同时，我也不能安宁了。我怎样去接待这位经过长久别离的老友呢？他还是十几岁时彼此什么话都说的中学同学吗？可是成了一个生疏的青年的天文学者？——无论怎样，我需要见他面的心情是非常迫切的。

　　就是夜里都有时从梦见C君的梦里醒来，终于盼到C君说是要到我的学校里来访我的那一天了。我在院中树阴下走来走去，顺着二门往外一望，心想C君不久就会从这里出现，——那费人寻思的C君，他到底变成什么样子呢？数年来我们好像都分头走着两条各不相谋的黑暗小道，虽说中途也有时略通消息，但其中所经过的隐微是彼此谁也不能深知的。今天想不到我们竟会相遇了。

我的心情真是复杂极了，当我最后叫一声他的名字，握住他的手的时候。

"你更高了。"这是他见我面时的第一句话。这使我无法回答，但是我心中欢喜。

走进屋里，他把我的一丈立方的小屋端详了一番，坐下说："北平的生活真是清静，就是你的小屋也好像是很舒适呢。"

"夜里耗子过于搅扰了。"

"比人总该好得多吧。"他从裤袋里取出一支烟来，我看着他吸烟的神情，我相信这位老朋友是有了一些"哲学"了。

"C，你几时吸上了烟？"

"同酒是一个时候。在秦淮河畔喝醉了酒，夜里被一辆洋车在坎坷不平的路上颠颠簸簸地拉回到天文台，那是常有的事。"

C君是一个很聪明的人。青年时却是很寂寞地过着。我陡然想起佐藤春夫的某一篇文章："离开了示巴女王的某君不是躲在楼上仰观星宿吗？"①

"朋友，你的话说得我怪是凄凉的。但一转想，我也觉得现在人生的唯一妙诀是'上穷碧落下黄泉'，上穷碧落是研究天

① 佐藤春夫：《黄昏的人》，周作人编译：《现代日本小说集》，第340页，1923。

文，下黄泉是弄地质。这两件事都同'人'不大发生关系，你整天在自己的小世界内挖一挖龙的骨头，或是拿望远镜望一望天上的星宿，那是不会有人管你的，你也落得把生命在一种近乎奇险的生活里消磨掉。我真羡慕'上穷碧落下黄泉'的科学家，我只恨我当初不该多念了几本文学书，满脑子里装了些空疏的概念，处处不能忘情，弄得尾大难掉，拖泥带水，想找一座清静的天文台看一看空中的奇象是不可能了。"

"我们的天文台又何尝是你所想象的那样美好呢，至今还没有一架仪器哩。"

C君说完这句话，似乎觉得我这小屋也不很舒适了，站起来说："一同到公园里去走一走吧。"

走到公园里正是夕阳西下的时候，他把他的眼光注射在公园里的种种上面，不知从那上边温习了旧，可还是发现了新。他不住地吸烟，口角之间表露出辛尼克①的微笑，他说：

"如今我们都能安安详详地坐在这里吸烟喝茶，谈些闲天，总算是有了'进步'了。你还记得吗，我们在中学时候对于一切是怎样地矫枉过直。出门因为不肯坐人力车总是步行，谈话时除了学术上或是社会上的问题外从来不知什么是谈天，公园一年未必来上几回；我从前对于旧礼俗的反抗曾经使全体的亲友目为败子，——如今呢，我这次回来，他们却都同样地欢迎

———————————

① 辛尼克，即英语 cynical（讽刺的）音译。

我，赞美我，说我比从前'进步'了。说真的，我也实在比从前'进步'了，烟也吸上了，酒也喝上了，从前无论如何也不肯去做的事如今先是委曲求全、后是司空见惯地也都做过了，朋友，你说，我是'进步'了吧？从他们的口中赢得了'进步'两个字，这真是我此次北来的意外收获。至于我这次的目的，却不在此。我是太想念北平了，我想同它再见一次面，为了许多值得回忆的地方。至于什么故宫啊、汤山啊、八达岭啊，我都没到过，我这次也想郑重地拜访一番。作一个总结束，再来就不知是何年何日了。"

C君还不到三十岁，怎么就有了这样的心情呢。我把话岔开，我说：

"你看，月亮升上来了，风怪凉的，我们一同喝杯啤酒吧。"

第二天，我们就分开了，各人的黑暗的小路还不得不继续着去走吧。眼看又是一年，自己是怎样走的都不能认识清楚，C君的我当然更是茫然了。只想起他那次的来访像是一幅淡色的画，一首低音的歌，在我的夏季时吹来了一缕秋风。

蒙古的歌

　　"蒙古是一个野兽，是无愉快的。石头是野兽，河水是野兽，就是那蝴蝶也想来咬人。"在一篇苏联的短篇小说里这样写着，读起来像是一首歌，一首唯一的蒙古的歌，正如古时鲜卑民族所唱的"天苍苍，野茫茫，风吹草低见牛羊"。

　　幻想在陌生的地方盘桓着。小学时候读地理，总以为青海是一片青色的死海，而蒙古只有黄色的旷野的荒沙。后来又听先生讲到沙漠上的幻洲，那的确很有趣味，不可不遭逢一次，骑着马或是骆驼，缠头，身披黄色的、红色的袍，手持长杖，这种憧憬不知怎么又转移到尼罗河畔的金字塔了。只可惜，经验与年岁俱增，自己的世界反倒日见狭窄。抱定志愿说是要到南北冰洋去探险的那样的童心，等到中学毕业时已经做梦都梦不起来了。正在那时，遇见一位会说蒙古话的朋友，引起我的好奇心，蒙古有什么故事传说之类的东西吗？他大约知道的也不多，说是有，但内容很简单。我自然不能满意他这抽象的回答，又问有诗歌没有，他只微微地笑了一笑，话题却说到蒙古人的生活上去了。——自此以后，我脑里所萦回的，也无非是些眼前切身的事，而所谓戈壁上的蒙古人会不会对着天空的幻洲唱出歌来的问题，再也无心想起了。虽然班禅喇嘛曾来北京，同时中山先生正住协和医院，印象最深的是那年南北池子的大街上对将来抱着无穷希望的青年和求班禅喇嘛摩顶祈福的蒙古人骤然同样地膨胀起来，但他们却泾渭分流，彼此从不曾互相注意过。后来又有某博士的蒙古旅行，也曾使我有一度的神往，但不过只是一度而已。

可是后来偶然在一个晚餐席上我却听见蒙古的歌了。那是在 H 埠，我在一本诗里写过的，阴沉的 H 埠。地近寒带，冬天的路上结着很厚的冰，许多不大熟识的人聚在一家饭店里；我当时好像患着怀乡病，溷在中间，并不曾沉入人群的狂欢，只不缓不快地掰香蕉、喝酒、吃菜，在我低着头的面前时时涌现出一个圆圈里的境界。圆圈外笑语同筷子正在一样地纷乱着，忽然桌子一拍，含笑的主人立起来了：今晚不是容易的事，大家会在一起。席上的客人有的来自贝加尔湖畔，有的鸭绿江的那边，还有富士山，就是我们本国的也不都是一省。明天说不定就人各一方。说到这里他举起酒杯，接续着说，请大家留个纪念在今晚的席上。

片时的静默。一个活泼的东洋人首先起立了，唱的据说是他的国歌。随后是广东戏、昆曲，还有伴着胡琴的皮簧，在你谦我让的中间，一个矮而胖的俄国人说话了，用纯熟的中国语：

"诸位！这里，关于俄国的歌，大家一定听得很不少了，在街上，在公园，在咖啡店。我今晚要唱一首异乡的歌，愿得主人的允许。"

大家都很惊讶，是什么呢？

"蒙古歌。"

出乎意外，一片鼓掌的声音。

不过是新鲜罢了，意义也不懂，声音也很沉闷，比起《四郎探母》《空城计》来，太不能使听众陶醉了。但都很注意地听，不过是新鲜罢了。

催眠歌似的，没有抑扬高下，使人如置身于黄土的路上，看不见山，看不见水，看不见树木，只有过了一程又一程的黄土。是的，在这歌里，霞都不会红，天也不会青，——是一个迟钝的人在叙说他迟钝的身世。歌中自然也有转折，无论往哪边转也转不出它那昏黄的天地。

唱歌人的态度却是严肃的。

这样的歌，在那"大漠孤烟直，长河落日圆"的境界里，似乎太不生色了。但如果是白日无光，冷风凄凄地吹着的下午，从一个孤孤单单的帐篷里发出来这个声音，也未必不相称吧。——什么事都是因缘，谁想得到呢，这沙漠里的一朵灰色的花，向来不大有人采摘的，也会有今日飘落在光明的电灯光下，洁白的桌布上面，而它的声浪吻着两旁陈列着的西方的雕像。

唱歌的人态度始终是很严肃的。

席散后，我却没有放松这位唱蒙古歌的俄国人。我们在披外套的时候，我请求他，能够一起出去散一散步吗？他说可以，我们便从这热腾腾的屋里走出来了。我们到了清冷的夜的空气中，感谢的很呢，使我今天听见了这个奇怪的歌。他说并不奇怪，他的故乡是恰克图，同蒙古人做买卖的他的同乡们差不多都会唱这样的歌。

"但是，什么意义呢？"

"意义是很悲哀的，他们的马死了，他们在荒原里埋葬这匹马，围着死马哭泣：老人说，亲爱的儿子，你不等我你就死去了；壮年说，弟弟呀你再也不同我一起打猎了；小孩子叫声叔叔，几时才能驮我上库伦呢；最后来了一个妙龄的女子，她哭它像是哭她的爱人。"

"就意义说，这是一首很好的哀歌呀，真想不到他们也有这样好的歌。但是声调怎么这样沉闷呢？我只觉得蒙古是一个野兽，无愉快的。就是蝴蝶也想咬人呢。像你们的一位作家所说的一样。"

俄国人似乎是在笑我幼稚，他说：

"那不过是片面的观察罢了。什么地方没有好的歌呢。无论什么地方的人都有少男少女的心呀。不过我们文明人总爱用感情来传染人，像一种病似的。至于那鲁钝而又朴质的蒙古人，他们把他们的爱情与悲哀害羞似的紧紧地抱着，从生抱到死，我们是不大容易了解，不大容易发现的。"

夜里非常冷，我们并不很和谐地在街上走着。他的话我也不愿意加以可否，一直走到江滨，两人都不约而同地深深吸了一口气。

　　不久我就离开了 H 埠，那夜的俄国人，那夜的蒙古歌，似乎早已忘记，两年后的今日，偶然读到一篇讲蒙古故事的短文，不觉又萦绕心臆了。

赤塔以西
—— 一段通信

夜二时。

一片声音，是赤塔的车站。

赤塔，是一个宏壮的名字。虽说是译音，却使人觉得像是一座赤色的塔，高高地耸立在西伯利亚的原野，风的，雪的，夜的中间。我躺在床上，不能走下车去，瞻仰瞻仰这想象中的名城——至少在现代的历史上它也抵得住一个小的莫斯科了。

只能看见的是在西伯利亚难于看见的窗外辉煌的灯光。

只能听到的是在中国难于听到的，仿佛是在苏联所特有的声音：严肃，沉重，艰苦……

这样过了二十分钟，车开了。

天明醒来，窗外已经不是昨天。昨天由满洲里走入苏境，只有一望无边的荒草：没有田，没有人家，没有坟墓；沿着铁路几条电线在那儿冷冷清清地传布着人间热闹的消息，剩下的只是走不完的荒草。今天，已经不是昨天。白杨、赤杨、榆树、各样松柏一类的常青树，有的很高，有的小学生一般排成队依附在大树的旁边。血红的、阴绿的、焦黄的、色彩斑斓的叶子，没有风也是响着、飞舞着。很少行人，也少牲畜，令人想到原始的世界。色彩太鲜艳了，停车坐爱枫林晚，在这里车却无须停，因为这伟大的、很少经人道破的、美丽的树林是一望无有边涯的。

走下床来，遇见车上的人，也不是昨天。昨天彼此都是生疏的，互相矜持的陌生人，今天一见面，不知怎么就有如世代的旧邻了。隔壁的德国牧师第一句的"早晨好"，听着就好像十分耳熟。一个苏联的大学生也含笑用德国话问我，"你到哪里去?"我说到德国。"读书吗?""是的。""学什么呢?""学文学和哲学。"——大学生听了这句话，眼睛瞪得圆圆的，精神兴奋了，"学哲学? 哲学，应该到我们的国里来学，我国里产生过世界最伟大的哲学家——列宁。"

他不提柏拉图，不提康德，而认为列宁是"世界最伟大的哲学家"，我听着有些愕然，但同时又仿佛感到一个新的世界观正在开始。静默了片刻，他也好像看出我的愕然，面貌变为谦虚，把话题转到另一个方向——

"其实，我们的哲学，文学，都还年轻，尤其是工业。但是我们要工作。"他用手指着一幅贴在车上的宣传画，说，"你看，这个大人脚底下许多东西都破坏了，这都是外国货，我们不要;你看这个人手中捧的是什么——是机械，我们只要外国的机械。我们国内现在已经有许多工厂了，我们只要用外国的机械制造我们的国货。许多外国的学者、技师，我们都出重价请他们来，我们自己吃黑面包，给他们白面包，我们穿破衣裳，他们穿好衣裳——但是，他们为我们工作。"

这时大学生的母亲立在一旁望着她的儿子，很满意地笑着。

这时牧师望着窗外久已没有钟声了的礼拜堂，向我们另外一个旅伴发着感慨："十九年前，我也从西伯利亚走过，绝不是现在这样荒凉，那时沿路都有卖东西的，车站上也很洁净。现在呢，一个鸡蛋要三十戈比，合中国钱六角。你看，这些小孩子，见人就知道要香烟，用两根手指在嘴唇上比着，多么卑下！"

母亲的手中拿着一卷杂志一类的东西，大学生孩子似的从她手中抢来，给我看，"这是我母亲正在读的一本小说，Erberg 写的，作者在中国住过，里边写的是贵国的一位共产党员彭湃的故事，——你知道这个人吗？"

"我听到过这个名字——里边写的是什么呢？"

"里边有一段说中国的一个将军有八个太太，真的吗？"

我还没有回答，他接着说下去：

"贵国还在内战吗？你是哪一党？贵国革命有多少年了？1911？——我们是1917，我们现在要好好地建设了，我们现在很苦，可是将来要同美国比赛比赛呢。不过我们的朋友还是中国，我们是要携手的。今年的长沙——"

牧师特别锐敏地听到"长沙"两个字，他插嘴了，我渐渐退出来，处在旁听的地位。

牧师说："长沙，你不要提长沙了，我在那里住过十九年，我才从长沙来。共产党除了杀人放火外，没有一点爱。"

大学生微笑着，"战争是特殊的情形，你们德国人在法国又何尝不如此呢。——你念过列宁的书吗？你如果念过他的书，我管保你不替基督说教了。"

"基督教我们爱，不教我们恨。我们牧师有什么坏呢？我们不饮酒，不吸烟，我们省下钱周济穷苦的人。"

"我们是教穷苦的人也能够饮酒，吸烟，而不受人周济。"

谈话止于此。午饭的时刻到了。

饭后一觉醒来，日已西斜，人人都倚着车窗，我在期待着贝加尔湖。

牧师的儿女们跑来跑去。每到一站牧师太大就说这样的话："看这街道，看这房子，有多么脏啊；车站上怎么有这样多女子做工呢，俄国的男人都到哪里去了？"

我拉住了一个小孩子，我问他许多话。他说，他们住在长沙，住在很好的房子里，七个仆人，四条狗，他姊姊有男朋友，他有女朋友。这次是爸爸送他们回国。我说，你们都是兄弟姊妹吗？"不都是，史密特不是。"他把另一个男孩子指给我。

"你的父母呢？"我拉过史密特的小手。

他歪着头待了许久。"爸爸——，长——沙——；妈——妈——，汉口——"

"你为什么回德国呢？"

他只是歪着头。

"你离开父母时，哭了吗？"

他只是歪着头。

牧师含笑走来了。"这些孩子们，我把他们送回德国去，送到福音堂的教养院里，我就不再管他们了。"

"还回中国吗？"

"还回中国，同我的太太，在3月后。"

"孩子们呢？"

"放在教养院里。"

总是笑着的牧师的脸上现在有些黯然了，"先生，这是怎样一个时代呀，今年夏天的长沙，你在报纸上也读到了吧？将来的世界还要大乱，人们更要受苦，共产党和资本家更要争斗，我把孩子们安排好，我们信上帝的人就有福了。"

"怎么？"

"先进天堂。"

我几乎要打一个冷战。小孩子这时嚷起来了："真好看！真好看！"

原来黄昏已近，贝加尔湖在我们面前了。

塞纳河畔的无名少女

修道院楼上的窗子总是关闭着。但是有一天例外，其中的一只窗子开了。窗内现出一个少女。

巴黎在那时就是世界的名城：学术的讲演，市场的争逐，政治的会议……从早到晚，没有停息。这个少女在窗边，只是微笑着，宁静地低着头，看那广漠的人间；她不知下边为什么这样繁华。她正如百年才开一次的奇花，她不知道在这百年内年年开落的桃李们做了些什么匆忙的事。

这时从热闹场中走出一个人来，他正在想为神做一件工作。他想雕一个天使，放在礼拜堂里的神的身边。他曾经悬想过，天使是应该雕成什么模样——他想，天使是从没有离开过神的国土，不像人们已经被神逐出了乐园，又千方百计地想往神那里走去。天使不但不懂得人间的机巧同悲苦，就是所谓快乐，他也无从体验。雪白的衣裳，轻软的双翅，能够代表天使吗？那不过是天使的装饰罢了，不能表示天使的本质。他想来想去，最重要的还是天使的面庞。没有苦乐的表情，只洋溢着一种超凡的微笑，同时又像是人间一切的升华。这微笑是鹅毛一般轻。而它所包含的又比整个的世界还重——世界在他的微笑中变得轻而又轻了。但它又不是冷冷地毫不关情，人人都能从它那里懂得一点事物，无论是关于生，或是关于死……

但他只是抽象地想，他并不能把他的想象捉住。什么地方去找这样的一个模型呢？他见过许多少男少女：有的是在笑，笑得那样痴呆，有的哭，哭得又那样失态。他最初还能发现些有几分合乎他的理想的面容，但后来越找越不能满足，成绩反倒随着时日消减；归终是任何人的面貌，都禁不住他的凝视，不几分钟便显出来一些丑恶。

难道天使就雕不成了吗？

正在这般疑惑的时候他走过修道院，看见了这少女的微笑。不是悲，不是喜，而是超乎悲喜的无边的永久的微笑，笑纹里没有她祖母们的偏私，没有她祖父们的粗暴，没有她兄弟姊妹们的嫉妒。它像是什么都了解，而万物在它的笼罩之下，又像是不值得被它了解。——这该是天使的微笑了，雕刻家心里想。

第二天他就把这天使的微笑引到了人间。

他在巴黎一条最清静的巷中布置了一座小小的工作室，像是从树林中摘来一朵奇花，他在这里边隐藏了这少女的微笑。

在这清静的工作室中，很少听见外边有脚步的声音走来。外边纷扰的人间是同他们隔离了万里远呢，还是把他们紧紧地包围，像是四围黑暗的山石包住了一块美玉？他自己是无从解答的。至于她，她更不知她置身在什么地方。她只是供他端详，供他寻思，供他轻轻地抚摸她的微笑，让他沉在这微笑的当中，她觉得这是她在修道院时所不曾得到过的一种幸福。

他搜集起最香的木材，最脂腻的石块。他想，等到明年复活节，一片钟声中，这些无语的木石便都会变成生动的天使。经过长时间心灵上的预备，在一个深秋的早晨开始了他第一次的工作。他怀里充满了虔敬的心，不敢有一点敷衍，不敢有一点粗率。他是这样欢喜，觉得任何一块石一块木的当中都含有那天使的微笑，只要他慢慢地刻下去，那微笑便不难实现。有时他却又感到，微笑是肥皂泡一般地薄，而他的手力太粗，刀斧太钝，万一他不留心，它便会消散。

至于微笑的本身，无论是日光下，或是月光中，永久洋溢在少女的面上。怎样才能把它引渡到他为神所从事的工作上呢？想来好像容易，做起来却又艰难。

他所雕出的面庞没有一个使他满意。最初他过于小心了，雕出来的微笑含着几分柔弱，等到他略一用力，面容又变成凛然，有时竟成为人间的冷笑。他渐渐觉得不应该过于小心，只要态度虔诚，便不妨放开胆子做去。但结果所雕出的：幼稚的儿童的微笑也有，朦胧的情人的微笑也有……天使的微笑呢，越雕越远了。

一整冬外边是风风雨雨地过着，而工作室里的人却不分日夜地同这些木材石块战斗。

少女永久坦白地坐在他的面前——他面前的少女却一天比一天神秘，他看她像是在云雾中、虹桥上，只能翘望，不能把住。同时他的心里又充满了疑猜：不知她是人，是神，还就是天使的本身？如果是人，她的微笑怎么就不含有人所应有的分子呢？他这样想时，这天他所雕出的微笑，竟成为娼妇的微笑了……

冬天过去，复活节不久就在面前。他的工作呢：各样的笑，都已雕成，而天使的微笑却只留在少女的面上。等到他雕出娼妇的微笑时，他十分沮丧：他看他是一个没有根缘的人，不配从事于这个工作。——寒冷的春晚，他把少女抛在工作室中，无聊地跑到外边去了。少女一人坐在家中，她的微笑并没有敛去。

他半夜回来，醉了的样子像是一个疯人，他把他所雕的一切一件件地毁去，随后他便昏昏地倒在床上。少女不懂得这是什么事情，只觉得这里已经没有她的幸福。她不自主地走出房中，穿过静寂的小巷，她立在塞纳河的一座桥上。

彻夜的歌舞还没有消歇，两岸弹着哀凉的琴调。她不知这是什么声音，她一点儿也听不习惯。她想躲避这种声音，又不知向什么地方躲去。她知道，修道院的门是永久地关闭着；她出来时外边有人迎接，她现在回去，里面却不会有人等候。工作室里的雕刻家又那样怕人，她再也不想同他相见，她只看见河里的星影灯光是一片美丽的世界，水不断地流，而它们却动也不动，只在温柔的水中向她眨眼，向她招手，向她微笑。她从没有受过这样的欢迎，她一步步从桥上走到岸边，从岸边走到水中……带着她永久的微笑。

雕刻家一晚的梦境是异样地荒凉。第二天醒来，炉灰早已寒冷。屋中除却毁去的石块木块外，一切的微笑都已不见。

他走到外边穿遍了巴黎的小巷。他明知在这些地方不能寻到她。而他也怕同她见面，但他只是拼命地寻找，在女孩，少妇，娼妓的中间。

复活节的钟声过了，一切都是徒然……

一天他偶然走过市场，见一家商店悬着一副"死面具"。他看着，他不能走开。

店员走过来，说："先生想买吗?"

他摇了摇头。店员继续着说：

"这是今年初春塞纳河畔溺死的一个无名的少女。因为面貌不改生态，而口角眉目间含着一缕微笑，所以好事的人用蜡铸出这副面具。价钱很便宜，比不上那些名人的——"

雕刻家没有等到店员说完，他便很惊慌地向不可知的地方走去了。

这段故事，到这里就算终了。如今那副死面具早已失落，而它的复制却传遍了许多欧洲的城市。带着永久的无边的微笑好像在向我们谈讲着死的三昧。

两句诗

常常夹着一本书，到山里去散步。散步而夹着一本书，是一种矛盾。因为若是把心沉在书里，势必把四围的风景都忘却；若是不能不望一望眼前的树木以及远方的原野，书，就往往难以聚精会神地读下去。有时我想，我要坐在那条有最美的远景的石凳上读一读《纯理性评判》，体验体验自然的美景，与人的纯理性是否能够在一种境界内融会起来。但是《纯理性评判》始终不曾带到那里去读，一天却在一条林径里读到两句诗，那是贾岛的名句：

> 独行潭底影
> 数息树边身

这样的境界，怕只有尝透山林里的清寂的人才会感得到。当时我深深觉得，里边写着这两句诗的那薄薄的一本线装书已经化成自然里的一草一木，这次我把它带出来，不是一件多余的事了。

近代欧洲的诗人里，有好几个人都不约而同地歌咏古希腊的 Narcissus①，一个青年在水边是怎样顾盼水里的他自己的反影。中国古人常常提到明心见性，这里这个独行人把影子映在明澈的潭水里，绝不像是对着死板板的镜子端详自己的面貌，而是在活泼泼的水中看见自己的心性。——至于自己把身体靠在树干上，正如蝴蝶落在花上，蝶的生命与花的色香互相融会起来一般，人身和树身好像不能分开了。我们从我们全身血液的循环会感到树是怎样从地下摄取养分，输送到枝枝叶叶，甚至仿佛输送到我们的血液里。（里尔克②有一篇散文，他写到在他靠着树时，树的精神怎样传入他的身体内的体验。）这不是与自然的化合，而是把自己安排在一个和自然声息相通的处所。

这两句诗写尽了在无人的自然里独行人的无限的境界，同时也似乎道破了自然和人最深的接融的那一点，这只有像贾岛那样参透了山林的寂静的人才凝练得出来，无怪乎他在这两句的下边要自下注解了：

二句三年得

一吟双泪流

知音如不赏

归卧故山秋

---

① 那喀索斯，希腊神话中的美少年，自爱狂。
② 里尔克（Rainer Maria Rilke, 1875—1926），奥地利诗人。

怀爱西卡卜

　　1933 年，德国的国社党获得政权不久，我在复活节后的一天早晨离开了那和平幽静的爱西卡卜村。

　　爱西卡卜是柏林郊外的一块小住宅区，我于 4 月迁入，4 月搬出，整整住了一年。当我临行时，我想，这一年的居停，在我生命的途上，好似误了一班火车，和一座生疏恬淡的野站结下一段因缘，但是下列的火车终于驶来，我也就不能不登上郁闷的旅途：别时恋恋难舍，此后恐怕也难有再见的机会。

　　柏林的四郊是健康的松林，爱西卡卜就是从西郊的松林中挖出来的一块空地。粉白色矮矮的楼房，红沙铺成的道路，房前房后都种遍朴素的花草：我每逢从那沉重阴暗的柏林市中心乘车出来，在这里下了车，身心感到一种难以形容的舒适。

　　城市和人一样，要慢慢地生长；生长太快了，就未免有些地方不实在。柏林的发展，在 19 世纪后半叶帝政时代，过于迅速，所以它比起巴黎和伦敦来，每每给人以空虚和夸大的印象。严肃而呆板，庞大而没有风格，这在它街旁假古典式的建筑上最为显著。——欧战后的德国是一个最自由的国家，有一部分新鲜的人，担受不起柏林市容上那种陈旧冷酷的面孔，于是纷纷跑到郊外，建筑起新的建筑，幽静，舒适，近乎人情。这种心情，有些地方，很像昔日的人们为了寻找自由，脱离欧洲旧日的社会，航海奔向新大陆的样子。因此柏林的郊外在短时间内新添了无数雅致而朴素的住宅。

爱西卡卜的住民多是属于社会民主党的。社会民主党在德国革命后是最有势力的一个政党。那时人们身受战争的创伤太深，都只好在理想里过活，觉得往后再也不会有战争，全人类都是兄弟。这些党人抱着一种新的世界眼光，梦想永久的和平，待人和善，遇事也就多所妥协。可是无论心怎样仁，理想怎样高，却无法去制止一个随着世界经济恐慌而来的客人——失业。人人的身后都渐渐感到一种饥饿的威胁，于是这宽容而和缓的政党在铁一般冷酷的事实面前便一天一天地削弱下去，同时一左一右，两个极端的党——共产党和国社党——便日日膨胀了。可是在爱西卡卜村住民的屋顶上，直到我离开那里为止，还没有看见飘扬过卐字旗。他们的政治着着失败了，待人却依然是那样坦白，和蔼……

我的房东太太是一位慈祥的中年妇人。她爱她的丈夫，她的丈夫也爱她，但是他们离了婚。离婚的原因自然是为了一个女性的第三者闯入他们的家庭，然而男的和第三者也没有结婚的希望，只是自己觉得爱上了别人，对自己的妻不起，不能和她同居了，独自在柏林市内租了一间带家具的房子住着。女的也就匀出几间房，租给客人，带着一个十五六岁的儿子，依靠房租过活。逢节逢年，男的还不断回来看望他的妻子。一到这里，望着窗外的树林便叹息着说：

"这里住着，是多么健康舒适呀！"

说完了，总是两人相对，怅然许久，无话可说。

房东太太常常把她丈夫的这句话向我重述一遍，同时发出疑问："谁让他不能在这里呢？"随后就委委婉婉地叙述他们两人的过去，最后的结束是："我们的故事，是一部长篇小说，两下里无可奈何的心情，是怎么也不能解决的——"说着说着，话题又转到了她的姊妹身上：

"我们本来来自乡间，父亲是一个地主，少女时代常常有些外来的青年到我们家里来度夏。一年一年，我们姊妹几个都从这些青年里选出来我们现在的丈夫。我的境遇固然不佳，但想起旁人来，也就可以自慰了。姊姊嫁给一个建筑师，后来那建筑师爱上另一个妇人，两人跑到俄国去了。还有一个妹妹，至今没有嫁人。在大战时，她订婚不久，她的未婚夫便上了西部前线。一天德国打了大胜仗，和这消息一齐来到的，还有她未婚夫阵亡的电报。我的父亲为了庆祝前线胜利，把国旗取出来要挂在门前，她却哭着倒在父亲的怀里说，今天无论如何也不要挂旗吧……"

早餐前，晚饭后，我听了不少类似这样的谈话，这般亲切，好似听着母亲或爱人谈过去的身世一般。参加我们谈话的，还有一个农业高等学校的学生 P 君。P 君的年龄约在二十左右，已经在农场里做过许多年的工，如今又回到学校里来，预备博士考试。他的身材很高，胆量却很小，博士论文题目从教授处领到已经有三年之久，可是始终没有得到勇气起始写论文第一章的第一个字。房东太太常以慈母般的关怀问他：

"P 先生，你的论文怎么还没有下笔呢?"

"我在搜集材料。"

他的材料似乎永没有搜集完了的一天，而他每天的生活却是慢慢地梳洗，慢慢地吃早餐，慢慢地散步，散步回来吃午餐，午餐后读杂志，读完杂志喝咖啡，随后又是慢慢地切面包……就这样慢慢而无所从事地过去。——有一回他的母亲从家乡里来看他，他的生活也紧张一番，陪着母亲到各处去玩。一两天后，母亲玩不下去了，临走时向着房东太太说："我已三十年没到柏林了，柏林改变了许多，我本想多住几天，可是我不忍让我的儿子为我牺牲光阴太多，他正在作博士论文呢。"

母亲走后的当天晚上，房东太太把这段话当着我面向 P 君说了，并且附带着说："你的母亲若知道你这样把时间不当一回事，不知该做何感想呢。"他敷敷衍衍地答道，"她不会这样想。"同时我却看他的面上显出一种死水般的沉寂，这是我从来没看到过的。

P 的生活虽然如此迟缓，但他知道的却又非常之多。艺术、教育，外国的风俗人情，以及文字学常识，他都能说得头头是道。爱西卡卜村本地的人物，他也知道得十分清楚。我若是和他出去散步，他便会指给我，这边住着一个在当时已经有了世界名誉的作家，那边住着一个思想开明的牧师。有一天他向我说，方才在车站上遇见挪威的前代作家卜约生的女儿，经人介绍，知道她是从南欧穿过德国回挪威去。她一入德国境，耳闻目睹的就是国社党和共产党天天在街上打死架，精神窘迫极了，只有在这爱西卡卜村中，还能呼吸一点自由的空气。

这里的空气的确是自由的，住宅区的外层是各色各样的运动场，运动场外是走两三点钟也走不完的松林。居民都像是家人一般，唯一的商店是他们共同组织的消费公社，白天到柏林市中去工作，晚间回来，任随个人的嗜好享受他们所独有的和平。

这种和平却有渐渐维持不下去的趋势。大家都愿意永久保持他们生活的态度，但是外边的风雨一天比一天逼紧，他们无形中也感到一切在那儿转变。这从房东太太的忧虑上可以看得清楚。那年德国举行了两三次总选举，每次总选举的结果都使她怅惘许久。她所希望的并不是社会民主党的票数增加，只是不要减少，但归终还是失望。同时外边传来的消息不是某人家中被检查了，就是某人被解职了。一天，她的丈夫忽然回到家里来，在房中走来走去，一句话也没有。我问她是什么缘故，她说，方才她丈夫送一个朋友入狱，那是《世界舞台》周刊的主任编辑奥赛斯基，因为一篇文章政府认为是泄露了军事秘密……

社会民主党的党人们也深切地体会到他们的弱点，这样和缓而近乎人情，在政治上一定要失败的。他们眼看着国社党的冲锋队在街上横冲直闯，也感觉有组织训练的必要了。于是有些青年组织起国旗护卫团来，也穿着固定的制服，和冲锋队对抗。在爱西卡卜我看见他们一度出现，但不久便不见了，大半是因为人人都有大势已去之感。

在我临行的前夜，我又同房东太太和P君在一起谈话。P君发了无限的感慨："我是这样的一个人，觉得事事可以用感情讲得通，人人都是可爱的，而无时不想帮助他人。但是事实呢，没有一个人得到我的帮助，如今连自助也感到不可能了。所谓情感是看不出来的，威力反倒受人崇拜。我们在炉边纵谈一晚人类的爱，赶不上一个说谎的人在群众中大声一呼的万分之一。我这一生是命中注定了，但是想不到社会民主党竟也沦落到我这般地步……回想它十年前如何炫耀一时，竟像是我回想我儿时所看到的父母的努力一般。"

屈指离开爱西卡卜已经过了四年。房东太太和P君的近况，我很想知道，但是无从得到他们的消息。我只知道P君所向我提到的作家和牧师都已流亡外国；去年奥赛斯基在牢狱里得到不能领取的诺贝尔和平奖金。——当去秋世界运动会在柏林西郊举行时，我偶尔在报纸上看见了一次爱西卡卜（因为它距运动场不远）这个村名时，曾经为四年前同在那里住着的人们遥祝过一次平安。

罗迦诺的乡村

　　乘车穿过了郭塔尔得山洞，便走入瑞士东南的特精省，这是意大利人种的瑞士，一切风物也是南欧的了。最惹人注意的，房屋在山北都是灰色，忽然变为耀目的粉白色——但白色里处处透露着衰老腐旧，反不及北方的灰色那样新鲜。

　　特精省的南端是罗迦诺城，临着一座爪形的湖，这座湖由意大利和瑞士两国分领。若是坐在汽船上，绕湖一周，左边一站是意大利的，右边一站是瑞士的，虽然居民都说着意大利话，可是一边热狂于法西斯主义，一边是自由和平，百余年不知干戈，对比起来，煞是有趣。

　　我在湖边的一个小村落里住过一个晚夏的8月。

　　脚刚踏上轻松的土地，举目一望两旁的浓绿，便深深嗅到浓郁的故乡气味。不只是气候和北平夏季的乡间很相似，就是几种违阔许久的生物，也在这里重逢了：中午是无边无际的蝉声，夜晚窗外时常有悉悉索索的声音，那是蝎子在墙缝里出没，更有成群成队的壁虎，灰色的，绿色的，在壁上和草间爬来爬去，有时清早起来，露水未晞，草地上常有大的壁虎，身长逾尺，绿得透明，像是碧玉一般，湖山寂静，它一动也不动，你可以轻轻地在它身旁赏玩许久，不提防有一个大的蝗虫跳出，它也飞箭般跟着窜入草的深处。

植物方面呢，也多是故乡所有的。西瓜、蜜桃，这些暑中的鲜品，都非常肥美；更有那大芭蕉叶子，成阴地伸出矮矮的墙头。只是暗绿色，瘦而长，火焰形的扁柏，三三两两地被移种在别墅里，或是白色的圣母堂旁，给我们一些异乡之感。

这可以说是在故乡一样的乡间。

我们背山临水，租下一所小楼。房东是这村里唯一的富户，唯一的"世界人"。据说祖父曾经到非洲去经商，赚下了一些财宝，死后供给儿孙们享用，所以这一家人也无所事事，天冷了到巴黎去过冬，只有夏天才回到家乡；但在家乡也忘不了都市的繁华，晚饭后每每放开收音机，收听都市的音乐，搅得四邻不得清静。

除此以外，远远近近却是异常清静。不但听不到瑞士以外的国家是怎样摩掌擦拳，钩心斗角；就是瑞士以内的事，也好像与他们无干。你若问一个本地人，"你是意大利人吗?"他自然回答你一个"不是"。——再往下问，"你是瑞士人吗?"——那么他便瞪着惊愕的大眼望着你，也不说是，也不说不是，只说，"我是特精省人"。不必和他们谈什么罗马、伦敦，就是本国内的日内瓦、瞿里许^①，在他们看来也是极辽远的地方，虽说乘车几小时便到。

可是我们在那些严肃的大都市里过过生活的人，骤然来到这里，对于这些疏散无事的"特精省人"，总有一些缺乏信任。——我们在外边飘流无定，无论到什么地方，第一个去处便是邮局，看看有没有转来的信件，或是把新的通信处留在邮局里。但当我行装甫卸，在当地邮局办了一番交涉后，走出来，真是倒吸了一口凉气！

走进邮局，空旷旷的屋里，坐着一个十五六岁的少女。她问我话，我不懂；我用几句临时速成的意大利话向她说，她不懂。后来似乎彼此会意，我在一个纸条上写好了通讯处，交给她，她接过来，点头笑一笑，放在抽屉里，便无事了。一瞥间我望见那抽屉里乱七八糟，甚至还放着一些针线。我很不放心，但事情已经办完了最后一阶段，紧接着只有推门出去。

后来我才知道，那邮局里的局长、邮务员、信差，是三位一体的，这集中的"一体"正是那女孩的哥哥。这位哥哥本来就事务繁重，午饭后又要午睡，睡醒了还要在酒店里喝红酒，所以把邮务员和信差的职务都交给他的妹妹，他自己则悠悠自得，处在局长的地位。

两天后，那少女果然背着一个大信袋，在我们门前出现了，

---

① 瞿里许：通译苏黎世。

递给我几封初次转来的信。我接到这些信，真是高兴！这是前日交涉并没有误会的证明，但是她笑着不肯走，殷勤地问我："Francobollo?"我知道这字是邮票的意思，但我不明白她为什么这样问我。正犹疑间，她从信袋里取出一个硬纸夹子，里边都是邮票，我才恍然大悟，原来邮票是在她身边带着，问我买邮票不买。我想，这真是方便：邮票既可送上门来，那么新写完的信也可以直接交给她了，落得不出门。但我对于她还是不大信任，邮票固然可以在门前买，可是待发的信还是不肯直接交给她。

我们时常乘公共汽车到罗迦诺城去，沿站都有大小邮包送上来。一次，车子在一个站上停住了，石上坐着一位年老的邮差（这恐怕也是这站上邮局里"三位"集中的"一体"吧），把刚从邮筒里取出的信件一封封地在太阳底下盖邮戳。车到了，他也不慌，下车的人下完了，他也不慌，上车的人上完了他仍然不慌，开车的人耐着性儿等他，一直等到他不慌不忙，把邮戳盖完，把信件包好，放在车上，——才将喇叭一按，加速驶去。回头看，那老邮夫却坐在那块路石上，我望着他，他望着我们的车，直到车拐了弯，两不相见。

像这样的松缓随便，在我们过惯都市生活的人看来，有些看不下去，但同时又觉得也实在亲切可爱。每个大都市的人口动辄号称几百万，可比起全人类来，究竟是极少的少数。至于过着像这里的生活的人们，无论什么地方，还是占人类的大多数。我们到底怎样才对呢，是要使那大多数的人跟我们一样紧张起来才对，还是叫我们这极少的少数去学一学他们的松缓？

那少女几乎天天送我们的邮件来，一封也没有遗失，日子久了我再想起我刚来到时对于信件的那种疑神疑鬼的心，未免太小家子气了。——在大都市住久了的人，会一天比一天地变得小家子气。——有一天，她的哥哥送信来了。我真是惊异！穿着制服，戴着制帽，皮靴囊囊，我从来没有看见他这样严肃整齐过。我把信握在手里，不由自主地问："令妹呢?"他的回答是，家里生了一个小牛。

不久，小牛的诞生传遍了左邻右舍，我们都被邀请去参观小牛。我们在牛棚外看见一畦硕大的番茄，于是我们摘了一篮，付了一些代价，带回家来。从此这一家不但供我们番茄，还时常送来其他的菜蔬和做果酱的苹果。

瑞士的肉类是出名贵的，我们一日三餐，只以菜蔬为主。可是面包常起恐慌。附近没有面包房，每天早晨由一个少年骑着车挨户送，有时却得不到。我们一向是现钱交易，怎么也想不出不送的理由。有一次我们在湖边候船，看见那少年正在码头上放跳板，同他谈起来，才知道清早送面包是他的"兼差"，他的正常职业是在船码头上放跳板。我问他，为什么时常忘记给我们送面包呢？他仿佛在叙说与他无干的旁人的事，所举出的理由也似乎很正大，那是因为我们住房的台阶太高。我听着有些怂怂，同住的某夫人到底乖巧，示意给他，往后不会让他白登高台阶的。——经过这番谈话后，彼此的交情似乎深了一些。第二天，面包按时送到了，某夫人也不失信，送他一支香烟作为登台阶的报酬。他满意接受了。果然，此后每日一支香烟，面包也天天送到。

想不到，住房的台阶高也会这样影响到吃饭问题。然而并不止于送面包一件事。我们的厨房是用煤油炉子烧饭，零买不如整购，到邻村唯一的杂货店里订下一桶煤油，说妥立刻就送来，我们回来后，却空等了一个下午。第二天又去催问，说是昨天店里没有闲人，今天下午一定送到，于是我们回去等着，又等到了黄昏，仍然不见送来。气愤有什么用呢，只好在次日清晨再忍着气去问，店里老板的回答是：

"已经送去了。"

"我们却没有见到。"

于是大家把昨日送煤油的小厮唤来。他理直气壮地说：

"他们的台阶太高，我把煤油交给他们的邻居了。"

回去到邻家一盘问，那桶油放在苹果树下，等它的主人，已经等了一夜。

在这些人们中间住不上几天，大家便熟识了，自己也不知不觉把皮鞋脱去，换上家乡的布鞋，把领带抛开，换上反领的衬衫，时表也用不着，锁在箱子里，自有那日出日落给我们正确的时间——人、动物、植物，好像站在一个行列上，人人守着自己的既不能减损，也不能扩张的范围：各自有他的勤勉，他的懒惰，但是没有欺骗。这样，湖山才露出它们的雄壮。一片湖水，四围是默默无语的青山，山间的云，层出不穷地变幻。有时远远驶来一只汽船，转个圈子，不久又不见了，与这里的世界好像不发生一点关系。

在赣江上

在赣江上，从赣州到万安，是一段艰难的水程。船一不小心，便会触到礁石上。多么精明的船夫，到这里也不敢信托自己，不能不舍掉几元钱，请一位本地以领船为业的人，把整个的船交在他的手里。这人看这段江水好似他祖传下来的一块田、一所房屋，水里块块的礁石无不熟识；他站在船尾把住舵，让船躲避着礁石，宛转自如，像是蛇在草里一般地灵活。等到危险的区域过去了，他便在一个适当的地方下了船，向你说声"发财"。

我们从赣州上了船，正是10月底的小阳天气，顺水，又吹着南风，两个半天的工夫，便走了不少的路程。但到下午三点多钟，风向改变了，风势也越来越紧，领船的人把船舵放下，说："前面就是天柱滩，黄泉路；今天停在这里吧。"从这话里听来，大半是前边的滩过于险恶，他虽然精于这一带的情形，也难保这只风里的船不触在礁石上。尤其是顾名思义，天柱滩，黄泉路，这些名称实在使人有些懔然。

才四点钟，太阳还高高的，船便泊了岸，船夫抛下了锚。四下一望没有村庄。大家在船里蜷伏了多半天，跳下来，同往常一样，总是深深地呼吸几下，全身感到轻快。不过这次既看不见村庄，水上也没有邻船，一片沙地接连着没有树木的荒山，不管同船的孩子们怎样在沙上跳跃，可是风势更紧张了，天空也变得不那样晴朗，心里总有些无名的恐惧：水里嶙峋的礁石好像都无情地挺出水面一般。

我个人呢，妻在赣州病了两个月，现在在这小小的船里，她也只是躺着，不能坐起。当她病得最重，不省人事的那几天，我坐在病榻旁，摸着她冰凉的手，好像被她牵引着，到阴影的国度里旅行了一番。这时她的身体虽然一天天地健康起来，可是她的言谈动作，有时还使我起了一种渺茫的感觉。我在沙地上绕了两个圈子，山河是这般沉静，便没精打采地回到船上去了。

"这是什么地方？"她问。

"没有村庄，不知道这地方叫什么。"

……

风吹着水，水激动着船，天空将圆未圆的月被浮云遮去。同船的孩子们最先睡着了。我也在些起伏不定的幻想里忘却这周围的小世界。

睡了不久，好像自己迷失在一座森林里，焦躁地寻不到出路，远远却听见有人在讲话。等到我意识明了，觉得身在船上的时候，树林化作风声，而讲话的声音却依然在耳，这一个荒凉的地方哪里会有人声呢？这时同船的 K 君轻轻咳嗽了一下。

"我们邻近停着小船吗？"我小声问。

"不远的地方好像看见过一只。"K君说。

"你听，有人在讲话，好像在岸上。"

"现在已经是十二点半了——"K君擦着一支火柴，看了看表，说出这句话，更增加我的疑虑。

此外全船的人们还是沉沉地睡着。

我也怀着但愿无事的侥幸心理又入了半睡状态。不知过了多少分钟，船上的狗大声吠起来了；船上的人都被狗惊醒，而远远讲话的声音不但没有停住，反倒越听越近。我想，这真有些蹊跷了。

船上的狗吠，船外的语声，两方面都不停息；又隔了一些时，勇敢的K君披起衣服悄悄地走出船舱。这时全船的人都惊醒着，屏息无声，只有些悉索的动作：人人尽其可能地把身边一点重要的物件，往不为人注意的地方放；柴堆里、炉灰里、舱篷的隙缝里……大家安排好了，静候着一件非常的事。

前后都是滩，风把船拘在这里，不能进也不能退，好像是在个魔术师的手里。我守着大病初愈的妻，不知做些什么事才好。忽然黑暗的舱里出现了一道光，是外边河上从舱篷缝里射进来的；这光慢慢地移动，从舱前移动到舱后，分明是那河上放光的物体从我们的船后已经移到我们船头了。这光在舱后消逝了不久，又有一道光射到舱前，仍然是那样移动。

全船在静默里骚动着，妻的心房跳动得很快，只是小孩子们睡得沉沉的。

K君走进来了，轻轻地说："远远两只划子，一只在前，一只在后，船头却燃着一堆火，从我们的船旁划过。每只划子上坐着两个人，这不是窥探我们船上的虚实吗？"

我听了K君的话，也走到舱外。暗银色的月光照彻山川，两团火光在急流的水上越走越远了。这是他们去报告他们的伙伴呢，还是探明了船上人多，没有敢下手呢？

我望着那两团火光，尽在发呆，狗吠停止了，划子上的语声也听不见了。除去这满船的疑猜和恐惧外，面前是个非人间的、广漠的、原始般的世界。

最后船夫走到我身边，他大半被这满船客人的骚动搅得不能安静地躺在被里了。他说，不要怕，这地方一向是平静的。

"那么半夜里这两只划子是做什么的呢？"

"那是捉鱼的，白天江上来往的船只多，不便捉鱼。夜静了，正是捉鱼的好时候。鱼见了火光，便都跟随着火光聚拢起来；你看那两只划子的下边不定有多少鱼呢……"

我恍然大悟，顿时想到"渔火"那两个字。

第二天早晨，风住了，船刚要起锚，对岸划来一只划子，上边有两个渔夫。他们好像是慰问我们昨夜的虚惊，卖给我们两条又肥又美的鳜鱼。

妻，幼年生长在海边，惯于鱼虾，对着这欢蹦乱跳的鱼，脸上浮现出病后第一次的健康的微笑。

一棵老树

　　我们搬到这里来时，所遇见的第一个人是一个放牛的老人。他坐在门前的一块石墩上，两眼模糊，望着一条水牛在山坡上吃草。他看见我们几个从城里来的人，我不知道他怎样想法，可是从他毫无表情的面上看来，他是不会有什么感想的。他好比一棵折断了的老树，树枝树叶，不知在多少年前被暴风雨折去了，化为泥土，只剩下这根秃树干，没有感觉地蹲在那里，在继续受着风雨的折磨；从远方望去，不知是一堆土，还是一块石，绝不会使人想到，它从前也曾生过嫩绿的枝叶。他听话也听不清楚，人类复杂的言语，到他耳里，都化为很简单的几个单音。

　　据林场的主人说，这片山林经营已经将近三十年，一开始时，这个老人就到这里来了。我想，当时他还是一个三四十岁的壮年，他必定也曾经背起斧头，参加过那艰难的披荆斩棘的工作。但是从什么时候起他的筋力渐渐衰减，官感渐渐迟钝，把那些需要强壮的筋力或灵敏的官感的工作一件件地放下来，归终只是从早到晚眼前守着一只笨拙的水牛呢？这个过程一定是缓缓的，漫长的，他若回忆到他的壮年（如果他有回忆的话），会比我们苦忆前生还要模糊吧。

时间对于他已经没有意义。气候的转变他也感觉不到，我只看见他春、夏、秋、冬，无论早晚，只是穿着一件破旧的衣裳。他步履所到的地方，只限于四周围的山坡，好像这山林外并没有世界；他掺杂在林场里的鸡、犬、马、牛的中间，早已失却人的骄傲和夸张。他"生"在这里了；他没有营谋，没有积蓄，使人想到耶稣所说的"天上的飞鸟"和"野地里的百合花"。

水牛，好像不是属于这个生物纪的。庞大的身躯，缓缓地在草地上走着，像是古代的生物；原始的力还存留在它的身上。当它仰着头，卧在浅浅的泥水池子里，半个身子都没不下去，它那焦渴的样子使我们觉得这个水渐渐少了的世界，真有点对不住它。把它交在这个老人的手里，是十分和谐的。山坡上，树林间，老人无言，水牛也没有声音，蹒蹒跚跚，是一幅忧郁的画图。因为他们同样有一个忘却的久远在过去，同样拖着一个迟钝在这灵巧的时代。

老人的生活从未有过变动。若有，就算是水牛生小牛的那一天了。他每天放牛回来，有时附带着抱回一束柴，这天，却和看山的少年共同抱着一只小牛进来了，他的面貌仍然是那样呆滞，但是举动里略微露出来了几分敏捷。他把小牛放在棚外，在很短的时间内把那许久不曾打扫过的牛棚打扫得干干净净，铺上焦黄的干草，把小牛放在干草上。他不说话，但是这番工作无形中泄露出一些他久已消逝了的过去。他把小牛安插好了不久，在山坡上生过小牛的老牛也蹒蹒跚跚地走回来了，此后老牛的身后又多了一只小牛。他呢，一番所谓兴奋后，好像眼前并没有增加了什么。

一天下午，老牛不知为什么忽然不爱走动了，老人举起鞭子，它略微走几步，又停住了，他在它面前堆些青草，它只嗅一嗅，并不吃。旁的工人都说牛是病了，到处找万金油，他却一人坐在一边，把上衣脱下来晒太阳。他露不出一点慌张的神色，这类的事他似乎已经经验过好几次，反正老牛死了还有小牛。两盒万金油给牛舔下去后，牛显出来一度的活泼，随后，更没有精神了。山上的人赶快趁着它未死的时候把它拉到山下的村庄里去。老人目送几个人想尽方法把这病牛牵走，并不带一点悲伤。他抽完了一袋烟，又赶着小牛出去了，他看这小牛和未生小牛以前的那只老牛一样。因为他自从开始放牛以来，已经更换过好几只牛，但在他看来，仿佛从头到了，只是一只，并无所谓更换。

可是这老人面前的不变终于起了变化。今年初夏的雨水分外少，山下村庄里种的秧苗都快老了，还是不能插，没有一个人不在盼望云。天天早晨虽然是阴云四布，但是一到中午云便散开了，这样继续了好些天，有些地方在禁屠求雨，因为离湖边较远的地方，已经呈露出几分旱象。一天上午，连云也没有了，太阳照焦一切，这是在昆明少有的热天气。老人和平素一样，吃完午饭，就赶着牛出去了。——大家正在热得疲惫，尽在想着午睡的时候，寂静的林场的院子里吹来一阵凉风，同时天气从西北的方向上来了，转瞬间烟云布遍四山，大雨如注。雨继续了三个钟头，山上的雨水到处顺着枯竭了许久的小沟往下流。人人都随着宇宙缓了一口气，一两个从村庄里走到山上来玩耍的农夫准备着雨一止了便跑下山去，赶快插秧，哪怕是天晚了，也要能插多少就插多少。人们尽在雨声里乱谈乱讲，却没有一个人想起外边的大雨里还有两个生命。

雨止了，院子里明亮起来，被雨阻住的鸟儿渐渐离开它们避雨的地方飞回巢里去，这时那老人也牵着小牛回来了。人和牛都是一样湿淋淋的，神情沮丧，好像飓风掠过的海滨的渔村，全身都是零乱。老人把牛放在雨后的阳光里，自己走到厨房里去烘干他那只有一身的衣裤。人们乱忙忙的，仍然是没有人理会他们。等到老人把衣服烘干再走出来时，小牛伏在地上已经不能动转。这只有几个月的小生命，担不起这次宇宙的暴力，被骤雨激死了。

当晚工人们在林边掘了一个坑，把小牛埋在里边。埋葬后，老人还在漆黑的夜色里坑旁边坐了许久。最后，一步步地挪回来。——第二天，我看见他坐在门前的石墩上，手里仍然拿着放牛的鞭子，但是没有牛了。他好像变成一个盲人，眼前尽管是无边的绿色，对于他也许是一片白茫茫吧。几十年的岁月，没有一天没有水牛，他都实实在在地度过了，今天他却有如

（我借用一个诗人所爱用的比喻）一个钟面上没有指针。

老牛病死，小牛淋死，主人有些凄然。考虑结果，暂时不买新牛，山上种菜不多，耕地时可以到附近佃户家里去借。所成问题的，是这老人如何安插。他现在什么事也不能做了，主人经过长时的踌躇，又感念他在这里工作了几十年，只好给他一些养老费，送他回家去。

家？不但旁人听了有些惊愕，就是老人自己也会觉得惊奇。他在这里有几十年，像是生了根，至于家，早已变成一个遥远、生疏、再也难以想象的处所了。他再也没有勇气去到那生疏的地方，那里有他的孙儿孙媳，但是他久已记不得他们是什么面貌，什么声音，什么样的人。人们叫他走，说是回家，在他看来，好比一个远征，他这样大的年纪，哪里当得起一个远征呢。他一天挪过一天，怎样催他，他也不动，事实上他也不知应该往哪个方向走去。最后主人派了两个工人，替他夹着那条仅有的破被送他——他在后边没精打采，像个小孩学步一般，一步一颠地离开了这座山，和这山上的鸡、犬、木、石。

第二天，送他的工人回来了，说是已经把他安插在他的家里，人们仍旧在这山上度他们的长昼，谁也没有感到短少了什么。

又过了几天，门外的狗在叫，门前呆呆地站着一个年轻的农夫，他说："祖父回到家里，不知为什么，也不说，也不笑，夜里也不睡，只是睁着眼坐着。——前晚糊里糊涂地死去了。"

这如同一棵老树，被移植到另外一个地带，水土不宜，死了。

在山上两年的工夫，我没有同他谈过一句话，他也不知我是哪里来的人。我想，假如小牛不被冷雨淋死，他会还继续在这山上生长着，一年一年地下去，忘却了死亡。

一个消逝了的山村

在人口稀少的地带，我们走入任何一座森林，或是一片草原，总觉得它们在洪荒时代大半就是这样。人类的历史演变了几千年，它们却在人类以外，不起一些变化，千百年如一日，默默地对着永恒。其中可能发生的事迹，不外乎空中的风雨，草里的虫蛇，林中出没的走兽和树间的鸣鸟。我们刚到这里来时，对于这座山林，也是那样感想，绝不会问到：这里也曾有过人烟吗？但是一条窄窄的石路的残迹泄露了一些秘密。

我们走入山谷，沿着小溪，走两三里到了水源，转上山坡，便是我们居住的地方。我们住的房屋，建筑起来不过二三十年，我们走的路，是二三十年来经营山林的人们一步步踏出来的。处处表露出新开辟的样子，眼前的浓绿浅绿，没有一点历史的重担。但是我们从城内向这里来的中途，忽然觉得踏上了一条旧路。那条路是用石块砌成，从距谷口还有四五里远的一个村庄里伸出，向山谷这边引来，先是断断续续，随后就隐隐约约地消失了。它无人修理，无日不在继续着埋没下去。我在那条路上走时，好像是走着两条道路：一条路引我走近山居，另一条路是引我走到过去。因为我想，这条石路一定有一个时期宛宛转转地一直伸入谷口，在谷内溪水的两旁，现在只有树木的地带，曾经有过房屋，只有草的山坡上，曾经有过田园。

过了许久，我才知道，这里实际上有过村落。在七十年前，云南省的大部分，经过一场浩劫，回、汉互相仇杀，有多少村庄城镇在这里衰落了。在当时短短的二十年内，仅就昆明一个地方说，人口就从一百四十余万降落到二十五万。这里原有的山村，是回民的，还是汉人的，是一次便毁灭了呢，还是渐渐地凋零下去，我们都无从知道，只知它是在回人几度围攻省城时成了牺牲。现在就是一间房屋的地基都寻不到了，只剩下树林、草原、溪水，除却我们的住房外，周围四五里内没有人家，但是每座山，每个幽隐的地方还都留有一个名称。这些名称现在只生存在从四邻村里走来的砍柴、背松毛、放牛牧羊的人们的口里。此外它们却没有什么意义；若有，就是使我们想到有些地方曾经和人发生过关系，都隐藏着一小段兴衰的历史吧。

我不能研究这个山村的历史，也不愿用想象来装饰它。它像是一个民族在这世界里消亡了，随着它一起消亡的是它所孕育的传说和故事。我们没有方法去追寻它们，只有在草木之间感到一些它们的余韵。

最可爱的是那条小溪的水源，从我们对面山的山脚下涌出的泉水，它不分昼夜地在那儿流，几棵树环绕着它形成一个阴凉的所在。我们感谢它，若是没有它，我们就不能在这里居住，那山村也不会曾经在这里滋长。这清冽的泉水，养育我们，同时也养育过往日那村里的人们。人和人，只要是共同吃过一棵树上的果实，共同饮过一条河里的水，或是共同担受过一个地方的风雨，不管是时间或空间把他们隔离得有多么远，彼此都会感到几分亲切，彼此的生命都有些声息相通的地方。我深深理解了古人一首情诗里的句子："日日思君不见君，共饮长江水。"

其次就是鼠曲草。这种在欧洲非登上阿尔卑斯山的高处不容易采撷得到的名贵的小草，在这里却每逢暮春和初秋一年两季地开遍了山坡。我爱它那从叶子演变成的，有白色茸毛的花朵，谦虚地掺杂在乱草的中间。但是在这谦虚里没有卑躬，只有纯洁；没有矜持，只有坚强。有谁要认识这小草的意义吗？我愿意指给他看：在夕阳里一座山丘的顶上，坐着一个村女，她聚精会神地在那里缝什么，一任她的羊在远远近近的山坡上吃草，四面是山，四面是树，她从不抬起头来张望一下，陪伴着她的是一丛一丛的鼠曲从杂草中露出头来。这时我正从城里来，我看见这幅图像，觉得我随身带来的纷扰都变成深秋的黄叶，自然而然地凋落了。这使我知道，一个小生命是怎样鄙弃了一切浮夸，孑然一身担当着一个大宇宙。那消逝了的村庄必定也曾经像是这个少女，抱着自己的朴质，春秋佳日，被这些白色的小草围绕着，在山腰里一言不语地负担着一切。后来一个横来的运命使它骤然死去，不留下一些夸耀后人的事迹。

雨季是山上最热闹的时节，天天早晨我们都醒在一片山歌里。那是些从五六里外趁早上山来采菌子的人。下了一夜的雨，第二天太阳出来一蒸发，草间的菌子，俯拾皆是：有的红如胭脂，青如青苔，褐如牛肝，白如蛋白，还有一种赭色的，放在水里立即变成靛蓝的颜色。我们望着对面的山上，人人踏着潮湿，在草丛里，树根处，低头寻找新鲜的菌子。这是一种热闹，人们在其中并不忘却自己，各人盯着各人目前的世界。这景象，在七十年前也不会两样。这些彩菌，不知点缀过多少民族的童话，它们一定也滋养过那山村里的人们的身体和儿童的幻想吧。

这中间，高高耸立起来那植物界里最高的树木，有加利树。有时在月夜里，月光把被微风摇摆的叶子镀成银色，我们望着它每瞬间都在生长，仿佛把我们的身体，我们的周围，甚至全山都带着生长起来。望久了，自己的灵魂有些担当不起，感到悚然，好像对着一个崇高的严峻的圣者，你不随着他走，就得和他离开，中间不容有妥协。——但是，这种树本来是异乡的，移植到这里来并不久，那个山村恐怕不会梦想到它，正如一个人不会想到它死后的坟旁要栽什么树木。

秋后，树林显出萧疏。刚过黄昏，野狗便四出寻食，有时远远在山沟里，有时近到墙外，做出种种求群求食的嗥叫的声音。更加上夜夜常起的狂风，好像要把一切都给刮走。这时有如身在荒原，所有精神方面所体验的，物质方面所得获的，都失却了功用。使人想到海上的飓风，寒带的雪潮，自己一点也不能做主。风声稍息，是野狗的嗥声，野狗声音刚过去，松林里又起了涛浪。这风夜中的噪声对于当时的那个村落，一定也是一种威胁——尤其是对于无眠的老人、夜半惊醒的儿童和抚慰病儿的寡妇。

在比较平静的夜里，野狗的野性似乎也被夜的温柔驯服了不少。代替野狗的是麂子的嘶声。这温良而机警的兽，自然要时时躲避野狗，但是逃不开人的诡计。月色朦胧的夜半，有一二猎夫，会效仿麂子的嘶声，往往登高一呼，麂子便成群地走来。……据说，前些年，在人迹罕到的树丛里还往往有一只鹿出现。不知是这里曾经有过一个繁盛的鹿群，最后只剩下了一只，还是根本是从外边偶然走来而迷失在这里不能回去呢？反正这是近乎传说了。这美丽的兽，如果我们在庄严的松林里散步，它不期然地在我们对面出现，我们真会像是 Saint Eustache① 一般，在它的两角之间看见了幻境。

两三年来，这一切，给我的生命许多滋养。但我相信它们也曾以同样的坦白和恩惠对待那消逝了的村庄。这些风物，好像至今还在述说它的运命。在风雨如晦的时刻，我踏着那村里的人们也踏过的土地，觉得彼此相隔虽然将及一世纪，但在生命的深处，却和他们有着意味不尽的关连。

---

① 即圣尤斯塔斯，公元 2 世纪罗马基督教圣徒，殉教者。据传，原为罗马帝国将军，在意大利蒂利沃附近狩猎时，见一公鹿，两角间插有耶稣在十字架上的受难像，遂改奉基督教；其后全家遭难，并因拒向异教神明献祭而被封于铜牛腹中烤死。所谓"十四圣助者"之一。

人的高歌

　　大家游西山回来，坐在滇池的船上，回望西山的峭壁，总不免要把那峭壁上凿出来的龙门作为谈话的资料。有人在赞叹宗教的力量，它使人类在大地上创造些足以与雄壮的山川相抗衡的事物。回想南北朝，佛教全盛的时代，尤其是在北朝，有多少人，无论是僧或俗，发了愿心，在山西，在河南，在甘肃，从没有树林的枯山里凿出多少伟大的石窟，使我们在那里行旅的人除却放眼所见到的混浊的河水、无边的黄土外，偶然还能遇到宁静的庄严的石像。我们的身体虽然浴在黄土里，但是我们的心情对着那些石像，或者会感到天空一般的晴朗。并且，在这类的工程前，无时不觉得人的手是怎样地在那里活动。

　　"这峭壁上一段小小的工程，比起云冈、敦煌等地的石窟来，真是小巫见大巫了。"M君这样说。

　　C君，略微知道一些昆明的掌故，听了这话，不以为然，他说道：

　　"不能这样比。你要知道，像云冈，像敦煌，以及河南的龙门，多半是从南北朝开端，经过隋、唐，一直到宋时，还在那儿开凿，那是几世纪内，千万只手的成绩。而这里的龙门规模虽然小，却是一个人左手持凿，右手持锤，只是两只手一点一点地凿成的——"

M君不回答，C君回转头来，望着山腰上的三清阁继续说："这是一个人用坚强的意志凿成的。在乾隆年间有一个石匠，不知那时就是一个道教徒呢，还是后来才成为道士。他姓吴，他在没有正式工作的时候，也离不开他的凿和锤，他在昆明城内或四郊到处走着，看见路上或桥上有什么残败的地方，就施展开他手里的工具加以修补。一天他正在西郊修补一座小石桥，对面来了一个人用手指着那峭壁向他说，你看那巉岩，那上边有一座石室，从三清阁到石室是没有道路的，人们只在岩石边架上一条铁索。人在铁索上走着，稍一不慎，便会跌落到湖里。况且铁索如今也朽败不堪了，你为什么不一劳永逸，因山就势，开凿出一条石路呢？

"那石匠听了，望着西山的峭壁，心中就从岩石里盘算出一条宛宛转转、高下不平的小路。不久他开始了他的工作：左手持凿，右手持锤，不顾寒暑，不管风天或雨天，日日和那顽固的岩石搏斗。他不受任何人的帮助，十多年如一日，终于完成了我们方才登临过的那条石路。这十多年的工夫，是单调的，没有什么事迹可说，除却一凿一锤从早到晚的声音外，恐怕这人连话都没有说的机会。

"现在逛西山的人，没有一个不到那里去玩一玩眺望湖景。就艺术来看，它当然抵不住云冈的任何一个石窟，但它的开凿人的意志是值得我们钦佩的。尤其是因为他在刚凿成的那一年便死去了。"

M君听了这段话，也不敢再小看这段工程了。只是说了一句："这类的故事，恐怕当时在云冈，在敦煌也少不了吧。"其他的人都好像得到一种启示似的，觉得意志坚强的人在他的事业未完成前是不会死去的，假如那工程再延长五年，他也许会晚死五年吧。

这时同游的友人里有一位 T 君，显着很沉默，当大家正在唏嘘赞叹的时刻，他说："我望着这湖水总爱想到海，方才我听完这段不言不语，与岩石搏斗的故事，不知怎么想起一个和海水有关系的人了。

"我的原籍是河北省离海不远的一县，我虽然不生长在那里，童时却常常听家人谈到那县里的故事。因为地近海滨，那里的人多是以航海为业的。在海禁没有大开，轮船还没有行驶的时候，海上就只有这些人驾着帆船驶来驶去。轮船盛行之后，它们也并没有完全绝迹。直到近些年来，那些航海者的子孙有的才渐渐改了职业。他们当时的航线相当长远。近的是在渤海里穿来穿去，远的就到上海或是朝鲜、日本的沿岸，有时甚至到了南洋。

"那时，一只船从大沽口开出去，往往是经过一年半载才能够回来。船上的人们把一切交托给那靠不住的海洋，既然以此为业，也就视以为常，并不觉得这是冒险。受苦的却是丢在家里的母亲和妻子们，在她们的想象中，海是多么可怕，随时都在展开涛浪可以把她们的儿子或丈夫所驾驶的小帆船吞咽下去，并且在这中间再也不能得到他们的信息。他们一离开家门，母亲常常就起始吃素，妻子就起始夜夜衣带不解地睡觉，这都是表示同海上的人共甘苦的意思。这样割舍一切的舒适，直到他们有一天回来为止。有的，当真不幸，在海上遇见飓风或是触到礁石，埋葬在海里了，慈爱的母亲往往就一直地吃着素，忠实的妻子一直地和衣睡觉，一年一年地梦想着他们还有回来的那一天。海上的飓风，海里的礁石，在她们想象中具有极神秘的意义。飓风是来去无定，不可捉摸；礁石呢，在远处的也模糊不清，但是在渤海内，尤其是从大沽口到营口一条最常走的航线上，因为走的次数太多了，听人讲的次数也太多了，所以哪一带有礁石，哪一带常常出危险，她们知道得最为清楚。

"我的原籍是一片碱地，不用说五谷不能生长，就是院子里想种一点花草，都必须到天津去取些泥土放在花盆里栽。粮食必须到外处去运，所以往营口的那条航线就成了那一带居民的生命线了。在这线上有一块只有两三个渔村的荒岛，附近的礁石最多，遇风暴或浓雾时最容易迷失方向，远处也许有比这里更凶险的地方，但是人们死在这里的最多。——在许多年前，也许是我祖母的儿童时代，有一只船跟平素一样在一个风平浪静的早晨从大沽口起锚出发了。走了两三天，正在这荒岛的附近，海上起了暴风，这只船触在礁上沉没了。其中有一个人，在垂死的时候遇了救，被另一只船载到营口。

　　"这人在垂死的时候遇了救，觉得仿佛又换了一个生命一般，同时想到那无情的礁石和全船将沉时恐怖的情况以及自己临死时的心情，刹那间就决定了一件事：在那荒岛上为什么不建筑起一座灯塔呢？

　　"从此他就飘流在营口一带。他在他的家乡成了一个传说中的人物：有的说他死在海里了，有的说他遇了救不知流落在什么地方，有的说在营口街上被同乡看见过，好像成为乞丐。他家里的妻子，不管这些传说是怎样分歧，反正在他没有回来之先，只有过着白天吃斋念佛，夜里和衣而卧的生活。——他本人呢，却像是化缘的和尚一般，到处请求布施，说是要在一座荒岛上建设一座灯塔。

　　"陆地上的人很少有人想到海。谁听他这样荒唐的话呢？他用尽种种的言辞，反来复去地使人相信他所说的不是谎话。有的是相信了，但大半的人以为他不是个疯子，便是个骗子。一天一天地过去，所募到的钱距离他所希望的数目还太远，同时他的身体也一天天地衰弱下去。他想，在他未死前完成这件事，他不能不想出一种残酷的方法。就是把自己的手指用布缠起，浸上菜油，在不肯施舍的人们的面前，把那块缠在手指的油布用火点燃，让火慢慢地燃到指尖。他说，在那荒岛旁，不知有多少人无辜地丧了性命，不知使多少人家的妻子一直到死不得安眠，这一点手指尖上的痛苦算什么呢？横在我的乡人的面前的，那个可怕的命运就永久不会避免了吗？果真如此，我这两只手又有什么用途呢？

"最后等到他的钱够建筑一座灯塔时，他的十指几乎都烧掉了。他在营口出重资雇了几位泥水匠，率领着他们到了那只有两三个渔村的荒岛，开始了他们建塔的工作。有时在晴朗的日子，同乡的船在离岛不远的地方走过，远远望得见岛上有人在那儿活动。但不知是做些什么。船有的开去，有的开回来，岛上的人们围着活动的那个东西渐渐长高了，也不知是什么。因为那岛对于他们是非人间的神秘的地方，也许是有什么神或鬼在那儿作祟。直到一天的傍晚，岛上高高的建筑上不见有人活动了，却放出橙黄色的光来，才似信似疑地想到，也许是一座灯塔吧？

"建塔的人从此就天天在那塔上走上走下，在雾里，在风雨里，在海上的黄昏里，燃起一点比长庚星的光大不了多少的橙黄色的灯光。船上的人们望着这点光，分辨得出方向，他们怀着感谢的心情，以为是岛上有什么仙人出现，在怜悯他们。

"那人后来衰老得不成样子，但是他认为他是不能死的，因为塔上的灯光一天也不能缺少。据说，一天他病势很重了，他勉强爬到塔顶，燃着了灯，再也走不下来，他就望着那盏灯光，永久地闭上了眼睛。当时的海上起了很大的风涛……"

我们的船在湖上慢慢地走着，大家倾听 T 君的这段话，感到兴奋。在 T 君刚一闭口的时候，C 君说出他的感想：

"方才我说完那段石工的故事，M 先生曾经说，这类的故事恐怕当时在云冈、在敦煌也少不了吧。我这时也觉得，在深山，在大海，在许多穷乡僻壤，也总少不了与这建塔者类似的故事。人间实在有些无名的人，躲开一切的热闹，独自做出来一些足以与自然抗衡的事业。"

山村的墓碣

　　德国和瑞士交界的一带是山谷和树林的世界，那里的居民多半是农民。虽然有铁路，有公路，伸到他们的村庄里来，但是他们的视线还依然被些山岭所限制，不必提巴黎和柏林，就是他们附近的几个都市，和他们的距离也好像有几万里远。他们各自保持住自己的服装，自己的方言，自己的习俗，自己的建筑方式。山上的松林有时稀疏，有时浓密，走进去，往往是几天也走不完。林径上行人稀少，但对面若是走来一个人，没有不向你点头致意的，仿佛是熟识的一般。每逢路径拐弯处，总少不了一块方方的指路碑，东西南北，指给你一些新鲜而又朴实的地名。有一次我正对着一块指路碑，踌躇着，不知应该往哪里走，在碑旁草丛中又见到另外一块方石，向前仔细一看，却是一座墓碣，上边刻着：

　　　　一个过路人，不知为什么，
　　　　走到这里就死了。
　　　　一切过路人，从这里经过，
　　　　请给他做个祈祷。

这四行简陋的诗句非常感动我，当时我真希望我是一个基督徒，能够给这个不知名的死者做一次祈祷。但是我不能。小时候读过王阳明的《瘗旅文》，为了那死在瘴疠之乡的主仆起过无穷的想象；这里并非瘴疠之乡，但既然同是过路人，便不自觉地起了无限的同情，觉得这个死者好像是自己的亲属，说得重一些，竟像是所有的行路人生命里的一部分。想到这里，这铭语中的后两行更语重情长了。

由于这块墓碣我便发生了一种从来不曾有过的兴趣：走路时总是常常注意路旁，会不会在这寂静的自然里再发现这一类的墓碣呢？人们说，事事不可强求，一强求，反倒遇不到了。但有时也有偶然的机会，在你一个愿望因为不能达到而放弃了以后，使你有一个意想不到的得获。我在那些山村和山林里自然没有再遇到第二座这样的墓碣，可是在我离开了那里又回到一个繁华的城市时，一天我在一个旧书店里乱翻，不知不觉，有一个二寸长的小册子落到我的手里了。封面上写着："山村的墓碣"。打开一看，正是瑞士许多山村中的墓碣上的铭语，一个乡村牧师搜集的。

欧洲城市附近的墓园往往是很好的散步场所，那里有鲜花，有短树，墓碑上有美丽的石刻，人们尽量把死点缀得十分幽静，但墓铭多半是千篇一律的，无非是"愿你在上帝那里得到永息"一类的话。可是这小册子里所搜集的则迥然不同了，里边到处流露出农人的朴实与幽默，他们看死的降临是无法抵制的，因此于无可奈何中也就把死写得潇洒而轻松。我很便宜地买到这本小册子，茶余饭罢，常常读给朋友们听，朋友们听了，没有一个不诧异地问："这是真的吗?"——但是每个铭语下边都注明采集的地名。我现在还记得几段，其中有一段这样写着：

我生于波登湖畔，

我死于肚子痛。

还有一个小学教师的：

我是一个乡村教员，

鞭打了一辈子学童。

如今的人类正在大规模地死亡。在无数死者的坟墓前，有的刻上光荣的词句，有的被人说是可鄙的死亡，有的无人理会。可是瑞士的山中仍旧保持着昔日的平静，我想，那里的农民们也许还在继续刻他们的别饶风趣的墓碣吧。有时我为了许多事，想到死的问题，在想得最严重时，很想再翻开那个小册子读一读。但它跟我许多心爱的书籍一样，尘埋在远远的北方的家乡……

动物园

　　他的壮年是在印度、南非、南美，那些浓郁而旷野的地方度过的。他如今头发白了，扶着栏杆走上他四层楼的住所，常常发喘，有时甚至要在楼梯旁的小凳上坐下休息几分钟才能继续往上走，可是他一谈到他往年在南方的经验，尤其是他那痴情的放荡的畋猎生活，他的两眼便发出炯炯的光。他立刻打开他的照相簿给人看。

　　"你们看，这是在印度打的一条虎。那时我住在一座遍处都是草莽的山上。山附近常常有虎出没，你们知道吗？黄昏时若是骑着马在草莽中间走过，马一听到虎叫的声音，便战栗起来，随后全身痉挛，一步也不敢前进。这时候骑马的人真窘。有些天，虎闹得太凶了，我们想起一个方法，把一匹病得要死的马拴在一棵树下，大家远远近近地埋伏在草里边。月夜里，虎叫起来了，病马早已吓得和死马一样。几分钟后，虎出现了，向着这匹病马跑来，我们的枪弹便一起放射——第二天早晨，就照了这幅死虎的相。"

　　他又一页一页地翻下去，"看，这是非洲的一只野猪。那回又是在荒原里搭起帐篷。夜半，人们都睡熟了，忽然在睡梦中听见我的狗发出一声狂叫，提着灯走出来一看，我那条从家乡带出来陪我走遍世界的狼犬已经血淋淋地倒在地上，据说是被豹子咬死了。第二天，我们把一切准备好，要替我的狼犬报仇，举行一次盛大的猎豹的出征。但是豹的踪迹遍寻不得，树林里出现了野猪。你们知道猎野猪的方法吗？你万不可迎面射击它，因为它若是中了弹，就只知道死命地向前冲，你就有被它撞死的危险。最好是躲在旁边，向它的腹部射去，说不定它会撞死在一棵大树上……

"那真是使人鼓舞的事，"他把簿子合上，"在荒野的地方猎取野兽。我们这里有什么趣味呢，背着猎枪射下几只林中的飞鸟，架着苍鹰捉几个草间的走兔，或是牵着猎犬追踪麋鹿的踪迹。

"还有南美洲。亚马孙河的上游，丑恶的鳄鱼在水陆之间爬上爬下，但是最荫凉的地方，在你面前会不知不觉地展开一片Victoria regia①，叶子那样大，花色那样惨白，会冷透了你的心。也就是在最凶险的地方，才有这奇异的美景，你们可知道，在虎豹称雄的山上也常常有孔雀飞舞吗？——Victoria regia，孔雀，在我们这里是梦境，在那里却是真实。"

他这样说着，人们看着他颤巍巍的身躯还在放射着他往日的英勇，他的四壁悬挂着的猎具上仿佛还没有退尽野兽的血

---

① 南美洲巨型睡莲。

腥、虫蛇的毒液。但是从窗外望下去，是汽车电车永不停息的繁华的大街，街两旁开设着最新式的商店和咖啡店。晴朗的下午，咖啡店把桌椅都摆在大街的两旁，坐遍各色各样的男女。大都市里复杂的声音侵到这屋子里来，更显出这老人的寂寞。他退居在这里，将近十年了。他常常说："我真愿意再有一次青春，到远方的广大的世界里驰骋一番呢。"他有时又把对面的窗子打开，"你们看这边的动物园，对于我是快乐，也是痛苦。快乐的是我低头望着这广大的园子，里边无数的生命至少还使我感到往日的真实，痛苦的是铁笼木栏使那些生命都渐渐变了本质。我在这里住了这么久，就很少听过一次虎啸或狮吼，只有夜半，我的梦回翔在赤道以南的地带，忽然听到一声吼叫，惊醒过来，不知道声音是从梦中来的，还是从下边的动物园里。"

打猎的人爱谈打猎的故事，说得过分地夸张而玄妙时，往往使听者嫌厌。但是这老人谈得总是很有趣味，从来不曾使人感到单调过。许多青年人都爱爬上他那四层楼的楼梯去听他娓娓动听的故事。他多少年的光阴都在他乡度过，回到故乡后，故乡的一切都变得生疏了，曾经消谢过他华年的那些地方反倒成为他所怀念的家乡。

他天天早晨到动物园里散步，好像怀着无限的乡愁。虎、豹、狮、斑马、鳄鱼……每个兽的身上都放散出他所熟识的、它们所特有的气息，可是它们都短少它们所应有的背景：热带的沙漠，森林里的沼泽，一望无边的草莽。尤其是一天亮就开始睡眠的大蝙蝠把灰色的翅膀挂在枯树枝上，色彩斑斓的毒蛇盘在松树干上，一动也不动，这和标本室里那些死的模型有什么分别呢？他常自言自语地说："这些生物闭锢在这里，有如沦亡了的部落的后裔，成为人家的奴隶，被人运到这里，运到那里，任人摆布，他们的血里还有那样的呼声吗，向着旷野，向着森林，向着远方的自由？"

园子里更使他恋恋不舍的是栏杆上挂着的牌子，上边写有："虎，印度产"，"斑马，非洲产"……这类无声无息的死的文字里隐伏着多少辽远的山川！无数的远方，无数他再也不能看见的奇景，都藏在这几个字里，有如古代的画，只画出人物，至于人物背后的山水树木，只用单字标明，——可是这单字里含有多少真实的意义！

从死的字里唤回当年活的山水，他感受得一天比一天深。他绝没有勇气说："我抛掉眼前的这几个死的字，再去过一番那无边的旷野的泼辣的生活。"他自己的身体不允许他，外边也绝不会给他送来一个这样的机会。他将要长此望着这些笼里的，栏里的，没有背景的野兽一天一天地衰老下去……

但是，一天机会来了，战争来了。街上喧嚣起与往日不同的人声，铁路上日日开走与往日不同的列车。下午几个常常到他这里来的听他讲故事的青年来的次数也减少了，后来索性有的就不见了。但是动物园里没有一些改变，虎的眼珠里，豹的跳跃里，并没有什么奇异的预感，至于蛇，至于大蝙蝠，仍旧默默地没有声息……

他渐渐听说，某处有空袭了，某个城市被炸了，而他的周围和他面前的动物园还是没有变动。一切都是战时状态了，他却以为，敌人的飞机绝不会到他的头上飞翔，炸弹也不会落在这一片和平的动物园里。

空袭渐渐多了，终于也轮到他所居住的这座城市。警笛响了，好像与他无干；刹那间街上的行人都不见了，他心里感到一度异样的凄凉；机声响了，高射炮声响了，枪声响了，炸弹的声音，飞机陨落的声音，随后机声远了，剩下一片他从未经验过的死寂。打开窗子望出去，有几处冒着浓厚的黑烟……

但是被炸的地方越来越近，有一次空袭后，附近的一座大厦炸去了三四层。广场的树枝上悬挂起半条人腿……

一向以为不相干的，远方的事如今都到了近旁，他才起始为这广大的动物园担心，它像是一片眼看就要泛滥的湖水，水位一天比一天增高。

动物园里游人的数目也在减少，这不是什么好的预兆，他每天早晨到那里边去散步，反倒去得更早回来得更迟了。他享受着眼前的风平浪静，担心着暴风雨的到来，同时又好像在期待着它的到来。

一天，他又在望着"印度产"、"非洲产"……那些死的文字发呆，警笛鸣了，紧接着机声响了，回家去是不可能的，只好躲在附近的一座土丘下边。大批的飞机飞到他头上的天空，他分不清哪些是敌人的，哪些是自己的。立刻有一片射击，轰炸，爆裂，陨落的声音，混在一起，忽然他面前飞起一只孔雀，转瞬间他仿佛又是置身于印度的草原，望见几十成群的孔雀在空中飞舞，眼前都是孔雀的羽毛，一片绿，一片昏黄，他失去了知觉。

最后，四围的寂静唤醒了他。世界完全改变了。六七十步远的地方就血肉狼藉地躺着一部分野兽的死尸，勉强认得出来的是：这里一条虎腿，那里一个豹头，这里一条狐尾，那里一段斑马的颈子，这些最勇猛的，或是最狡猾的生物都没有能够保住它们的生命，好像宇宙经过一番只有在洪荒时代才能有的浩劫，使他不相信这是事实。但是他走到湖水边，那里的铁网也断了，鳄鱼、龟、蛇，都还守着它们原有的位置，没有声音，也没有动作，只有海狸正从水里爬到一大块洁白的石上，在美好的日光下晒它润泽的皮毛。麋鹿却早已越过它们的木栏，在行人的路上荡来荡去。还有柔顺的意大利种的大耳白兔，暹罗种的灰黄色的猫在一片碧绿的草坪上跳跃，假使没有那几处狼藉不堪的血肉和残败的铁栏木笼，真会使人疑心这是宇宙初创的第七日，和平，寂静……但是动物园外，有的房顶上冒起浓烟，有的窗子里吐出火焰，救急的汽车在大街上吼着，没有停息。

他的心情对于这个景况不曾有过一点准备，正在彷徨时，不知受了什么启示，不自主地走出动物园的门。想不到空旷的大街已经成了动物的世界，咖啡店前石板的桌子上聚集起各色各样的猴子，在跳跃，在争夺，打成一片。广场上有粗笨的鸵鸟在那里兜圈子，好像要放开腿奔跑，可是又跑不开。一座旅馆的门前，平素总侍立着一个古装的侍童，如今却是一个高大的黑熊不住地在那里扒弄着旅馆的玻璃门。两只奇拉夫立在街心，伸出它们的细长的脖颈，有两丈高，仿佛高大的桅樯。平滑的柏油路上奔驰着高山地带的羚羊，草原中的野狸……还有各样一时叫不出名称的四足兽。他忽然回头一看，后面摇摇晃晃走来一只西藏高原的牦牛。在这样一条最近代、最繁华的街上忽然出现这么多离奇的生物，他的耳目迷离，他的心神眩惑了。

再也没有争奇夺艳的妇女，再也没有衣履翩翩的绅士，正午的阳光下他好像又恢复了青春，回到他所梦想的旷野的热带。他壮年的血又在他身内循环，他从他的记忆里唤回来沙漠，唤回来沼泽，唤回来森林。两旁的华丽的建筑正在向着原始转变时，他忽然听到了一辆狂吼的卡车停住了，紧接着一片枪声，立刻击中了一只鸵鸟，一只羚羊，还有那旅馆门前的黑熊，同时也唤醒他壮年时畋猎的雄心。

"我回去取我的枪去！"他定一定神，辨一辨方向，向四下一望，已经望不见他居住的那座楼。

附记：

　　一天，报纸上登载着，欧洲某大城市的动物园被炸，许多野兽都跑到繁华的大街上。这段新闻使我想起十年前在欧洲一座城市里认识的一个好畋猎的老人，我于是写了这么一篇小东西来纪念他。

忆平乐

　　六年前，11月下半月里的一个早晨，我们在桂林上了一只漓江上的民船。那时正是长沙大火后，各地方的难民潮涌一般地到了桂林。抗战以来，如果说南京失守是第一个挫折，那么武汉撤退显然是第二个挫折了，大家不知道此后的局势将要怎样发展，但对于将来都具有信心。人们好像很年轻，报纸上虽然没有多少好消息，同时几乎天天要跑警报，可是面貌上没有一些疲倦。并且人人都以好奇的眼光观看这很有特性的城市。他们不但没有抱怨，反倒常常怀着感谢的心情说："若不是抗战，怎么会看到这里的山水。"

　　在桂林住了半个多月，全国各地的一举一动都会在这里发生感应。但是一上了漓江的船，就迥然不同了，初冬的天空和初冬的江水是一样澄清，传不来一点外边的消息。我立在船头，当桂林的那些山峰渐渐在我面前消逝时，我心里想：10月的下旬在赣江上，11月的下旬在漓江上，一东一西，中间隔着四四方方的湖南那么一大省，但是民船，两个地方却没有一点不同，同样的船篷，同样的船身，同样的船夫撑船的姿势。从空间我又想到时间：在战前，在百年前，甚至在千年前，漓江上的航行也必定没有多少变化。山是那样奇兀，水是这样清澈，江底的石块无论大小都历历可数。此外就是寂静，寂静凝结在前后左右，好像千军万马也不能把这寂静冲破。

俗话说，桂林山水甲天下，至于山水的奇丽还要算漓江。船过了大圩，这条江水便永久被四面的山包围起来了。船在水中央，仿佛永久在一座带形的湖里。船慢慢地走着，船上的人没有事做，只有望着四周的山峰。经过长久的时间，山峰好像都看熟了，忽然转了一个大弯子，面前的山峰紧接着也改变了形象，原来船已经走出这"带形的湖"又走入一座新的"带形的湖"里。山转变无穷，水也始终没有被前面的山遏住。这样走了两天，过了阳朔一直到了平乐。

在平乐，我们找到了一辆汽车要经过柳州、南宁到龙州去。往南越走越热，临行的前一天，妻的身上穿着棉衣，她说想做一件夹衣预备在热的地方穿，但恐怕来不及了，因为汽车在第二天清早就要开行。我说，我们不妨到裁缝铺里试一试。我们于是在临江的一条街上买了一件衣料，随后拿着这件衣料问了几家裁缝铺，都异口同音地说来不及了。最后到了一家，仍然是说来不及了，但口气不是那样坚决，不可能中好像含有一些可能的意味。我们也就利用这一点可能的意味向那裁缝恳求：

"如果你在今晚十二点以前把这件衣服缝好，我们愿意出加倍的工资。"

"加倍的工资，我不要；只怕时间来不及了。若是来得及，一件夹袍是一件夹袍，工资无需增加。"

"我们也是不得已，因为明天清早就要到柳州去。"

我们继续恳求，最后那裁缝被我们说动了，他说："放在这里吧，我替你们赶做——"

我们把旅馆的地址留给他，继续到街上料理其他的琐事。晚饭后，一切都已收拾停当。我们决定早一点睡，至于那件夹衣，第二天清早去取，想不会有什么耽搁。想不到睡得正熟的时候，忽然有茶房敲门，说楼下有人来找。我睡眼蒙眬地走到楼下，白天的那个裁缝正捧着一件叠得好好的夹衣在旅馆的柜台旁立着。他说，这件夹衣做好了，在十二点以前。

我当时很感动，我对于我的早睡觉得十分惭愧，我接过来那件夹衣，它在我的手里好像比它本来的分量沉重得多。我拿出一张一元的纸币交给那个裁缝，他找回我两角钱，说一声"一件夹袍八角钱"，回头就走了。我走上楼，把夹袍放在箱子里，又躺在床上，听着楼下的钟正打十二点。

六年了，在这六年内听说广西也有许多变化，过去的事在脑里一天比一天模糊。入秋以来，敌人侵入广西，不但桂林、柳州那样的大地名天天在报纸上出现，就是平乐也曾经一再地在报纸上读到。当我读到"平乐"二字时，不知怎么，漓江两岸的风光以及平乐的那晚的经验都引起我乡愁一般的思念。如今平乐已经沦陷，漓江一带的山水想必还是和六年前没有两样，可是那个裁缝，我不知道他会流亡到什么地方，我怀念他，像是怀念一个旧日的友人。——朋友们常常因为对于自己的民族期望过殷，转爱为憎，而怨恨这个民族太没有出息。但我每逢听到一个地方沦陷了，而那地方又曾经和我发生过一些关系，我便对那里的山水人物感到痛切的爱恋。

并且，在这六年内世界在变，社会在变，许多人变得不成人形，但我深信有许多事物并没有变：农夫依旧春耕秋收，没有一个农夫把粮食种得不成粮食；手工艺者依旧做出人间的用具，没有一个木匠把桌子做得不成桌子，没有一个裁缝把衣服缝得不成衣服；他们都和山水树木一样，永久不失去自己的生的形式。真正变得不成人形的却是那些衣冠人士：有些教育家把学校办得不成学校，有些政客把政治弄得不成政治，有些军官把军队弄得不成军队。

现在敌人正在广西到处猖獗，谣言在后方都市的衣冠社会里正病菌似的传布着，我坐在屋里，只苦苦地思念着漓江上的寂静和平乐的那个认真而守时刻的裁缝：前者使人深思，后者使人警省。

《山水》后记

　　三十一年①的秋天，从过去写的散文中抽出十篇性质相近的，集在一起，按照年月的先后编成一个集子，在封面上题了"山水"两个字，随后又信手写了一篇跋语：

　　"十几年来，走过许多地方，自己留下的纪念却是疏疏落落的几篇散文。或无心，或有意，在一些地方停留下来，停留的时间不管是长到几年或是短到几点钟，可是我一离开它们，它们便一粒种子似的种在我的身内了：有的仿佛发了芽，有的则长久地沉埋着，静默无形，使人觉得更是一个沉重的负担。我最难忘怀的，譬如某某古寺里的一棵千年的玫瑰，某某僻静的乡村礼拜堂里的一幅名画，某某海滨的一次散步，某某水上的一次夜航……这些地方虽然不在这小册子里出现，但它们和我在这里所写的几个地方一样，都交织在记忆里，成为我灵魂里的山川。我爱惜它们，无异于爱惜自己的生命。

　　"至于这小册子里所写的，都不是世人所谓的名胜。地壳构成时，因为偶然的遇合，产生出不寻常的现象，如某处的山洞，

---

① 指民国三十一年，即 1942 年。

某处的石林，只能使我们一新眼界，却不能使我们惊讶造物的神奇。真实的造化之工却在平凡的原野上，一棵树的姿态，一株草的生长，一只鸟的飞翔，这里边含有无限的永恒的美。所谓探奇访胜，不过是人的一种好奇心，正如菜蔬之外还想尝一尝山珍海味；可是给我们的生命滋养最多的并不是那些石林山洞，而是碧绿的原野。自然本身不晓得夸张，人又何必把夸张传染给自然呢。我爱树下水滨明心见性的思想者，却不爱访奇探胜的奇士。因为自然里无所谓奇，无所谓胜，纵使有些异乎寻常的现象，但在永恒的美中并不能显出什么特殊的意义。

"对于山水，我们还给它们本来的面目吧。我们不应该把些人事掺杂在自然里面：宋、元以来的山水画家就很理解这种态度。在人事里，我们尽可以怀念过去；在自然里，我们却愿意万古长新。最使人不能忍耐的是杭州的西湖，人们既不顾虑到适宜不适宜，也不顾虑这有限的一湖湖水能有多少容量，把些历史的糟粕尽其可能地堆在湖的周围，一片完美的湖山变得支离破裂，成为一堆东拼西凑的杂景。——我是怎样爱慕那些还没有被人类的历史所点染过的自然：带有原始气氛的树林，只有樵夫和猎人所攀登的山坡，船渐渐远离了剩下的一片湖水，这里，自然才在我们面前矗立起来，我们同时也会感到我们应该怎样生长。山水越是无名，给我们的影响也越大；因此这些风景里出现的少数的人物也多半是无名的：但愿他们都谦虚，山上也好，水边也好，一个大都会附近的新村里也好，他们的生与死都像一棵树似的，不曾玷污了或是破坏了自然。"

等到第二年九月，《山水》在重庆的一个书局出版时，由于一时的疏忽，这篇不及一千字的短文却没有印在书的后边。如今重新编定这本小书，又加上三十一年以后的三篇，再把它重读一遍，觉得它并没有失却它充作跋语的意义。这种对于自然的看法，我不能不感谢昆明七年的寄居。昆明附近的山水是那样朴素，坦白，少有历史的负担和人工的点缀，它们没有修饰，无处不呈露出它们本来的面目：这时我认识了自然，自然也教育了我，在抗战期中最苦闷的岁月里，多赖那朴质的原野供给我无限的精神食粮，当社会里一般的现象一天一天地趋向腐烂时，任何一棵田埂上的小草，任何一棵山坡上的树木，都曾给予我许多启示，在寂寞中，在无人可与告语的境况里，它们始终维系住了我向上的心情，它们在我的生命里发生了比任何人类的名言懿行都重大的作用。我在它们那里领悟了什么是生长，明白了什么是忍耐。

但是自从三十一年以后，除去这里加上的三篇，我就很少写《山水》这类的文字了。当时后方的城市里不合理的事成为常情，合理的事成为例外，眼看着成群的士兵不死于战场，而死于官长的贪污，努力工作者日日与疾病和饥寒战斗，而荒淫无耻者却好像支配了一切。我写作的兴趣也就转移，起始写一些关于眼前种种现实的杂文，在那时成为一时风尚的小型周刊上发表，一篇一篇地写下去，直到三十四年①八月十日才好像告了一个结束。如今回顾，我仍然爱惜《山水》里的几篇，以及那篇跋语里所说的几段话。因为无论在多么黯淡的时刻，《山水》中的风景和人物都在我的面前闪着微光，使我生长，使我忍耐。就是那些杂文的写成，也多赖这点微光引导着我的思路，一篇一篇地写下去，不会感到疲倦。

如今回到北平，眼前的种种陷入比战时更为纷纭的状况，终日坐在城圈子里，再也没有原野的风梳栉我的心灵，而昆明的山水竟好像成为我理想中的山水了。这时我觉得这本小册子与其说是纪念过去走过的许多地方，倒不如说是纪念昆明。

---

① 指民国三十四年，即 1945 年。

莫斯科

莫斯科，我在你的红场旁住了二十来天，我来到你这里，感到一种幸福，我离开你，也感到幸福。

这幸福是难以形容的：既不像旧日的香客们参拜了一座神庙载福回家了，也不像疲劳的旅客在一个旅馆里睡了一夜好觉又走上长途。这幸福是实际的，因为在你这里我了解了许多事物；这幸福是理想的，因为从你这里我望见世界上更多的远景。

我们的社会基层在改变，无论人或物都要随着改变，只要他们不甘心死亡，就没有一件事会阻止他们从旧蜕化出来新，更没有一座高山或深渊划分出新与旧的界线。这有八百年历史的莫斯科就是一个好榜样。许多欧洲的城市都靠着一条河，河这边是老城，河那边是新城。老城里是弯曲的街道和挤得紧紧的房屋，留存着不少封建时代残酷的遗迹；新城多半是十八九世纪以来的产物，周围的气氛不是市民的庸俗便是劳动者的苦难。莫斯科却没有那样的界线。临近郊区的房屋和桥梁固然是新的，但莫斯科最古的核心也是新的。克里姆林宫随时都焕发出新的精神，瓦西里教堂也不断更改它古老的面貌。在中欧南欧有些市政厅或教堂的地窖里还存留着中世纪的监狱、土牢、残酷的刑具，使人深深体会，法西斯的集中营和它们是一脉相承的。但是在红场上，在人民欢呼的红场上，如果不是历史告诉我们说，我们绝不会想到这里曾经竖立过绞架，流过无数人的血泪。历史博物馆里的一切也是新的活的，一开始就是从猿到人的图像和模型，几十万年前的历史事实一点儿也没有老，它生动地教育着现代的人：劳动创造世界。此后就是阶级社会的形成，剥削者与被剥削者生活的对比，一世纪一世纪地看下去，最后看到十月革命的前夕。我们从那里出来，自然便会起了一个愿望：到列宁博物馆去，到革命博物馆去！莫斯科处处都能使我们领悟到，苏联最善于处理旧社会的遗产，绝不让它们蹲在一个阴暗的角落里，发了霉，生了锈，它让它们发挥新的作用。

至于新的事物，则让它尽量发展。政府放开远大的眼光，勇敢计划，人民在政府的领导下，施展他们的智慧和毅力。我们听人述说运河的开凿、斯大林汽车工厂宏大的规模。我们听人述说，高尔基大街加宽路面时，有几座六层大厦并不拆毁，而是把它们的基础一分一寸地向后移动，住民和家具都无须搬出，等到大厦在新的地基上稳定了，住民只需回答一次电话，"水电没有毛病吧？"我们还听说，德国法西斯的匪军临近莫斯科时，地下铁道的修筑并没有停息，许多工人都上了前线，立刻有青年男女来补充；他们在工作中锻炼成具有专门技能的工人，并且有些人克服了意料不到的困难，成为英雄与模范，因为在战时修筑的那条隧道是通到斯大林工厂的，有四次经过莫斯科河底，人们在四十五公尺下的深处工作，要随时和性质不同的地层与地下水战斗。

地下铁道这艰巨的工程显示出社会主义国家伟大的气魄。一提起地下，人们总会想到阴暗、狭窄、闭塞。但我们立在自动电梯上走入地下时，我们便觉得好像不是下降，而是上升。里边迎接我们的是光明、宽敞、新鲜的空气。三十五座宽广的车站，用乌拉尔、乔治亚、阿尔泰各地的大理石砌成，被人称为现代的宫殿。是的，看了这些建筑，人们再也不想去看欧洲的那些古代的堡垒和近代的宫苑了。有些资本主义国家的市侩们说，"社会主义国家是不尊重个性的。"请他们看一看这些车站吧。不同的形式、不同的设置、不同的色彩，没有一座和另一座相雷同。建筑师、雕刻家，只要他们担任起一个车站的设计，便充分地在这上边发挥出他们特殊的才能。才能最高的表现者也常常由于一座车站的完成获得了斯大林奖金。那些市侩们又说，"社会主义国家是只求功利的。"也请他们看一看这些车站和隧道吧。这里诚然是讲求功利的，但不是像在资本主义国家里那样只为了公司股东的功利，而是为了人民的利益。为了人民的利益，才有那样低微的票价和舒适的车辆，那样充足的光线和新鲜的空气，每座宽广的车站里才有那么多富有教育意义的雄壮的石像和精巧的浮雕，美和实用才能得到那样高度的结合。

苏联政府爱它的人民。它教育他们，娱乐他们。在苏联，教育不是呆板而枯燥的，娱乐不是荒唐而没有风趣的。这上边我们看到社会主义国家里的创造性。我说的是星象馆大讲堂里的人造天空。每次关于天文或地理的通俗讲演完毕后，电光便在讲堂的圆顶上照映出夜间的星空，天体在运转，星座在移动，最后星光渐渐稀少，东方发红，《国际歌》的乐曲中涌出一轮红日。——我说的是大剧院旁的儿童剧院。这剧院是为儿童设置的：座位矮小，剧场并不小；观众小，观众在休息时间散步的大厅并不小。小观众们多半是集体去看戏，他们的情感和舞台上的表演融成一片，随着戏剧情节的变化，人们会听见舞台下有时哭，有时笑，有时愤怒，有时欢呼。里边的空气从开幕到闭幕始终是紧张的。但是观众们看完戏回到学校里，教员就要领导他们讨论这出戏，分析这出戏，从中挖掘问题，发现教育的意义。——我说的是傀儡剧团。这剧团的导演者奥布拉索夫和他的同伴们，给那些用布和弹簧制成的"演员"输入新的生命，不管"演员"扮演的是"天方夜谭"里的美女，或是俄罗斯古代传说中受难的英雄，或是童话里寓言里的一只虎、一只羊，一举一动，一言一笑，都能刻画出剧中人物的性格。这种简单的、带有原始性的艺术在奥布拉索夫手里得到了新的发展，如今不只是儿童，就是许多成人也被它的魔力所吸引了。但这不只是精妙的技术，却也是一种教育，它加强了人的感觉，丰富了人的想象。——我还要说到那些工人俱乐部，那些文化休息公园，那些少年营和少年宫，新颖的儿童读物和儿童电影，哪一件不是苏联人民的新创造？

克里姆林宫北有莫斯科大剧院，克里姆林宫南过了莫斯科河是特列杰亚柯夫画廊。大剧院里表演的和画院里陈列的形成一个对照。大剧院经常上演芭蕾舞剧。这种艺术，15世纪在意大利宫廷里兴起，后来在北方的彼得堡沙皇剧院中有了大的发展，如今苏联把它接受下来，看成国宝，不但在国内继续培养，而且举世闻名。剧院没有一天不是满座的，谁要去看戏，必须在几天前订票，这证明苏联人民对它的喜爱。他们喜爱这有限的舞台上呈现出无限的奇景：暴风雨的海洋，梦境中金鱼的游泳……一切自然界的壮观和童话的幻境。他们更喜爱芭蕾舞蹈者的身体与音乐融和，表演出各种不同的节奏。我们最初觉得，这些舞剧的内容太奇幻了，与现实隔离太远了。但继而一转想，苏联的人民既然热爱这种艺术，而这些舞剧的内容又是健康的，没有资本主义国家中荒唐与淫靡的气氛，人们为什么不可以在一天的劳动后到一个美幻的世界里开扩他们的心胸呢？——可是特列杰亚柯夫画廊就完全不同了。每幅画都是现实，历史的现实。我们经过中世纪的神像画，18世纪的贵族画像，走入伟大的19世纪。这里画的是沙皇时代俄罗斯人苦难的生活：移民在荒原里的死亡，伏尔加河上的纤夫，父亲从牢狱里的归来，近卫军集体的被绞杀……没有一个国家的绘画像这样密切地和人民的生活与革命运动相结合的了。尤其是列平①，他和托尔斯泰是分不开的，他好像给托尔斯泰的书画插画，托尔斯泰好像给他的画做说明，他们都为一个伟大的未来做准备。而且在这画廊里也表现出那"伟大的未来"的实现：革命领袖的像，胜利的红军的像，英勇的工人和农人的像，农场里的菜蔬是那样新鲜，青年人的原野是那样绿；一切都是肯定的、乐观的、光明的。这些鲜明的色彩反映着苏联人的实际生活，正如大剧院的舞剧反映着苏联人的想象一般。

苏联人肯定的、乐观的生活促使一切在发展。在这发展中不断改变旧的，创造新的。莫斯科地下的铁道还要继续延长，地上的建筑还要继续增添。二百十七公尺高的苏维埃宫的设计模型以及许多莫斯科的改造计划都在向我们说，莫斯科的发展是无穷无尽的。

在白天，我们看见列宁墓前参拜者的行列是不断的。

在夜里，我们望着克里姆林宫塔顶上红星的光芒是不灭的。

---

① 列平：今译列宾（Илья Ефимович Репин，1844—1930），俄国画家。

爱情诗与战斗诗

在匈牙利，和人谈起匈牙利过去的诗人，其中最灿烂的名字当然是彼得斐①。他如今被匈牙利的人民爱戴，有如普希金在苏联一般。"但是，"一天一个在匈牙利文化部里工作的人向我说，"除了彼得斐，我还愿意向你介绍两个诗人，一个是20世纪初期的进步诗人阿第②，一个是霍尔梯反动政府时代自杀的无产阶级诗人约塞夫③。"我说，彼得斐在中国已经有人介绍过，另外的两个名字我还是第一次听见。他于是答应我，替我找一些匈牙利革命诗人的德文翻译。过了两天，我又遇见他，他说，很抱歉，他能找到的这几个诗人的外国文的翻译，多半是一些爱情诗，至于表现他们伟大人格的战斗的诗歌，都没有译出。所以他不能把这些翻译给我。同时他附带着说，在旧日的社会里，人们对待这些诗人，总是表扬他们的爱情诗，贬低他们的战斗诗。

从这段谈话里我想到了前世纪为统治阶级服务的文学史家

---

① 彼得斐，今译裴多菲（Petöfi Sándor，1823—1849），匈牙利诗人。
② 阿第（Ady Endre，1877—1919），匈牙利诗人。
③ 约塞夫（József Attila，1905—1937），匈牙利诗人。

和文艺批评者。像匈牙利的彼得斐、德国的海涅，在统治者的眼中本来都是"叛徒"，那些文学史家是不肯承认这些"叛徒"们的作品的真意义的。但这些"叛徒"由于真实的生活与炽热的良心在诗歌上得到伟大的成功，为人民爱好，文学史的作者不能对他们一字不提或是完全否定他们的地位，于是想出一个巧妙的办法，就是只讲他们的爱情诗，不谈他们的战斗诗。他们也有他们的论据，就是说战斗诗已经随着时代过去了。这样既可以表示他们的"公平"，也不至于得罪他们的统治者。我想，匈牙利诗人的翻译者之所以只译爱情诗不译战斗诗，或多或少是受了这些文学史家的影响。

但是等到第一次世界大战前后，资本主义社会走着下坡路，所谓"现代人"无论在生理上或心理上都显出变态时，健康的爱情诗也被排斥了，他们说那些爱情诗是浅薄的，不够深刻。其实，进步诗人的爱情诗进一步便会使人想到社会的缺欠，对于那摇摇欲坠的资本主义也是危险的，他们掩盖了这种危险，只用浅薄二字抹杀诗的价值，至于不够深刻，只是不够变态而已。所以在这时期，欧美的所谓文化生活就是一方面大量发展那些粗俗的卑鄙的电影和侦探小说，一方面有些自命高深的文人钻入神秘的洞穴写些一般人不能理解的诗和散文。表面看来，二者好像互相敌对，一个是庸俗堕落，一个是深刻清高，事实上不过都是统治者的两个忠实的仆役，取不同的方式来麻醉他的人民。

等到法西斯匪徒获得政权，更是变本加厉，他们不但不理会人民诗人，而且横加摧残，任意诬蔑。据说在匈牙利霍尔梯的统治时期，谁若是当众朗诵了彼得斐的革命诗歌，就会遭受逮捕。至于海涅在德国的纳粹时代更成为双重的罪人。第一因为他对于19世纪前半期德国的反动政治不断地攻击讽刺，第二因为他是犹太人。他的"罗雷莱女仙歌"太普遍了，他们能焚毁他的诗集，但不能把这首歌从人民的口中烧去，他们却想入非非，说它的作者是"无名氏"。致使德国解放后有许多青年竟不知德国诗人中有一个人叫作海涅！

如今，人民得到解放，人民的诗人也得到解放。他们从被曲解、被轻视、被诬蔑里解放出来，把全部的生命再一次呈献给人民。他们也从人民中得到从来不曾享受过的爱戴。我们在匈牙利到处可以听到彼得斐的名字，有彼得斐大街、彼得斐广场，幼稚园里的小孩子都会说彼得斐的故事，他怎样在1848年参加革命，怎样在第二年的战场上失踪。到处可以看到彼得斐的像，在学校里、在会场里、在徽章上、在游行队伍中间被青年们高高举起。在德国，海涅的政治诗也第一次被人普遍诵读，他和马克思的交谊也起始被人深入地研究，他和歌德、普希金、高尔基并列，被规定为德国青年必读的四个诗人。

由于海涅和彼得斐的遭遇，我想起我个人和西洋文学的一些因缘。在我刚刚学习德文时，我读到鲁迅先生翻译的几首彼得斐的诗，感到爱好。正巧在北京大学图书馆里找到一部德文版的彼得斐诗集，前边有一篇彼得斐的传记，我于是根据这篇传记写了一篇彼得斐介绍。同时我也喜欢读海涅，在这年暑假里译了一部海涅的游记。那时我的德文知识是很浅陋的，抱着字典都有许多地方看不懂，无论写的彼得斐介绍或是译的海涅游记，都错误百出；并且对于这两个诗人的认识也不正确，对于彼得斐，我只是被他那二十七年丰富多变的生活所感动，至于海涅，我只觉得他的爱情诗写得那样单纯自然，社会的讽刺是那样尖锐。后来见闻渐渐"广"了，读了一些现代西方批评家的文字，觉得彼得斐、海涅不够"深刻"了，深刻的是象征派以后的一些诗人。所谓深刻，说得好听一点，是以为他们能够表达出现代人的苦闷，其实主要的原因是他们的作品不容易了解。我于是把往日爱过的那些清新明快的诗歌丢在脑后，找来些不容易了解的东西读来读去：好像文字的晦涩就等于表现出现代人的苦闷，现代人的苦闷非晦涩不可似的。所以在鲁迅先生译完了法捷耶夫的"毁灭"的时期，我却遇见了里尔克。在里尔克的影响下我过了十几年，这十几年，我如今回想，是一条错而又错的道路，后来我费了很大的力都没有能够完全摆脱开他的影响。直到北京解放，学习了毛主席的文艺思想，才找到了正当的大道。

在资本主义的没落期，像里尔克那样的诗人对于社会中种种病态是锐敏地感到了的，但他只是感到，并不想寻求根本治疗的方法，却抱着自己的痛苦投入神秘的洞穴。他本来有过许多机会，可能走上进步的道路，但他一经接触，便转回了头。

他少年时拜访过托尔斯泰，中年时会晤过高尔基，十月社会主义革命他寄予无限的同情，并且因而受了反动暴徒的袭击，但他并不由此向前瞻望社会发展的方向，却躲到瑞士的一个古堡中，终日推敲他最后的，也是最晦涩的诗篇。和他情形相似，许多西欧的诗人都走着这悲惨的道路，显明的例子是那两个一度参加过西班牙内战随后又退入幽暗的迷宫里的英国诗人奥登[①]和史奔特尔[②]。如今这类诗人，无论是活的或是死的，都在资本主义国家里和下流电影与侦探小说并排着给反动的统治者点缀"文明"。不管他们感觉多么锐敏，处世多么清高，写诗多么费力，若是不走上为人民服务的道路，总不免要堕落为残酷的剥削者手下的一个小卒。因为我们分明看见，在德国的法西斯匪徒们在他们本国和他们奴役的国家内布满集中营广设杀人场的岁月中，海涅的诗集在书店里绝迹，而里尔克的诗和信札却一本一本地在印行；在帝国主义者煽动战争，进行侵略的现在，里尔克在美国更为流行……

感谢这伟大的人民的时代，使不少的人从那"深不可测的"晦涩的魔宫里跳出来了。最值得钦佩的是智利诗人聂鲁达[③]，当他写一首诗献给斯大林格勒时，一开头就这样写：

---

① 奥登（Wystan Hugn Auden，1907—1973），英国诗人。
② 史奔特尔：今译斯彭德（Stephen Spender，1909—1995），英国诗人。
③ 聂鲁达（Pablo Neruda，1904—1973），智利诗人。

从前我写时光，我写海洋，

我写忧愁，穿着紫色的金属衣裳，

我写天空，我写苹果树的摇荡，

如今我呀，我为你斯大林格勒歌唱。

　　同时他说："当我看到年轻的……阿根廷人或是古巴人恋慕卡夫卡①，里尔克，或是劳伦斯②的时候，我就怒不可遏……年幼无知的青年人因为一心关怀'纯诗'而显得未老先衰，他们忘掉了人类的基本的责任……凡是今天不参加战斗的人就是懦夫。……在我们的斗争中才能找到艺术的取之不尽的源泉。"③

　　我同样不能忘记的是和尼克索④的一段谈话。这位八十岁的丹麦的作家，半年以来都在东欧各民主国家旅行，到处做保卫和平的讲演，在我们到达匈牙利后的第三天，他也到了布达佩斯，和我们住在同一间旅馆里。他向我们说，中国人民的胜利使和平阵营大大加强了，并且问到许多中国解放后的情形。他听说我曾经写过一些诗，他便笑容满面地向我说，"你不要写

---

①　卡夫卡（Franz Kafka，1883—1924），奥地利小说家。

②　劳伦斯（David Herbert Lawrence，1885—1930），英国作家。

③　这段文字和上边的几行诗都见于爱伦堡写的《巴勃罗·聂鲁达》一文，这篇文章发表于《苏联文学》1949年10月号。我这里引的是根据《翻译》月刊，第2卷，第2期，庄寿慈先生的中译。在同一期的《翻译》月刊里还有一篇《彼得斐的胜利》，我整理这篇杂记时曾参看了这篇文章。——作者注

④　尼克索（Martin Andersen Nexφ，1869—1954），丹麦作家。

爱情诗，要多写战斗的诗！"

我听了他这句话，我感到无限的惭愧。我心里想，敬重的大师，你应该向我说："你不要写那些沉思默想的，所谓'现代'的诗，要多写战斗的诗。"也许你一生战斗，你从来不曾把欧洲象征派以后的那些文字的巫师们放在眼里。

伏契克《绞刑架下的报告》

　　在捷克斯洛伐克很少有不知道尤利乌斯·伏契克这个名字的。他是青年和新闻记者的好榜样，所以捷克青年联盟"学习优良"的奖章上刻着伏契克的像，最卓越的青年文工团被称为"伏契克文工团"，新闻工作者把他的死日，9月8日，定为"记者节"，有贡献的新闻记者每年在这天获得伏契克奖金。我们刚到布拉格的那天晚上，一个青年联盟的干部就向我们推荐伏契克《绞刑架下的报告》，他说："这不是普通一般的报告文学了，是捷克人民的经典。"

　　伏契克（1903—1943）生长在产啤酒出名的皮尔森城，是一个工人家庭的儿子，共产党员，在布拉格做报纸编辑；他写过政论、文评、剧评、关于捷克和苏联的报告、短篇小说；他乐观、勇敢、年轻。1939年3月15日法西斯德国占领了捷克全境，这个许多人都熟悉的新闻记者忽然不见了，同时在布拉格或其他捷克的小城中出现了一个满面胡须、目光直视、谁也不认识的"荷拉克教授"。这个伪装的"教授"做出一种不问时事、不问政治的超然姿态，躲避了纳粹特务的注意。但他这时正积极参加捷克人民的独立运动，经常领导着捷克共产党的地下报纸《红色权利报》。这报纸如今在捷克斯洛伐克是一份最大、最有影响、人人必读的报纸，那时在地下由于伏契克有力的文字也是一件最锋锐的反法西斯的武器。1941 年 6 月 22 日希特勒进攻苏联，当天晚上伏契克就散发传单，阐述这次战争的罪恶意义。1942 年 2 月 23 日斯大林向苏军发表了那伟大的命令，《红色权利报》的读者在 24 日晚就能够读到。报纸广泛地传播着，工作也顺利进行，但不幸一件偶然的疏忽使这个"荷拉克教授"于 1942 年 4 月 24 日落在纳粹特务的手里了。特务们认出他是伏契克，把他送入布拉格附近潘克拉斯地方的监狱。每天严刑拷问，叫他说出组织上的机密，他始终保持沉默。他在狱里没满一个月，纳粹匪帮在布拉格的首领，著名的刽子手海特利许被刺了，布拉格立即戒严。在戒严期内，纳粹实行报复，杀戮了成千成百的人，把海特利许被刺处附近的两个村落里狄斯和雷察基夷为平地，从潘克拉斯监狱每天都有不少的人被拉出去绞死或枪毙。伏契克随时都有被拉出去的可能，但是特务们总希望能够从他口里得到一些重要的机密，所以他留下来没有死去。也正是在这戒严时期，一天出乎意外，一个狱里的监视人轻轻问他："你怎么样？"伏契克回答："我不知道。他们告诉我，我明天就要枪毙。"随后监视人说："可能他们这样做。也许不是明天，也许迟些天，也许根本不。但是在这些时候……最好时时准备着……"他沉默了片刻又说："万一不幸……你愿意让人向外面传递一些消息吗？或是你愿意写些东西？你要了解，不是为了现在，是为了将来，你怎么到这里来的，是否有人出卖了你，这里人们都是什么态度……使你所知道的不至于和你一起沦亡……"——随后他就给伏契克送来了纸和铅笔。

伏契克在特务警察面前始终保持他的沉默，但当他手里握着铅笔，面对这宝贵的纸张时，他就不沉默了。他起始向着他的同志、向着捷克人民和全人类述说狱里的形形色色，可爱的、可憎恨的，以及可嫌厌的人物，述说他伟大的思想，对于苏联的热爱与对于捷克将来的信心。他写完一些，就交给那个监视人偷偷地带出去，放在安全的地方保存起来。一直写到第二年的 6 月 9 日，特务们要把他解往柏林，他知道不久就要死去，此后他再也没有机会写"报告"了，他用这样几句话做了结束：

> 我这出戏也要终结了。我不能描写这个终结。我还不知道它。这再也不是戏。这是生活。
> 在生活里没有旁观者。
> 幕揭开了。
> 人们，我爱你们。你们要警惕！

1943 年 9 月 8 日，他在柏林被害。过了一年又八个月，希特勒政权崩溃，捷克斯洛伐克解放，伏契克的夫人从另一个集中营里出来，找到当年潘克拉斯监狱里的监视人——他的名字叫柯林斯基，把伏契克写的零张碎页连缀在一起，就是这部如今成为捷克人民的经典的《绞刑架下的报告》。

在5月，布拉格的大街上充溢着快乐的生活，行人都换上轻便的春服，一些商店陈列窗里摆出各色各样的儿童玩具，玻璃和陶制的器皿。有不少的人在战争时期受过纳粹匪徒的鞭打，住过特务的集中营，他们如今都快乐、健康，好像为了祖国前途无量的建设在工作中谁也不愿意回想过去的那些阴惨而冰冷的故事。但若是偶然和他们提起伏契克，他们便立即变得严肃了。这严肃包含着一种情感的两面：悲悼与尊敬。他们悲悼这样一个优越的捷克人民的儿子在纳粹的特务那里受到那么多难以想象的摧残与折磨；他们尊敬这个忠贞爱国的共产党人在身体难以形容的痛苦下表现了那样崇高的精神，这精神不断地在启发他们，教育他们。我在5月中旬比较空暇的一天，在布拉格一家书店里，买到这部"报告"的德文译本，回到旅馆里就打开来读。这本书从第一页起就把我吸引住了，一句接着一句，一段接着一段，一章接着一章，没有一个地方能够使我把它放下，一直读到最后的一行："人们，我爱你们。你们要警惕！"——其中每个字都放射着血的气味与忠贞的光芒。当我读完了，把窗子打开，望着布拉格大街上来来往往、快乐而匆忙的生活，"人们，我爱你们。你们要警惕！"这句代替了千言万语，作者最后的一句话不住地在我心里翻腾着。

从这天起，我得暇便想从这本书里诵读一两段，因为其中的每一段几乎都是一首美丽而崇高的诗篇。他写着监狱里的同志们怎样声气相通，形成一个伟大的集体，特务警察们是怎样灭绝人性，几个像柯林斯基那样的"监视人"怎样暗地里援助狱中的被难者，还有一些两面讨好的懦夫，"如果你要淹死了，他们袖手旁观，如果你靠近了河岸，他们向你递过来手"。他又写出许多人临死不屈的坚强。在戒严时期捷克人成千成百地被杀戮，一个革命战士在死前对特务说："这对你们毫无用处。我们有许多人还要牺牲，但是归终被打倒的是你们……"伏契克被审问时，特务们问他："你难道还不明白吗？这是结局了，你明白吗，你们一切都输了。"

"只是我输了。"伏契克说。

"那么你还相信共产党的胜利吗？"

"当然。"

"还相信俄国的胜利吗？"

"当然。战争不能有旁的结局。"

这样的一本书，如果把它感人的地方都记录下来，就等于把全书从头到尾抄一遍或是翻译一遍。现在我只把两段关于"五一"的文字记在下边。伏契克在狱里度过两次"五一"。第一次的"五一"时，他到狱里刚刚一个星期，被拷打几乎死去了，他写那天的感想：

　　5月1日！这时候我们已经在许多城市的周围起来了，

预备好我们的旗帜。这时莫斯科的街上头一批的队伍已经走向检阅场，并且现在这时有千百万人为了人类的自由从事最后的斗争，千万人牺牲在这斗争里。我是他们里边的一个。充作他们里边的一个，充作最后战争的战士里的一个，是美好的。

1943 年的"五一"，正巧柯林斯基值日。伏契克说，这是一个幸福，在这天又有片刻时间充作共产党的新闻记者，写一个报告叙述这个新世界里战斗力量的五月检阅。他这样报告：

现在是我们早晨的散步。我先操练。孩子们，今天是"五一"，我们开始一些与往日不同的动作，虽然守卫们在惊讶。第一个动作，一、二，一、二，打锤头。第二个动作，收割。锤头与镰刀，用一些幻想同志们就会明白，锤头与镰刀。我向四围看。他们微笑着，并且兴奋地重复这些演习。他们明白了：这是我们的"五一"大会，这个哑剧——是我们的"五一"宣誓，纵使我们走向死亡，我们也永久是忠贞的。

回到牢房里。九点钟。现在克里姆林宫的钟正敲十下，红场上开始检阅。① 父亲，我们跟在一起走！那里正在唱

---

① 布拉格时间比莫斯科时间晚一小时。

国际歌，现在国际歌歌声响彻全世界，它应该也从我们的
牢房里唱出来。我们歌唱。于是一个革命歌曲跟着另外的
一个，我们不愿意是孤单的，我们并不孤单，我们属于那
些现在正自由地歌唱而和我们同样在战斗中的人们……

还"乡"随笔

—— 读十本诗集书后①

一

我不写新诗，已经二十多年了。这中间，也读过一些别人写的新诗和诗论，好像是一个离乡背井的游子在他乡偶然听到些故乡的音讯，并不能了解那里的实际情况。这次有幸参加新诗集的评选工作，像是把我从远方召回，看一看家乡有什么发展和变化。这一看，真是非同小可。新诗的家乡在十年浩劫中被人糟蹋得不成样子，举目荒凉，万木枯槁，如今繁荣茂盛，完全克服了那些年的衰败景象。这里有浓郁的森林，也有秀丽的花草；有长江大河，一泻千里，也有潺潺溪水，委婉动听。我耳目一新，心情舒畅。

---

① 这十本诗集是：艾青《归来的歌》、张志民《祖国，我对你说》、李瑛《我骄傲，我是一棵树》、公刘《仙人掌》、邵燕祥《在远方》、流沙河《流沙河诗集》、舒婷《双桅船》、黄永玉《曾经有过那种时候》、胡昭《山的恋歌》、傅天琳《绿色的音符》。——作者注

粉碎"四人帮"后，由于十多年的文化禁锢，人们感到难以容忍的窒息，提倡打开窗子，吸取外边世界新鲜的空气，开拓眼界，活跃思路，这完全是必要的。但是荒芜了的田园，还是要靠自己耕耘，污染了的空气，要靠自己设法澄清。现在新诗园地的茂盛是耕耘者努力的成果，它的范围更扩大了，内容更丰富了，远景更美丽了。我认真读了一些新诗集，也有打开窗子的感觉，深深地吸取了一股新鲜的空气。可是这扇窗子并没有开向外边的世界，而是向着自己的家园。啊，这就是我离开了二十多年之久的"故乡"，我对于这里的耕耘者要表示衷心的敬意。耕耘者的队伍日益壮大，其中不仅包括众多的诗人，也包括诗的评论家和诗的编辑者。我现在只能就十部得奖的诗集谈一谈自己的感想。

二

新诗有六十多年发展的历史，每个时期都有它独自的特点，既受到时代与生活的培育，也受着时代与生活的局限。解放前的三十年且不必说，就以解放后的 50 年代而论，那时诗人们满怀激情，写出许多歌颂革命胜利与宏伟建设的诗篇，眼前无限光明，纵情歌唱，起着积极的鼓舞人心的作用。现在回顾一下那时期的诗，其中优秀的依然放射着光彩，但总得看来，也存在着缺陷。诗人们把革命胜利后许多更为艰巨的任务看得太单纯、太容易了，他们似乎不懂得任何的路途上都会遇到险阻，任何革新的事业都不会一帆风顺，他们所歌咏的，努力只有成功，战斗一定胜利，苦的是一去不复返的旧日的苦，甜的是今天无处而不在的甜，正如一首民歌里所说的，"好似鲜花千万朵，朵朵闻来朵朵香"。他们更未感到，万里无云的晴空转瞬间会变得阴云密布。当1956年文艺界贯彻"双百"方针产生许多优秀作品时，谁会预感到，第二年就有一部分有才华的诗人被迫取消了写作的权利。当1962年，在党的领导下全国人民齐心协力克服三年灾害带来的困难，科学艺术又做出可喜的成绩时，谁又料想到"左"倾路线日益发展，最后导致"文化大革命"，文艺界万马齐暗，诗歌遭受到五四以来从未有过的厄运。这些，都是人们不曾、也是不可能预先感到的，这并不足为奇。不幸的却是等到这些事已经发生了，它们带来的损失已经显露出来了，还被说成是一种"胜利"。在这样情况下，除了一部分从生活中来、有深刻体会的诗歌外，有不少平庸的作品把廉价的乐观主义跟诗歌画了等号，这种略带一点甜味的、微温的诗歌，是不受人们欢迎的，若是掺杂几句空洞的豪言壮语，更使人感到烦厌。

"文化大革命"是无情的历史对中华民族一次最严峻的考验。《中国共产党中央委员会关于建国以来党的若干历史问题的决议》里说："遭到过打击和折磨的知识分子、劳动模范、爱国民主人士、爱国华侨以及各民族各阶层的干部和群众，绝大多数都没有动摇热爱祖国和拥护党、拥护社会主义的立场。"这个论断也适用于中国的诗人。这次评选得奖的诗人中，有的二十多年被剥夺了写作的权利，有的在十年浩劫中受过迫害，坐过牢，有比较年轻的也由于家庭的关系遭受过这样那样的不幸。可是当他们重新或起始写诗时，对于祖国、对于党都是一片赤诚，有如遗失多年的儿女回到母亲的怀抱，备觉情亲。长诗如张志民的《祖国，我对你说》《那一天》，流沙河的《一个知识分子赞美你》，好像有说不完的千言万语，写不尽的无限深情。短诗如舒婷的《祖国呵，我亲爱的祖国》，婉转地陈述了与祖国的缱绻之情，邵燕祥的《心中的誓词》向党说出蕴蓄多年的心里的话。但是，正由于真挚地热爱祖国，祖国有病，就再也不能讳疾忌医——

> 为着祖国的未来，
> 既要正视
> 昨日的创伤
> ——还没有愈合，
> 又要勇敢地割治
> 祖先留给我们的
> ——久症顽疴！
>
> ——《祖国，我对你说》

经过二十二年流放的诗人以切身的感受赞美党，在党诞生六十周年时，他感到山林比从前更翠，海水比从前更绿，他爱党胜过当初的虔诚，但是他向党说：

我不能爱你背上的痛疽

不能爱你"左"倾的残余

不能在你面前说谎话

不能说毒疮不医自愈

不能说浓血艳若桃李

——《一个知识分子赞美你》

这样的由衷之言，在50年代歌颂祖国、赞美党的诗歌里是听不到的；也许有人说过类似的话，却被"左"倾路线的执行者定下了罪名。

三

1976年是建国以来最悲痛也是最欢腾的一年，全国人民为最沉痛的悲哀泣不成声，也为党一举粉碎"四人帮"而人心大快。

在十年浩劫豺狼当道的岁月里，好人含冤受害，坏人得意忘形，优秀的作品被说是"毒草"，辛勤的劳动被判为"罪行"，

谎言被夸奖，真理受批判——这些颠倒是非、违背常情的现象
为什么在社会主义的新中国反而被肯定被宣传，广大人民是难
以理解的。人们在脑子里有过许多问号，可是积年累月，渐渐
从成堆的问号里清理出一些头绪，明白了是什么样的一伙人企
图把可爱的中国推向悬崖，沉入无底的深渊。认清楚谁是中国
人民最残酷的敌人，才有在全国范围内掀起的以天安门事件为
代表的悼念周总理、反对"四人帮"的强大抗议运动，才有以
张志新为代表的真理维护者不屈不挠的壮烈牺牲。在国家危急
的时刻——

　　此刻，我分明听见：
　　一个中国在屈辱里喘息，
　　而另一个中国正迸射出火光，
　　不是吗，那里，岩浆滚荡，惊雷炸响！
　　　　　　　　　　　　　　　——李瑛《红花歌》

重新拿起笔来的诗人们感到他们一个重要的职责，就是歌咏那
岩浆滚荡、惊雷炸响的另一个中国。十部诗集中有不少的长诗
和短句呈献给千千万万像韩志雄、李西宁那样的一代青年和张
志新那样的真理战士。艾青的《在浪尖上》和《听，有一个声
音》可以说是这些感人的诗篇的代表。前者宣布——

"天安门事件"

是最辉煌的诗篇；

是革命与反革命的分水岭；

是中国历史的转折点！

后者的"声音"在说——

人民将为我说话

人民将为我造像

人民将为我谱曲

人民将为我歌唱

诗人们与人民共患难，同呼吸，没有辜负自己的职责，他们为天安门事件、为张志新烈士尽情歌唱，迸发出时代的强音。

四

十部诗集的作者绝大部分都经历过这样那样的忧患。周良沛在给邵燕祥《在远方》写的序里说："避不开的灾难既然临头，也就给他留下一笔精神财富。"又说："许多作家都是在不幸中认识生活的。"这里涉及中国两千多年以来诗学里的一个问题。司马迁在《史记·太史公自序》和《报任安书》里都一再提到许多思想家、历史学家、诗人的著作大都是在困厄的境遇中完成的。关于诗人，他举出两个事例：一是"屈原放逐，乃赋《离骚》"，一是"诗三百篇，大抵贤圣发愤之所为作也"。这两个事例几乎把秦汉以前最优秀、最杰出的诗都概括在内了。后来韩愈说"凡物不得其平则鸣"，也与司马迁的观点相近；至于欧阳修说的"诗穷而后工"，则更为明确，成为带有规律性的一句成语。人不能为写诗去寻求不幸，但是不幸却促使人更多地思考问题、探索人生，从而写出好诗来。"殷忧启圣"，也是这个道理。进步的思想、科学技术的发明和创造，都是在遇到困难、克服困难时产生的。尤其是诗，它的主要职责是抒发人的思想感情，反映生活中的矛盾，阐明人生的意义，不管它歌咏的是大事件或是小问题。往往是顺利的环境无助于思想感情的深化和对于人生的认识。屈原、李白、杜甫，他们身遭不幸，目睹时艰，对于社会上、政治上的许多问题看得远，想得深，才能写出那些不朽的名篇。历史上从来没有一个幸运的"状元"成为著名的诗人。我从我目前读的诗集里也看到，我们的诗人由于自身的经历很理解这个道理。流沙河在《秋风破屋歌》里说——

　　哦，古来多少诗才被谋杀，
　　后人想起他们，伤心难过。
　　问凶手是谁？

一个是舒适！

一个是逸乐！

女诗人傅天琳是这样看待贫困——

我的贫困是我的财富。

是一切富豪不配具备的财富。

一切音乐和画，智慧和力，

都由它产生。

——《心灵的碎片》

我在 1951 年写《杜甫传》，写到最后一章的最后一段，一时振奋，用这样一句话结束了全书："现在，一切的情况与从前迥然不同了，我们的新中国会有更多的伟大的人民诗人产生，但是绝不会有一个诗人会遭到像杜甫所经历的那样的命运，更不会得到像杜甫那样的悲剧的结局。"现在看来，这样说，是不符合实际、违背辩证法的。因为偌大的一个中国，有那么多的人口，有九百六十万平方公里的面积，有四千年的历史，又是发展极不平衡的复杂的社会，怎么能说新中国刚一诞生，就能断言此后人民诗人再也不会受到命运的播弄，走的都是康庄大道，尝不到悲剧的滋味呢？1957 年的反右以及十年浩劫给一些诗人带来的不幸就否定了我的那句话。可是这些遭逢不幸的诗人，在痛苦中受到锻炼，重新拿起诗笔，精神更为旺盛，态度更为积极，写出来的诗充满了希望，充满了阳光，充满了青春。希望、阳光、青春，并不是浮光掠影，而是有沉重的分量。"诗穷而后工"，在社会主义的今天，也还是有意义的，不过社会制度不同，"穷"的性质也就不一样了。公刘在《寄冥》一诗最后的一行写"只因为我们的祖先正是屈原"，我同意他的这句话。

五

这十部诗集的作者，有人歌唱了时代的暴风雨和灿烂的阳光；有人哀悼了老一辈无产阶级革命家的逝世；有人颂扬了声讨"四人帮"的英雄、烈士和参加自卫还击战的边防战士；有人鞭挞了十年浩劫中的害人虫和跳梁小丑——他们把近年来最感人的事件写入诗篇。他们也有人写北方的山色、南方的奇花异草、海上的风光，也有人写真挚的爱情，写妻子的坚贞——在患难中甘苦与共的妻子的坚贞。黄永玉在《献给妻子们》里说——

　　我骄傲我的祖国

　　有数不尽坚贞顽强的妻子

流沙河写了长诗《妻颂》，献给——

成千上万的

与丈夫共患难的

可敬的妻子

这样的诗表达的并不限于夫妻间的恩情，而是有普遍而深刻的
教育意义。有少数为金钱或权势而结合的男女，一旦有一方遭
受患难，另一方便宣告离异，与之相对照是多么可鄙！我认为，
新诗不仅是要创立新的美学，还要有益于新的伦理学（当然不
是道德的说教）。

艾青用"诗人必须说真话"作为他的诗集"代序"的标题；
这个标题很好。其实，诗人说真话，既是美学的，也是伦理的。

随笔写到这里，本来可以结束了，但我忽然想起我在 1923
年也正是在这个季节写的一首诗，诗题原名"归去"，后来我把
它改为"新的故乡"：

灿烂的银花

在晴朗的天空飘散；

金黄的阳光

把屋顶树枝染遍

驯美的白鸽儿

来自什么地方？

它们引我翘望着

一个新的故乡：

汪洋的大海，

浓绿的森林，

故乡的朋友

都在那里歌吟。

这里一切安眠

在春暖的被里，

我但愿向着

新的故乡飞去！

想不到六十年前一个十八岁青年写的一首很幼稚的诗竟说出了
一个七十八岁老年人此时此际的心情。

1983 年 4 月 4 日北京

衷心的愿望

—— 纪念《世界文学》创刊三十周年

《世界文学》原名《译文》，"译文"二字是沿用鲁迅和茅盾在 1934 年创办的一种翻译介绍外国文学杂志的名称，它不仅名称依旧，而且装帧形式也大体相同，还含有继承老《译文》传统的意义。老《译文》的创办是非常艰苦的，它曾因"折本"一度停刊，后又复刊。鲁迅在《〈译文〉复刊词》里一开头就引用了庄子的一句话："涸辙之鲋，相濡以沫，相呴以湿——不若相忘于江湖。"鲁迅引用这句话，与《庄子》原文略有出入，但他很喜欢这句话的前半句，他在别的文章里，给友人的书信以及给许广平的诗中都引用过。鲁迅之所以一再引用，是表达在旧中国重重黑暗的岁月里他从各方面为新文化新文学孜孜不倦地工作而处处遇到阻碍的凄苦心情。在《复刊词》里他还说这刊物"决不是江湖之大"。

这是将及半个世纪以前的旧话了。如今怎样了呢？且不说由于外国文学工作的开展，《译文》于 1959 年改名为含义更为广泛的《世界文学》。因为改名《世界文学》之后，本来想做出更多的贡献，却不料先是"左"倾路线的压抑，后又遭逢十年浩劫的摧残，以致停刊十余年之久，外国文学工作者连"相濡以沫"都不可能了。可是在粉碎"四人帮"以后，尤其是在党的十一届三中全会精神的鼓舞下，全国文艺界空前繁荣，外国文学工作也急剧发展，关于外国文学的刊物达到二十多种，古代和当代的外国文学作品的翻译更是种类繁多，有关外国文学的研究无论数量上或质量上都超过十年浩劫以前的水平。这情况与过去任何时期相比，真可以说是"江湖之大"了。在"江湖"中人们再也不会有"相濡以沫，相呴以湿"的需要，却是很有"相忘"的可能。

庄子根据他皈依自然的哲学思想，希望人们"相忘于江湖"。但是我们不能这样做，我认为江湖越大，越是不能相忘。仅就《世界文学》这个刊物而论，我看有三件事不能忘却。

首先，在介绍外国文学的同时，不要忘却国内文学的现况和大家关心的问题。"他山之石，可以攻玉"这句《诗经》里的老话对于我们当前介绍外国文学也是适用的。但若使他山之石真能攻玉，我们首先要明确攻玉的对象是什么，如果对象不明，他山之石也难发挥作用。

其次，《世界文学》在保持自己的特点的同时，不要忘却向其他兄弟刊物学习。如前所述，现在国内有不少关于外国文学的刊物，它们都各具专长，有独创精神。我们不应墨守成规，要力求革新，但也不能随时抑扬，哗众取宠。

第三，在肯定成绩的同时，不要忘却从三十年内（实际上还不到二十年，因为有十余年停刊）某些时期产生的工作偏差中吸取经验教训。

历来纪念诞辰，都要说些庆祝的话；《世界文学》工作的成绩是客观存在，有目共睹，用不着我多说。我只说出以上的三点不要忘却，是由于一个衷心的愿望，把《世界文学》办得更好，更好地为祖国社会主义文学的发展服务。

1983 年 4 月 20 日

从癸亥年到癸亥年

—— 怀念杨晦①同志

工作余暇，整理旧书，在《两当轩全集》第一册封面上看到我写的四个字"癸亥年冬"，我猛然一怔，今年不又是癸亥年吗？建国以来，用公历纪年，我很少注意用天干地支推算年份，只有时翻阅日历，知道去年是壬戌，今年是癸亥，也不曾记在心上。可是《两当轩全集》第一册封面上的这四个字，却使我心潮起伏，许久不能平静。封面上写的癸亥年，是 1923 年，这是我一生中很有意义的一年。在这年我首次在一个文学刊物上发表我的新诗试作，在这年我结识了后来共同创办《沉钟》周刊和半月刊的朋友，其中对我影响最大、使我获益最多的是杨晦同志。这几个朋友都先后逝世，杨晦同志也在今年（又一个癸亥年）与世长辞了。而这部《两当轩全集》则是我和杨晦一起散步，在东安市场一家书店里买到的。两个癸亥年，整整一个"甲子"，是整整六十年；年份的偶合，并不含有什么特殊意

---

① 杨晦（1899—1983），原名兴栋，字慧修，辽宁辽阳人。沉钟社的重要作家，解放后为北京大学中文系教授。

义，可是在我们生者与死者之间，更增添了一种难以排解的深情。

1923 年，我十八岁，在北京大学从预科转入本科；杨晦二十四岁，他在 1920 年已经在北京大学哲学系毕业，在不同的中学教过二年书，这年暑假他辞去厦门集美学校的教职，到北京孔德学校来教"国文"课。我和他初次相遇，是在北大中文系教授张凤举①的家里。认识后互相来往，很快就成为推心置腹、无话不谈的朋友。孔德学校校址当时在北京东华门内北河沿，与北京大学第三院毗邻，杨晦住在学校里，他住室的窗子正对着北大三院的操场。傍晚，我常到那广阔的操场散步，有时把他的窗子敲开，一内一外，两人便靠着窗口交谈。在天已黑了觉得还有许多话没有说完时，我就越窗而入，直接到他的房里，用不着绕个大弯子去走孔德学校的校门。他教的是"国文"，却大量阅读欧洲的戏剧，他乐于向我谈他读过的剧本的情节和读后的感想。他以极大的兴趣谈莎士比亚和希腊悲剧，在当代剧作家中他最欣赏爱尔兰的约翰·沁孤②和比利时的梅特林克③。这年冬天，他倾注极大的精力在课外给学生排演梅特林克的童话剧《青鸟》，并取得成功。我那时很少读剧本，我最初一些西

---

① 张凤举（1895—1986），即张定璜，字凤举，江西南昌人。曾留学日本，后任北京大学、北京女子师范大学教授。
② 约翰·沁孤（John Synge，1871—1909），爱尔兰剧作家。
③ 梅特林克（Maurice Maeterlinck，1862—1949），比利时法语作家、诗人。

方戏剧的知识，多半是从他那里得来的。

杨晦出身于东北一个贫苦农民的家庭，有一种蔑视艰难困苦而勇于同艰难困苦做斗争的坚强性格，由于看到社会上种种的不平和农民经受的各种各样的苦难，他也时常流露出忧郁的心情。他坚强的性格和忧郁的心情在西方的某些悲剧里得到共鸣，他谈讲那些悲剧的情节，像是在述说自己亲身的经历。

他在一般人面前沉默寡言，若是遇见他所憎恶的人，往往神情枯冷，甚至厌形于色，但是在朋友与青年学生中间，他内心里则是一团火，他对他们的关怀，大至思想意识，小至衣食住行，可以说是无微不至。我个人一生中有所向上，有所进步，许多地方都是跟他对我的劝诫和鼓励分不开的。他对待学习和事物的认真态度也使我深受感动。

他本来学的是哲学，英文只能阅读，这时他钻研西方戏剧，认为读剧本必须掌握口语音调，他每月收入有限，却不惜付出昂贵的学费跟一个英国人去学诵读和口语。约在 1928 年，北京大学有一位德国的讲师讲授古希腊语，他为了将来能读希腊悲剧原文，也从繁忙的工作中挤出时间去学。直到他逝世的前几年，体力已经很衰弱了，他还买了些德语字典，自修德语，以便更准确地理解马克思、恩格斯的著作。这里不过仅从学外语方面，说明他学习如何认真，至于他教学与治学的严肃态度，就不是这篇短文里所能论及的了。同时他待人处事，不肯敷衍苟且，他不断跟他环境内接触到的虚伪的世故、钩心斗角的行为、尔虞我诈的争夺进行斗争，自己经受多大的损失也不后退。解放前他在学校里教书，经常受排挤，受迫害，可是他对反动的黑暗势力从不屈服，显示出中国知识分子的硬骨头精神。我青年时好读书不求甚解，不像他那样肯下死功夫，靠着一点愚蠢的"聪明"写些轻飘飘的诗文；我更不认识中国的社会，只从书本上知道些什么是光明什么是黑暗，什么是美什么是丑，在眼前看不到光明和美，只觉得是一片黑暗与丑恶时，便发一些无谓的感慨，此外就是无可奈何听之任之而已。在和杨晦的交往中，我有时感到自愧，想起嵇叔夜《与山巨源绝交书》里的几句话："足下傍通，多可而少怪；吾直性狭中，多所不堪，偶与足下相知耳。"我暗自思忖，我与杨晦的交谊会不会只是偶然的相知呢？但事实上我们的友谊与日俱增，主要是由于他的"不堪"经常纠正了我的"多可"。

解放前，尤其是在抗日战争以前，许多大学毕业生耻于在反动政府属下的机关里做事，他们唯一的出路是到国内任何一个地方的中学或师范学校去教书。那些学校的校长对教员握有聘请和解聘的大权，他们几乎都与官方有这样那样的联系。其中比较开明的往往背后有个靠山，敢于延聘进步教师，传布新文化、新思想，不过这是极少数；另一种是善于应付，能左右逢源，为了自己的声誉，找几个有声望受学生欢迎的教师给他支撑门面，但有一定的限度，不要影响他的饭碗；等而下之的，是以推行反动统治、镇压进步势力为能事，若是由于一时"疏忽"请来了一个进步教师，他一经发现，就对这教师进行迫害。这三类校长"领导"下的学校，杨晦都经历过，从中懂得许多新的"儒林外史"。可是杨晦一度工作过的孔德学校则不属于以上的几种类型，由于它成立时蔡元培兼任校长，校内充满自由空气，反动势力没有立足之地，师生感情融洽如一家人。但它也有缺陷，学生培养得有如温室里的花朵，不经风雨，看不见世路的坎坷，人间的险巇。我在 1927 年大学毕业，孔德学校负责人约我到他那里去教书。这时杨晦已在他处工作，不在孔德学校，他对我说："孔德学校是个好学校，但对你没有好处，你需要认识社会，在那里你认识不了社会，你应该到艰苦，甚至黑暗的地方去，好好地锻炼锻炼。"我经过思想斗争，最后还是听从了他的话，违背自己的意愿，接受了哈尔滨一个中学的聘书，登上去东北的途程，难割难舍地离开了北京。那时整个的东北三省长期在奉系军阀愚昧而残酷的统治下，更加上日本军国主义的欺凌和侵略，人民过着暗无天日的生活，而哈尔滨的官僚买办浑浑噩噩，荒淫无耻，使这座松花江畔美丽的城市充满了金银气、酒肉腥和贫苦劳动者的血泪。我把我在哈尔滨感受的孤单与寂寞写信给北京的朋友，杨晦不断地写信给我以鼓励。这些信都早已散失了，只在我的诗集《北游及其他》的序里抄录过一封信里的几句话。这几句话对我太有意义了，我以无限珍惜的心情愿意把它们在这里再抄录一次："人生是多艰的。你现在可以说是开始了这荆棘长途的行旅了。前途真是不但黑暗而且寒冷。要坚韧而大胆地走下去吧！一样样的事实随在都是你的究竟的试炼、证明……此后，能于人事的艰苦中多领略一点滋味，于生活的寂寞处多做点工，那是比什么都要紧、都真实的。"这样的话，我现在读着，还感到无限亲切。

人世间绝大部分人都追求幸福，但也有少数人好像是一心一意在寻找苦难。杨晦经常称道希腊神话里的普罗米修士和希伯来传说中的约伯。前者为了反对倒行逆施、背信弃义的宙斯宁愿在无止境的囚系中永不屈服；后者经受严峻的考验，遭遇极大的灾难也不丧失对于神的信心。杨晦曾把埃斯库罗斯的悲剧《被幽囚的普罗米修士》通过英译本译成中文，也计划把《旧约》里的《约伯记》加工成一部文学作品，并拟将这两部西方的"古籍"合印在一起，他说："这可以成为我们生活的教科书。"（可是这个计划并没有实现，只有他译的《被幽囚的普罗米修士》作为单行本出版。）由于这种精神，他不只一次地向我说："我从来不过多地夸奖你，夸奖对你没有什么好处。将来你可能遭逢不幸，受到饥寒和凌辱，甚至没有人理你，到那时看你如何对待，你若能受得住这样的考验，才会有所成就。一般庸俗的幸福生活，不应该是我们所追求的。"他说这话时，我感到的并不是凛若冰霜，而是春风般的温暖。遗憾的是，他所说的那种"不幸"，我并没有遇到过（也许在四十年后的十年浩劫中我尝过一点他所说的那种滋味吧），可是庸俗的幸福，我则从来没有追求过。

1930 年 10 月到 1935 年 6 月，我在德国学习，杨晦曾写信给我，说要抓紧这个机会，认真读几年书，不要沾染当时一般留学生的习气。在这些年内，我书是读了，也很少沾染一般留学生的习气，但是头脑里装的是存在主义哲学、里尔克的诗歌和梵诃（凡·高）的绘画，严重地脱离中国社会的实际。我在 1935 年 9 月回国，在上海首先见到杨晦，当天晚上，没有交谈多久，他就给我以当头棒喝："不要做梦了，要睁开眼睛看现实，有多少人在战斗，在流血，在死亡。"这时他已起始研读马列主义著作，在上海参加党所领导的文化活动。后来我回到北京，在天津《大公报》上发表了一首诗，他读到了，立即写信给我，大意说，"你的诗在技巧上比过去成熟些了，但是你的诗里对待事物那种冷冰冰的态度，我读后很不舒服，我不希望你写这样的诗"。30 年代与 20 年代不同，中国社会和革命形势以及每个人都有很大的变化，但是杨晦对于他的朋友仍然是那样热情真挚，只要他看到我有什么缺陷，他都毫不容情地给以批评。

1936 年暑假后，我和杨晦在上海同济大学附设高级中学教书。那时的上海，每个学校甚至每个班级都是进步势力和反动势力激烈斗争的场地。同济附中除了个别国民党党棍外，一般的教员"明哲保身"，只讲授本门课程，不敢触及时事，虚与委蛇地周旋于两种势力之间。杨晦担任历史课，他在课堂上经常宣传抗日，分析时局，反对国内与国际的法西斯主义，旗帜鲜明，毫不含混，在学生中间发生日益扩大的影响，同时也招来反动分子的嫉恨。抗日战争爆发后，同济大学连同附设高级中学经过浙江金华迁移到江西赣县，在1938年暑假，校内校外的恶势力互相勾结，对杨晦和我进行迫害，致使杨晦离开同济附中，我也在1939年初挈着病妻幼女跟同济到昆明后，转任西南联合大学教授。

我在昆明一住住了七年半，这期间杨晦先是在广东广西流离不定，随后在陕西城固西北联合大学和重庆中央大学任教。尤其是1943年他到重庆后，在党的直接影响下从事文艺活动和教育工作。他的论文集《文艺与社会》主要是他在这时期学习马克思主义、研究文艺理论得到的成果。在他评论中外作家和作品的文章里也含有自我批评的成分。这中间他给我的信里我记得有这样的话，"你在同济附中两年多的工作和政治态度还是可以肯定的。现在你在西南联大，这是北平和天津三个最高学府联合起来的大学，我担心有人会把'京派'的士大夫气带到这里来。时代不同了，那种士大夫气也不会原封不动，不过你要警惕，还要保持在同济附中时的那股朝气。"（大意）

以上从我的记忆里写出他对我说过的和写过的一些话。这类的话，我相信他对其他的朋友和一部分学生也说过不少，当然，内容是不会相同的。

解放前在不到三十年的时间内，他在十五个学校教过书，中间还有时失业；解放后，他在北京大学中文系工作，直到逝世，已经超过了三十年。从这点就可以看出，像杨晦这样的知识分子，在旧社会是多么颠沛流离，在新中国生活是多么安定。到1964年为止，我在北大西语系工作，我们都住在同一个宿舍区燕东园里，交往的机会反而稀少了。在繁忙的50年代，他兼任中文系主任，我兼任西语系主任，彼此都有做不完的工作，很少有时间互访闲谈。他也许这样想，他的朋友们都各自在党的领导和教育下工作，用不着他来关心了。可是有两件事，我还记在心上。一件是在1964年暑假，北京大学党委为了贯彻当时对知识分子和教育文化估计错误的"左"的路线，曾召集党员干部在十三陵北大分校集中学习，许多人在会上检查本单位、本人的所谓右倾思想，杨晦却不随声附和，他根据1961年通过的《高教六十条》的精神提出异议，一时议论纷纭，与会者感到惊奇，他的发言被摘录在"简报"上，成为批判对象的材料。这是我最后一次在北大参加的会议，而且只参加了前半，这会议后来怎样结束的，我就不清楚了。另一件是1970年7月，我将去干校，决定从燕东园搬出，在院子里遇见杨晦，我向他说，我要到干校去了，他语重心长地只说了三个字："好好干"。

1972年，我从干校回来后，每年都到北大去看他一两次。见面时他总是向我打听过去的朋友和熟人们的情况。他先后患有比较严重的白内障和青光眼，经过两次手术治疗配好眼镜后，又能顺利阅读，有时读书直到深夜，并继续研究"中国文艺思想史"。他的坚强性格没有因为多病而减退，他坚持劳动，夜里失眠从来不服用安眠药。最近几年他则一再表示，希望能有较长的时间，和我深入地谈一谈心；姚可崑也常常提醒我，"我们去看看慧修吧"（慧修是杨晦的别号，我们在家里总是这样称呼他），但由于彼此住的地方距离太远，挤不了去北大的公共汽车，以致一再拖延，得不到适当的时间。今年4月19日，我和可崑利用在北大开会的机会，晚饭后去看过他一次，他这次显得神情衰弱，谈话虽不像往日那样有力，但还是思路清晰，问这问那。我们认为他是晚间疲倦了，不便久坐。临分手时，可崑还说，过些时请到我们家里住几天，就可以畅谈了。不料不到一个月，他的心脏就在5月14日停止了跳动。我和杨晦经过多次离别，临别时或别后他都给过我宝贵的赠言，可是这最后的一次，当我和可崑在他逝世前两天到医院去看他时，他已昏迷不醒，哪怕是一句极为普通的话也没有从他口里说出，这真是最大的遗憾。

这个癸亥年无言的永别，教我怎能不想起这六十年间与杨晦的交往呢？因此我不厌其详地写了些对别人也许觉得多余而自己却难以忘记的往事。但意犹未尽，我还要作个重要的补充。陈翔鹤在1933年写过一篇《关于"沉钟社"的过去现在及将来》，里边提到，他和陈炜谟于1923年底或1924年初由于我的介绍认识了杨晦，他们曾邀杨晦参加浅草社，杨晦是这样回答的："同你们做朋友我是很高兴的，不过加入团体，我觉得我自己是太不适宜了，因为我不加入则已，一加入便要彻底地负责，而负责又于我自己是很苦的。"这段话也显示出杨晦对待任何一件事都认真负责，他能够做的，只要承诺下来，就负责到底，不能做或是不愿做的，绝不轻于然诺。他对于《浅草》从不过问，连一篇作品也不曾在上边发表过。可是等到我们从1925年编《沉钟》周刊，1926年编《沉钟》半月刊，直到1934年《沉钟》停刊，他就全力以赴，不仅为刊物写许多文章和创作，还给以经济支援，有时甚至独力支撑。他创作的剧本，除去1923年前写的一部四幕剧《来客》登载在北京《晨报副刊》外，五篇独幕剧和一部五幕历史剧《楚灵王》都是在《沉钟》半月刊里发表的。他的独幕剧以底层社会为背景，用极为精练的笔墨描绘人间的不幸和在不幸中各种各样的人们内心的活动。他善于不用过多的对话而是用气氛烘托出人生的悲剧，但也不放过旧社会制度下产生的恶习和险诈。他纯熟地使用北京和东北的方言俗语，有时也让自然界的现象起着象征作用。其中以《老树的阴凉下面》和《除夕》写得最成功，也最为感人，这五出具有独特风格的独幕剧，在20年代陈大悲式庸俗的所谓社会剧的余风未泯时，不曾引起人们的注意，是理所当然的。但这时诗人朱湘在他1927年办的个人刊物《新文》月刊第二期上写过一篇评论杨晦戏剧的文章，他说杨晦的戏剧"有一种特殊的色彩，在近来的文坛上无疑的值得占有一定的位置"。他独具只眼，把杨晦与爱尔兰文艺复兴的剧作家约翰·沁孤并论（我前边提到过，杨晦当时是很欣赏约翰·沁孤的）。在列举剧中的优点和独到之处，并指出一些缺陷后，他在文章结尾处说："我十分知道，老树阴下这出戏是绝无排演之可能的，但我们不妨把它放上一座虚无的戏台，让我们做它的开明的观众，来赏鉴它的真美。"后来这五出独幕剧于1929年印成单行本出版，作为"沉钟丛刊"之五，题名《除夕及其他》。书里引用的题词中有《被幽囚的普罗米修士》和《约伯记》中的名句，这也可以看出他对于这两部名著的热爱。唐弢在40年代写的《书话》里说，在"沉钟丛刊"中，他最喜欢杨晦的《除夕及其他》，但他并不把它看作是一本戏剧集，他这样说："各篇都用对话体写，如独幕话剧，而充满散文诗气息，深沉黯淡，令人心碎。"

历史剧《楚灵王》写于1933年。《楚灵王》与那五篇独幕剧不同，它规模宏大，写一个野心勃勃的楚灵王，不择手段，用暴力和欺诈侵吞陈蔡，围攻徐城，自信问鼎中原，指日可待。当他盛时，目空一切，所向无敌；一旦叛军四起，他逃亡荒野，自缢而死。这部戏典型地描绘了古今中外所有暴君胜利时癫狂的妄想和穷途末路时怯懦而凄惨的心情。剧中还穿插着悲剧性的小故事，如唐娥由于腰粗，得不到好细腰的楚王的宠爱而自杀；众叛亲离之后楚灵王被申亥收容在家里，他死后申亥还把自己两个天真无邪的女儿给他殉葬。这些故事，作者若是用他写《除夕及其他》的笔法来写，都可以独立成章。

那五篇独幕剧和《楚灵王》都发表在《沉钟》半月刊里，也可以说是为《沉钟》写的，正如他自己说的，加入一个团体，便要彻底负责。《沉钟》于 1934 年停刊后，他是否有过其他的戏剧计划，我不知道，但是他再也没有发表过戏剧创作了。他本来可以成为更有成就的戏剧作家，但是他没有这样做。

杨晦不像有些作家那样，把创作看成是自己的第二生命。他认为有比写几个剧本更重要的工作。他在课堂上讲课，像是永不枯竭的泉源，引导许多青年去懂得人生的意义和革命的道理；他帮助朋友，关怀朋友的生活思想，有时比被帮助、被关怀的人想得还多；他担任行政工作，不随声附和，独立思考，这要耗费更多的精力……如此等等，都是他更重要的工作，而不是用笔能写得出来的。但是有些话、有些事记在他的朋友和学生的心中，不断地发挥作用。所以朋友们都经常怀念他，惦记他。当年的学生，有的已是中年或接近老年，并在革命或生产战线上做出了成绩，也常常谈论他，若是从外地到北京来，往往不顾路途的遥远，都抽出时间到北大来看望他，感念他过去如何引导他们走上进步的道路。可以说，杨晦同志数十年辛勤的教育工作，比成为一个剧作家，对于革命事业的贡献是更有意义的。

1983 年 7 月 12 日　北京

谈梁遇春[①]

　　近几年来，常有研究中国现代散文的同志约我写篇文章谈谈梁遇春。我想，比较更深地了解梁遇春的朋友和同学多已去世，我和梁遇春交往虽然不久，在1930年从晚春到初秋不过五六个月，却也共同度过些只有青年人才能享有的愉快的时日，我对于这个要求有义不容辞之感。但是我那时不写日记，信件也不知保存，随着岁月的流失，当年亲切的会晤已变得模糊不清，饶有风趣的交谈也只剩下东鳞西爪。在那"忘形到尔汝"的时刻，我怎么会想到半个多世纪后要搜索枯肠，追思往事，写这样的回忆呢？

　　这是我答应写这篇文章时思想里直接的反应。可是经过一番考虑，想到我这不幸早年逝世的朋友，想到他的为人、他的风姿、他的文采，我不应用"搜索枯肠"来对付。我应该认真再读一遍他留给我们的两本散文集《春醪集》和《泪与笑》，以无限的怀念之情实事求是地把模糊不清的事想得清楚一些，给残存的片言只语寻得一些线索，当然，更重要的还是根据他的

---

① 梁遇春（1904—1932），福建福州人，作家、翻译工作者。

散文谈一谈这个年轻的思考者在他那个时代想了些什么。

这是文学史里的一种现象，有少数华年早丧的诗人，像是稀有的彗星忽然出现在天边，放射异样的光芒，不久便消逝。他们仿佛预感自己将不久于人世，迫不及待地要为人类做出一点贡献，往往当众多"大器晚成"享有高龄的作家不慌不忙地或者尚未开始写作时，他们则以惊人的才力，呕心沥血，谱写下瑰丽的诗篇。他们的思想格外活跃，感触格外锐敏，经历虽然不多，生活却显得格外灿烂，在短暂的时期内真可以说是春花怒放。我的这个看法，难免不招来唯心或宿命之讥，我自己也不认为是正确的，但例如中国的李贺、英国的济慈、德国的诺瓦利斯等人，确实是这样，他们的创作时期极为短促，论成绩则抵得住或者超过有些著名诗人几十年努力的成果。梁遇春的成就虽不能与列举的那几位短命诗人相比，但他短暂的一生中工作的勤奋却与他们很相似。他从 1926 年冬开始发表散文，到 1932 年夏他二十七岁逝世近不满六年的时间内，写了二十六篇闪耀着智慧光辉、具有独特风格的散文。他拼命地阅读古今中外的书籍，翻译外国文学作品二十余种，其中英汉对照的《英国诗歌选》，有在三四十年代攻读过英国文学的大学生，在他们已将进入老年的今天，还乐于称道这本书，说从中获益匪浅。梁遇春没有创作过诗，但他有诗人的气质，他的散文洋溢着浓郁的诗情。

梁遇春在他第一本散文集《春醪集》第一篇题名《讲演》

的散文里说:"近来我很爱胡思乱想,但是越想越不明白一切事情的道理。"紧接着他说,他同意"作《平等阁笔记》的主笔,所谓世界中不只'无奇不有',实在是'无有不奇'"。这段话,他写的时候不过二十二岁,却可以作为他此后六年所写的散文共同的题词。"胡思乱想"是自谦之词,实际上说明他开动脑筋,勤于思考,事事都要问个是什么、为什么。"不明白一切事情的道理",才能促使人追根究底,把事情弄明白些。在弄明白的过程中,便会发现世界上的事不仅"无奇不有",而且"无有不奇"。这里所说的"奇",我看有双重意义:一是"新奇"的奇,是从平凡的生活中看出"新";一是"奇怪"的奇,是从社会上不合理而又习以为常的事物中看到"怪"。至于思想怠惰、遇事随声附和、自以为一切都明白了的人们不可能发现什么"新",更不会感觉到"怪"。梁遇春则是从"胡思乱想"开始,写他字里行间既新奇又奇怪的散文。但他的散文委婉自如,并不标新立异,故作惊人之笔。

梁遇春在他的散文里一再说,矛盾是宇宙的根本原理,自然界和人世间无穷无尽的矛盾是"数千年来贤哲所追求的宇宙的本质"。他还引用萧伯纳的话:"天下充满了矛盾的事情,只是我们没有去思索,所以看不见了。"我们无需说,梁遇春懂得多少辩证法,可是他确实从书本上、从对于宇宙和人生的探索和观察中,领悟到一切事物内存在着矛盾,而且他很欣赏那些矛盾。

他热爱人类。他1930年写的《救火夫》是他散文中最有积极意义的名篇。他看见某处失火，救火的人们争先恐后奔赴火场，把生死置之度外，他们多半素不相识，但在救火时都成为互助的同志，他们也不问失火的那家主人是好人或是坏蛋，那时他们去救的好像不是某个个人，而是"人类"。他热情颂扬救火的人们，谴责隔岸看火的旁观者。同时他认为，如今全世界，至少在中国，到处都着了火，如果见火不救，就等于对人类失职。他说他三年来的"宏愿"是想当个救火夫。但他的"宏愿"并没有实现，他直到逝世只不过是一个对人类抱有悲悯之情的旁观者。他自身内就存在着一个这样的矛盾。

他赞美光明。他认为只有深知黑暗的人才会热烈地赞美光明，同样，想知道黑暗的人最少总得有光明的心地。他列举某些著名的作家和作品，说明在黑暗中受过痛苦和考验的人最能迫切地向往光明，反过来说，若是谁的心里没有光明，也不能真正描写黑暗，像一度流行的黑幕小说，只能污染读者的心灵。

他说，希望是一服包医百病的良方。希望的来源是烦恼，因为烦恼使人不得不有希望；希望的去处应该是圆满和成功。可是圆满的地位等于死刑的宣告，成功的代价是使人感觉迟钝，不再前进。他说他喜欢读屠格涅夫的小说，由于"屠格涅夫所深恶的人是那班成功的人"，他从中推论出"值得我们可怜的绝不是一败涂地的，却是事事马到功成的所谓幸运人们"。

关于道德，他在《查理斯·兰姆评传》中说，兰姆的"道德观念却非常重。他用非常诚恳的态度采取道德观念，什么事情一定要寻根到底赤裸裸地来审察，绝不容有丝毫伪君子成分在他心中。也是因为他对道德态度是忠实，所以他又常主张我们有时应当取一种无道德态度，把道德观念撇开一边不管，自由地来品评艺术和生活"。这里说的是兰姆，其实也是梁遇春自己的意见。他最憎恶伪君子，因为"伪君子们对道德没有真情感，只有一副空架子，记着几句口头禅，无处不说他们的套语，一时不肯放松将道德存起来，这是等于做贼心虚，更用心保持他好人的外表……只有自己问心无愧的人才敢有时放了道德的严肃面孔，同大家痛快地毫无拘管地说笑"。梁遇春的散文，就给人以一种印象，作者毫无拘束地面对读者说自己心里的真话。

以上仅就梁遇春对于人类和道德的态度，对于光明与黑暗、希望与成功的这几点看法，说明他为什么认为矛盾是宇宙的本质，为什么他看世界上的事物有的是新奇，有的是奇怪。这是他散文的根本精神。废名[①]在他给《泪与笑》写的序里说："他的文思如星珠串天，处处闪眼，然而没有一个线索，稍纵即逝。"这句话常被梁遇春散文的评论者援引，认为说得中肯，我则认为这句话只形容了梁遇春散文的风格，至于散文中的思想，如前所述，还是有线索可寻的。

梁遇春的散文有许多非同凡响的议论，其中有的是真知灼

---

① 废名（1901—1967），原名冯文炳，湖北黄梅人，小说家。

见，有的也近于荒唐；他给读者的印象有时如历尽沧桑、看透世情的智者，有时又像是胸无城府、有奇思异想的顽皮孩子，他对于社会上因袭的习俗和时髦的风气肆意嘲讽，毫不容情，而又热爱人生，要"真真地跑到生活里面，把一切事都用宽大通达的眼光来细细咀嚼一番"。他在《"还我头来"及其他》这篇散文里表明了他的写作态度，他不能"满口只会说别人懂（?）自己不懂的话"，"我以后也只愿说几句自己确实明白了解的话"。他的散文证明，他确实说了些他自己领悟了的道理。这些领悟了的道理是从哪里来的呢？当然不是与生俱来或是到了一定年龄从脑子里冒出来的。这里我不得不提到他的另一篇散文《途中》。他在《途中》强调睁开眼睛在路上观看人生万象的重要意义。他把"行万里路"与"读万卷书"对比，他说，"读书是间接地去了解人生，走路是直接地去了解人生，一落言诠，便非真谛，所以我觉得万卷书可以搁开不念，万里路非放步走去不可。"他向往古今中外许多走过万里路的诗人和作家，他们有丰富的生活经验和深刻的体会，写下不朽的诗篇和名著。但梁遇春短短的一生走的道路不过是从福州的家到北京的学校，大学毕业后到上海的一个大学里当助教，最后又从上海回到北京，他只能把车中、船上和人行道看作是"人生博览会的三张入场券"。尽管他热爱人生，观察锐敏，勤于思考，但这三个博览会所能展出的究竟很有限，它们并不是人生的本身。说来说去，从他散文里的旁征博引就可以看出，他还是从书本里得到的更多。这也是他生活中的一个矛盾，他非常羡慕行万里路，但他只能更多地读万卷书。

他博览群书，他受影响较多的，大体看来有下边的三个方面：他从英国的散文学习到如何观察人生，从中国的诗，尤其是从宋人的诗词学习到如何吟味人生，从俄罗斯的小说学习到如何挖掘人生。这当然不能包括他读过的所有书籍。不管这三个范畴以内或以外，许多书中的隽语警句他在文章里经常引用，它们有的与他原来的思想相契合，有的像一把钥匙打开了他的思路，但也有时引用过多，给文章添了些不必要的累赘。

他勤于阅读，尊重知识，却又蔑视知识的"贩卖者"。他写过一篇《论知识贩卖所的伙计》，对于教师们，尤其是对大学教授很不恭敬。文章一开始就引用了威廉·詹姆士一句尖锐刺耳的话："每门学问的天生仇敌是那门的教授。"这话说得相当偏激，但在文学这一门里，的确有些生趣盎然的作品，经大学教授一讲，便索然无味，不仅不能引起学生欣赏的兴趣，反而使学生对那些作品发生反感。我听有人对我说过，他后悔很晚才读莎士比亚，其原因就是做学生时听过莎士比亚这门课，使他长时期不想和莎士比亚的作品接近。梁遇春大半有鉴于此，他认为在课堂里听教授讲课，无异于浪费光阴，在课外还去听名人讲演，更是自寻苦恼。他惯于跟教授学者们开玩笑，唱对台戏。约在1924、1925年间北京有些教授学者开展过一次关于人生观的论战，他则在这场论战无结果而散的两年后，写了一篇

《人死观》；后来又有些教授学者郑重讨论英语里的 Gentleman①这个字怎样翻译才准确，他却撰写长文歌颂 Gentleman 对立面的人物流浪汉，说惠特曼的《草叶集》是流浪汉的圣经。他列举许多富有叛逆精神的流浪汉以极大的痛苦和快乐，写下激动人心的不朽名著，却被循规蹈矩、思想感情都僵化的教授们在课堂里讲解剖析，岂不是一个很大的笑话！

梁遇春这样蔑视听课，"诋毁"教授，可是他从 1922 年到 1928 年在北京大学上过六年学，从 1928 年到 1932 年在上海和北京的大学里当过四年助教，前前后后，他也算是在他所谓的知识贩卖所里当了十年的"伙计"。他这个伙计是怎么当的，我不清楚。但有一种情况我是清楚的，他在北大英文系的学习成绩是优良的，并且得到个别教授的赞赏。1928 年由于政局的关系，北京大学的工作陷于停顿，北大英文系教授温源宁去上海暨南大学任教，就把刚毕业的梁遇春介绍到暨南大学当助教，1930 年温源宁返回北大，他也跟着回来，管理英文系的图书并兼任助教。由此可见，他这个"伙计"当得还是不错的。

梁遇春于 1922 年暑假考入北京大学预科，比我晚一年。那时北大预科在东华门内北河沿北大第三院上课，我常常看到他。由于他显得年轻聪颖，走路时头部略微向前探，有特殊的风姿，而且往往是独往独来，这都引起我的注意。我不记得什么时候

---

① 通译作"绅士"。

才知道他的姓名，却总没有结识的机会，更不知道他的头脑里蕴蓄着那么多丰富而又新奇的思想。直到 1927 年后，才先后在《语丝》《奔流》等刊物上读到他的散文，并且在 1930 年知道他出版了一本散文集《春醪集》。

1930 年从 5 月到 9 月，我和废名在北平办过一个小型周刊《骆驼草》，里边登载过几篇梁遇春（秋心）的散文，原稿最初是废名拿来的，不久我和他也渐渐熟识了。我身边没有《骆驼草》，无从查考梁遇春的哪些文章是在这刊物上发表的。我只记得他的三篇关于爱情的文章曾引起我的惊讶。这三篇散文的标题是《她走了》《苦笑》《坟》，读后的印象觉得它们既是用散文写的抒情诗，又是用诗的语言写的爱情论。这三篇每篇的首句各自以"她走了"、"你走了"、"你走后"开端，像是一组"走了"的三部曲，说尽了爱人走后一片错综复杂的凄苦心情，对于人生有一层又一层深入的体会。第一篇里他说，"命运的手支配着我的手写这篇文字"。第二篇是痛苦的断念。第三篇则是"叫自己不要胡用心力，因为'想你'是罪过，可说是对你犯一种罪……然而，'不想你'也是罪过，对自己的罪过"。在这样的矛盾中只好什么也不想，可是心里又不是空无一物，却是有了一座坟，"小影心头葬"。作者说，"我觉得这一座坟是很美的，因为天下美的东西都是使人们看着心酸的。"这最后一句话含义很深，在当时一般文艺作品里是读不到的。

这三篇文章是用"秋心"笔名发表的。在我初读原稿以及校对清样时，已经感到惊奇，不久我又知道，他写这三篇文章，他的妻子正住在妇产医院里。妇女分娩，是希望与痛苦并存、生的快乐与死的担心互相消长的时刻，梁遇春独自在家里的灯下写这样的文字，到底是什么意思呢？我更无从得到解答。这里所说的"她"是另一个人呢？还是象征他的妻子，认为孩子一降生，往日的爱情就会变成另一个样子？或者"她"既不是另一个人，也不是象征他的妻子，而是个抽象的人物？后来我在《春醪集》里读到两篇《寄给一个失恋人的信》，收信人的名字也叫"秋心"，我才若有所悟，原来那位虚构的收信人如今现身说法了。在那两封信里，写信人畅谈易逝的青春如何值得爱恋，"当初"是如何永远可贵（因为一般失恋者常说"既有今日，何必当初"那类的话），变更是不可抗拒的自然规律。他劝人不要羡慕得意的人们，"人生最可怕的是得意，使人精神废弛一切灰心的事情无过于不散的筵席。"写给"秋心"的两封信和署名"秋心"的三篇散文，二者写作的时间相隔两三年，却可以互相补充，表达了梁遇春的恋爱观。

我对那三篇散文虽然有过疑问，但我和遇春见面时从未问过他是怎么写出来的。后来他的妻子出院了（那时产妇住院的时间比较长些），他这样的文章也从此搁笔了。一天，我到他在北池子租赁的寓所找他，他的妻子已出满月，按照南方的习惯，煮了美味的汤圆招待我，他抱出他新生的女儿给我看，同时他说："这在'曾是华年磨灭地'，听着婴儿的啼声，心里有一种难以形容的又苦又甜的滋味。"

我到他家里只去过一次，他到我的住处次数也不多，但是我们常常会面，我想不起我们都是怎么遇合的，只记得我们的畅谈多半是在公园的茶桌旁。我们谈人生，谈艺术，谈读书的心得，他心胸开阔，正如他所说的，"对于知己的朋友老是这么露骨地乱谈着。"那时我们有一个共同的脾气，不喜欢四平八稳、满口道德语言的正人君子，觉得这样的人不容易接近，也不必接近。我曾向他称道张岱《陶庵梦忆》里的一句话："人无癖不可与交，以其无深情也；人无疵不可与交，以其无真气也。"人无完人，总会有这样那样的缺点，假如有个人给人以印象，一点毛病也没有，那就是遮羞盖耻的伪君子，对人不会以真诚相见，同样，一个人如果事事都不即不离，无所偏好，更谈不上对某件事锲而不舍，这样的人不可能有深厚的感情。遇春同意我的意见，他说，"宋朝有个宰相，一生官运亨通，既无深情，也无至性，告老还乡后，倒说了一句真心话：'一辈子逢人就做笑脸，只笑得满脸都是皱纹。'你看，这是多么一副丑相！"他说时没有说出宰相的姓名，我也无从查考这句话的出处了。

我们还欣赏那时不知从哪里听来的一句诗"六朝人物晚唐诗"。在六朝和晚唐极其混乱的时代，能产生那么多超脱成规、鄙夷礼教的人物和一往情深、沁人肺腑的诗篇，是中国历史上特殊的光彩，我们不同意有些人把他们与西方世纪末的颓废派相提并论。

　　我们上天下地无所不谈，但两个人好像不约而同，也有所不谈。一、不在背后议论共同的朋友和熟人。二、不谈个人的苦恼。梁遇春在《坟》里转述友人沉海的话："诉自己的悲哀，求人们给以同情，是等于叫花子露出胸前的创伤，请过路人施舍。"我不知"沉海"是谁。我记得我也说过这类的话。三、不谈个人的家世。他的家庭情况，我一无所知。只有一次例外，我去德国前，他说他有一个叔父在德国学医，但没告诉我他叔父在德国的住址。

　　我在 1930 年 9 月下旬到德国后，我们通信不多，我有时在报刊上读到他新发表的文字。1932 年夏，我在柏林读里尔克晚年的两部诗集《杜伊诺哀歌》和《致奥尔弗斯的十四行诗》，在十四行诗里读到"苦难没有认清，/爱也没有学成，/远远在死乡的事物/没有揭开了面幕"，我想起遇春的散文《人死观》里有类似的思想；在哀歌的第一首里读到"因为美无异于/我们还能担当的恐怖之开端"，又使我想起，这与《坟》里的那句"天下美的东西都是使人们看着心酸的"也有些相似。我很想把这些诗写给他，和他讨论，不料一天在国内寄来的报纸上读到梁遇春逝世的消息，这对我是怎么也意想不到的事。为了排解哀思，我到德国东海吕根岛上做了一个星期的旅行，一路上，遇春的言谈面貌总在萦绕着我，我应该用什么来纪念他呢？

　　1937 年，我在上海写了《给秋心》四首诗，在一个文学杂志上发表，1942年我出版《十四行集》，曾把这四首诗作为杂诗附印在十四行的后边，1949年《十四行集》重版，我觉得这四首诗对于亡友的怀念表达得很不够，又把它们删去了。过了三十年，我从中选出两首，编入1980年出版的《冯至诗选》里，诗的题目改为《给亡友梁遇春》。我在第一首里说，有些老年人好像跟死断绝了关联，反而在青年身上却潜伏着死的预感。诗的最后两行是：

> 你像是一个灿烂的春
>
> 沉在夜里，宁静而黑暗。

第二首大意是，我曾意外地遇见过素不相识的人，我和他们有的在树林里共同走过一段小路，有的在车中谈过一次心，有的在筵席间问过名姓，可是一转眼便各自东西，想再见也难以找到。这首诗是这样收尾的：

> 你可是也参入他们
>
> 生疏的队伍，让我寻找？

可是我不能再找到他了，我把他安排在一个春夜里，一个生疏的队伍里，是幻想着他仍然存在。

　　40年代初，我在昆明却有一次遇见梁遇春在德国学过医的叔父。抗日战争时期，大批文化教育工作者、自由职业者退入内地。我偶然听说他的叔父在昆明行医，便去拜访他，谈到他侄子的早逝，他不胜惋惜。他身边有一幅遇春的女儿的照片，他拿出来给我看，是一个十岁左右的活泼的女孩。我端详许久，舍不得放下，我当时竟那样神不守舍，连她的名字叫什么都忘记了问一问。她如果健在，现在应该是五十多岁了，她三岁丧父，但愿父亲在一个婴儿的头脑里还留下一个亲爱的影像。

许多青年时的朋友后来都有较大的变化。遇春如不早逝，他一定也会有变化的。从他散文里的迹象看来，他也许后来摒弃了旁观者的态度，实现他那"救火夫"的宏愿，成为革命者；他在大学里工作，勤勤恳恳，最后也许成为一门学问的"天生仇敌"大学教授；他也许成长为一个优秀的评论家，因为《泪与笑》最后的一篇评论英国传记作家齐尔兹·栗董·斯特拉奇①的长文，品评得失，持论透彻精辟，就是放在我们现在有关外国文学的论文中，也毫无逊色；他也许会写出更多优秀的散文，成为中国的兰姆。这些只能由我们虚无缥缈地去推测，永远不会成为事实。刘国平在为《泪与笑》写的序里引用过梁遇春的一句话，"青年时候死去，在他人的记忆里永远是年轻的。"这句话一点也不错，遇春在我的记忆里永远是年轻的。

① 齐尔兹·栗董·斯特拉奇（Giles Lytton Strachey，1880—1932），英国文学评论家、传记作家。

最后，我有一句声明。我只是如实地谈一谈我所知道的梁遇春，并不是要宣扬梁遇春那样的思想。我认为，若有人下点功夫，研究一下五四后十几年内各种类型的青年人的思想，对于我们研究现代文学还是有用处的。

1983 年 8 月 27 日写完

敲鼓与赶车

——《田间选集》代序

我首次读到田间同志的诗，是在四十年前；我和田间同志相熟识，是在三十年前。

四十年前，抗日战争时期，我在昆明西南联合大学教书。昆明地处西南的后方，距离前线火热的战斗很辽远，文艺生活也不及延安和国统区的重庆、桂林那样活跃，可是学校里，云南本地的和流亡到这里的教师和学生在抗日战争的鼓舞下，大都精神振奋，意气风发。他们过着贫乏困苦的生活，在政治气氛恶劣的环境里，又上课又议论时事，又读书又写文章，又跑警报又为衣食奔忙，抗议国民党反动统治的群众运动更是彼伏此起。在这样的形势下，从1942年起，产生了几种小型的周刊，这些周刊办得生动活泼，不少人在上边发表短论和杂文，人们除了日常的交往外，识与不识，经常能在小小的刊物上"见面"。其中《生活导报》办得时间最久，影响也较大，它在1943年11月13日刊行了一本《周年纪念文集》，里边发表了闻一多的文章《时代的鼓手》，副标题为"读田间诗"。这篇文章在关心文艺，尤其是关心诗的朋友们中间引起极大的震动。

那时我们往往脱离实际地谈论着诗的艺术、诗的前途，用比较短窄的尺度衡量诗的创作，所以文章一出现，就像响起一阵鼓声，起到了振聋发聩的作用。从此田间的诗在昆明诗歌爱好者的集会上不断地被讨论、被朗诵，在讨论最热烈、朗诵的声音最高亢时，人们觉得战地的炮火再也不是那样辽远了，仿佛在自己的身边。当时我的印象是，田间给新诗增添了一种新的风格，这风格只有在战斗的生活里才能形成。

这是四十年前的事，再回顾一下三十年前。1954 年 6 月至 9 月初，我和田间代表中国作家协会共同访问了民主德国和罗马尼亚，我们参观了工厂、农庄，参加群众活动，跟作家们会谈，有些见闻，田间已经写在他的散文集《欧游札记》里。我要提一提的是 7 月 10 日晚在莱比锡举行的一次田间诗诵读会，由《赶车传》的德语译者魏斯科普夫主持。魏斯科普夫是久经考验的无产阶级革命家，作为作家他写过长篇、短篇小说和在德语文学中有悠久传统的"轶事"，也翻译外国诗歌，他是一位文体家，文字凝练简洁，正适宜翻译田间的诗。在一座不很大的报告厅里，坐满二百多人，先由我简略地叙述一下中国新诗的概况，然后田间诵读他的诗作，最后魏斯科普夫读他的译诗。他以诚挚的友谊介绍田间的诗，给《赶车传》以相当高的评价，他重复他在《赶车传》译后记里写的最后一段话："《赶车传》对于德语的读者——在另一种语言的译文带有局限性的情况下——好像是一面诗的魔镜，里边照映出一个民族的宏大的心，战斗的、胜利的新中国的心。对于中国的读者和听众，田间这部叙事诗有更多的意义：这是认识的泉源、生活智慧的教科书；这是真正的诗。永远，尤其在我们的时代应该做到的：它是政治和哲学的姊妹，它致力于协助人类，使世界更为美好，更具有人的尊严。"

魏斯科普夫做了这段介绍后，随即诵读《赶车传》里的几段，在听众中引起浓厚的兴趣。人们反映，从简练有力的诗句中了解到旧中国劳苦农民悲惨的命运和他们善良而坚强的性格，更认识到中国共产党领导中国人民进行革命的伟大意义。有两个西德来的青年非常欣赏《赶车传·序》里说的翻身的两宝：

> 两宝叫什么？
> 名叫智和勇。
> 智勇两分开，
> 翻身翻进沟；
> 智勇两相合，
> 好比树上鸟，
> 两翅一拍开，
> 山水都能过。

7月正是盛暑时节，散会后走在莱比锡夜晚的街道上，吹拂着和暖又略有微凉的轻风，清爽宜人，魏斯科普夫又陪同我们到国际旅社访问了著名诗人、当时民主德国的文化部长贝希尔。贝希尔和我们谈了些文艺上的问题，他说他在他的诗论里也提到过《赶车传》。

　　闻一多和魏斯科普夫都早已不在人间，前者被万恶的国民党特务杀害，用生命谱写出壮烈的诗篇；后者辛勤地从事文艺工作，操劳过度，在我们别后的次年，猝然逝世。闻一多仅仅根据《给战斗者》里的短诗，魏斯科普夫只根据他译的《赶车传》，对田间的诗做出评价，我认为这些评价现在看来还是很中肯的。建国以来，田间写诗，有了更多的发展，但所有的诗都是在斗争中产生的。只要看一看他写诗的地点：解放前的晋察冀边区，解放后在朝鲜战场、内蒙古草原兴建的钢铁阵地、体现中缅人民友好交往的芒市、天山脚下的农场、尼罗河畔的亚非作家会议以及海上油田等等——在这些地区写出的诗不都是应该冠以"给战斗者"的称号吗？而且鼓声不息：

　　　星落月落鼓声不落，
　　　敲呀敲！
　　　山摇地摇鼓声滔滔，
　　　敲呀敲！

——《咏鼓》

一直敲到——

月亮当锣呵太阳当鼓，

劳动人民呵大地之主。

——《狂歌一首》

在战斗中，田间也写长篇的叙事诗，其中最有代表性的是《赶车传》。作者在《赶车传·上卷·后记》里说："我觉得有义务来歌颂，中国历史上的一个大转变；把斗争的历史告诉全世界的人们，把革命的歌唱给我们的子孙。"魏斯科普夫在译后记里的评语跟这段话基本上是契合的。可是田间给赶车以更为深刻的象征意义，他说："这车子，就是这个时代的一个象征。这车子，在党的指引下，它在飞腾前进。它曾经穿过炮火，它曾经穿过高山峡谷，它曾经穿过狂风暴雨，终于来到中华人民共和国的门口。车子来到这里，革命的车轮并没有停下，它仍在前进。"

田间就是这样敲着战斗的鼓，赶着革命的车，走他的诗的道路。

鼓声里没有"弦外之音"，却有一个伟大的时代的声音；战斗的短诗和长篇的叙事诗里没有"自我"，却有中国人民的自我。

1984 年 2 月 10 日

银湖夜思

我们作家访问团住在深圳特区笔架山下的银湖旅游中心。十多天我在珠江三角洲几个市县和珠海特区参观访问，接触许多振奋人心的新人新事，也听到些美好的旧传说，一路上眼花缭乱，应接不暇。晚间，身体是疲乏的，可是头脑并不想休息，总有些切合实际的或是不切实际的感想。这些感想在头脑里活动，时时使我感到自己是一个落后于时代的人。

深圳是参观访问的终点，也是最重要的一站。6月14日下午，我们在珠海特区登上开往深圳的汽船，渡过因文天祥壮烈的诗篇而闻名于世的零丁洋，到达深圳的蛇口。我们在深圳要住三个夜晚，这三个夜晚使我能够忙里偷闲，理一理零乱的思想。

我有一个在国外住了三十五年的老友，1979年他取道香港回国。我和他在北京相遇时，他说："你知道，我是不容易落泪的，可是我从香港走进深圳的边界，不由自主地掉下了眼泪。"他那眼泪，分析起来是复杂的。主要的原因是踏上祖国的土地，回到祖国的怀抱，游子归来，百感交集；但也有另一种因素，像当时深圳那样一个荒凉落后的边陲小镇，与界河南边的香港相比，显得太寒伧了。无论对于外国的客人或是对于自己的侨胞，第一个印象是萧条冷落，不给人以任何温暖。可是五年以后的今天，高楼耸立，而且将要有更多的楼阁从地面升起，街道纵横，而且有更宽广的道路在伸长，迎宾的馆舍各自显示出独特的建筑风格，文化与娱乐的场所不断兴建。偶然翻阅《深圳特区报》，在一天的报纸上便读到如下一系列的报道：某建筑提前完成，某种新技术、新工艺的引进和推广，某公司的成立，某工厂的投产，石油专用码头的竣工，房产公司合理公决住房问题，等等，这些欣欣向荣的消息能在一天的报纸上读到，是名副其实的日新月异。深圳是从香港到广州的必经之路，从前旅客们从深圳走过，不会感到有什么吸引力，促使人想在这里略做停留，如今它已成为旅游胜地，从港澳、从国外，来度假、来游览的人络绎不绝。十年浩劫中和十年浩劫后的一段时间，越界外逃的事件十分严重，人数共有八九万之多，边防岗哨防不胜防。1979 年是外逃人数最多的一年。可是特区成立后，人民安居乐业，到了 1981 年，外逃业已绝迹，而且有大量的人申请回来。这种巨大的变化，对于眼光短浅、惯于用因袭的观念看问题的人们，是难以想象的。但是难以想象的事却成为眼前活生生的现实。深圳东边有一个海湾叫作大鹏湾。大鹏湾这个名称，我不知道是从什么时候叫起来的。但我深信，这个名称是来源于《庄子·逍遥游》里"水击三千里，抟扶摇而上者九万里"飞往南海的那只鹏鸟。这鹏鸟在这里无声无息地停息了二千年，现在开始展翅飞翔了。

　　同样情形，珠海特区也是从 1979 年底起始开山辟路，在荒沙滩上建筑宾馆别墅，招待旅游和度假的客人。传说在洪荒时代有两颗明珠，一颗落在海岸上，就是现在的珠海；另一颗破碎了，落在海中，化为珠海市管辖的万山群岛。但是海岸也罢，海中也罢，都是荒凉的山岩，它们虽然有美好的名称如石景山、石花山等，在这里居住的劳苦的渔民从未看到过珍珠的光彩。如今珠海，在不到五年的时间内，成为一年比一年更加美丽的现代化的海滨城市，也是开发海上油田的后勤基地。举目一望，到处是珠光异彩。

　　大鹏鸟振翼高飞，珠海市显露出珠光，以及珠江三角洲一些市县大胆而取得成果的改革，不言而喻，都是由于十一届三中全会的威力。广东省委认真贯彻三中全会的方针政策，发挥广大群众的积极性，才能使从前许多人难以想象的事成为现实。

　　我也是惯于用因袭的观念看待事物的人。十几年前，我曾经为我们的国家"既无外债也无内债"而感到自豪。"债"这个字，从来不是一个好字眼儿，"无债一身轻"，有多么畅快。因此，我对于借用外资有过担心，怕将来债台高垒，偿还不起。这是从消极保守方面看问题。我们现在引用外资，并不像旧中国的反动政府那样，日子过不下去了，向外国借款，以济燃眉，一干二净地把款项花掉。我们引进外资，随之而来的是学会先进技术和企业管理的方法，培养新型的技术和管理人才，从而促进管理制度的改革。特区和三角洲的许多先进企业都是靠着部分地引进外资兴办起来的，它们掌握了先进技术和企业管理方法，很快就取得利润，预计不仅是如期、而且有的能够提前偿还贷款。如果"既无外债也无内债"，用国家有限的资财和经验从事建设，则等于自己把自己关闭起来，不与外界交流，长期处于落后状态。三中全会以来，强调对外开放、对内把经济搞活，那种闭关自守的状态将不会存在。

此外，还有对于贫与富的看法。人们一向、也可以说从古以来，往往是同情贫、厌恶富的，同情贫有时发展到赞美贫，厌恶富有时发展到咒骂富。我们常常说贫是"清贫"，富是"浊富"。这是有充分理由的，因为在阶级社会里，富都是依靠剥削得来的，"为富不仁"，这句话说得一点也不错。但是在社会主义社会里，按劳取酬，谁若是以辛勤的劳动和丰富的知识为人民创造出物质的或精神的财富，因此得到较多的合理报酬，这又有什么理由可以引人訾议呢？但是吃大锅饭培养出来的平均主义者，一看见某人或某集体因为对国家有贡献，得到较多的正当收入，总觉得不顺眼，好像嗅到了资产阶级的气味。两个特区和三角洲的市县贯彻了三中全会的政策，很快地富裕起来，有个别好心的同志看到这里的繁荣情况，便发生疑问："我们搞了一辈子革命，就是为了要达到这样的目的吗？"听说有人甚至落了泪。这些同志的心目中，革命的目的是要永远保持清贫的生活，富了，就有产生资本主义的危险。小平同志说过，"贫困不是社会主义，更不是共产主义"①。社会主义的优越性就在于逐步改善人民的物质生活，提高人民的精神生活。

提起精神文明，也有人表示担心，他们说，特区会不会"香港化"？诚然，特区由于港澳同胞以及外国人的投资，新技术和企业管理方法又多半是从港澳输入的，港澳的生活方式和文化娱乐自然要对特区发生影响。香港澳门的社会是繁荣里掺杂着污秽，先进的技术与腐朽的思想并存。特区应怎样吸取它们的繁荣、排斥它们的污秽，学习它们先进的技术，抵制它们腐朽的思想，这是特区的领导与群众面临的一个严峻的问题。

精神文明要从两方面来看，一方面是一般的文明礼貌，一方面更重要的是坚持四项基本原则的社会主义文化。关于文明礼貌，特区给人以良好的印象。人们熙熙攘攘，遵守纪律，街道上很少看到争吵，商店和旅馆的服务人员大都态度和蔼，使人感到亲切。打破了大锅饭，人人都努力学技能，学知识；克服了平均主义，大家都辛勤劳动，力争上游；制度进行了改革，官僚主义无处藏身。这一切，特区做出了很好的榜样。关于社会主义文化，广东省委和特区的领导同志更是格外关心，他们正在大规模地建立图书馆、博物馆、剧场、音乐厅和电视台，给发展社会主义精神文明提供良好的物质条件。可是剧场演什么戏，音乐厅奏什么乐曲，电视台播放什么节目，则向作家们、

----

① 见 1984 年 7 月 1 日《人民日报》。——作者注

艺术家们提出迫切的要求，创作出反映特区生活、适应和鼓舞特区群众的作品，不要像过去有些作品那样，一写到边界便把走私贩毒、外逃偷渡作为写作的题材。要知道，今天的特区已不是昨天的边陲小镇，它们是对外开放的窗口，对于国内的改革，也起着窗口的作用。我们可以说，经济特区的设立，对于祖国的前途具有深远的历史意义。若是有作品能生动而形象地体现出这种深远的意义，将是一个很大的贡献。我真希望有风华正茂的青年作家到特区深入生活，担负起这样的任务。我们到深圳的第二天，香港的十几位作家赶来相会，宴席间一位香港朋友向我说，"你过去写过《北游》，现在可以写南游了。"说得我心里热乎乎的。但是（正如我在这篇《夜思》里一开头就感到的），我是一个落后于时代的人，一个落后于时代的人若是要写时代前列的事物，这恐怕不大容易，难以写得怎么出色吧。

在汽车开往蛇口工业区的路上，竖立着一座标语牌，上面写着醒目的十个大字："时间是金钱，效率是生命。"这两句话推动着特区经济的蓬勃发展。对于这标语的前半句，我从不同人的口中听到过多次反对的话，反对的理由不外乎说这是资产阶级的格言，代表唯利是图的本质。说也奇怪，我往往在个别人的身上看到，他对于金钱，口头上是恨之入骨，心坎里却爱之如命。其实，"时间是金钱"并不是随着资本主义来到世间的，在西方，古希腊就有与之相类似的话，在中国"一寸光阴一寸金"更是人所共知的。而且我们中国人体会得更深入一层，还添上一句"寸金难买寸光阴",说明寸金失去,还能再得到,光阴一去,就不再回来了。可是在我们的生活里,无止无休的会议,空洞无物的长篇发言,真是视时间如粪土,到了非改革不行的地步了。"时间是金钱",既是古已有之,又针对时弊,醒人耳目地竖立在公路旁,叫人爱惜时间,有什么不好呢?

关于标语的后半句,提高效率,不会遭到反对,若说效率就是生命,或许有人认为比得有些过分。但是在特区,处处都听到人们在讲速度,谈频率,讲成效,只有把效率看成生命,经过改革,有合理的制度和先进的管理方法,特区才能在短短的四年内有那样惊人的成就。如楼房建筑,每过三天就增高了一层,五十层的高楼,不到一年就竣工,交付使用,这都传为美谈。我在北京住的宿舍,有一栋四层三单元的楼房,去年防震加固,拖拖拉拉,耗用了半年多的时间,其效率之低,真是人间罕见。想到这里,也增加了我的落后感。

我们在珠江三角洲的市县和两个特区参观访问,更重要的是学习。就我个人而论,在十几天内就从看到的许多新事物中改正了我某些因袭的观念。我们每到一个地方,热情而谦虚的主人都向我们征求意见。我除了衷心感谢以外,实在提不出什么意见。若是一定要提的话,那就不是意见,只是一个疑问:特区的报纸和某些出版物为什么都用繁体字排印,不用简体字呢?简化汉字,全国通行,联合国,甚至新加坡也都采用。为了照顾极小一部分使用繁体字的地区而置全国于不顾,不是有些轻重倒置吗？我知道有许多青年人想了解特区的情况，可是青年人绝大多数是不认识繁体字的。

最后，我要感谢作协广东分会同志们对我们的邀请和热情接待，在盛暑时节他们陪同我们参观访问，使我这生在北方、长期住在北方的人较多地了解了广东。我一向不愿以地区为标准来品评人物，说什么上海人怎样，北京人怎样。可是这次来广东，我深深感到，广东人最富有革新精神。他们中间的杰出人物善于接受外来的新思想，如洪秀全、孙中山；他们也勇于抵抗外来的毒品和侵略，如三元里的抗英群众；至于 1911 年黄花岗七十二烈士的牺牲，1927 年党领导的广州起义，都在中国革命史上写下壮烈的篇章。如今贯彻三中全会的方针政策，珠江三角洲和经济特区又给我们树立了榜样。我在访问途中写了一首旧体诗赠给陈残云同志，其中有两句是"策马先鞭云海阔，岭南人物最多情"。这"多情"两个字当然不是儿女之情，也不限于是同志之情，从过去到现在看来，是关心国家大事、民族兴亡，大胆改革开创新事业的深情。

根据 1984 年 6 月 14 至 16 日草记　7 月 15 日写成

相濡与相忘

—— 忆郁达夫

1962 年，香港友人赠给我一册陆丹林编的《郁达夫诗词钞》，我读后在书的末页空白处写了一首旧体诗：

> 展读诗词二百篇，两当、海涅忆华年，
>
> 寒风凛冽旧书肆，细雨氤氲冷酒边。
>
> 浩劫中原家国毁，投荒南岛志节坚；
>
> 晨曦将现人长暝，彩笔难题解放天。

这首诗后半写的是郁达夫晚年不幸的遭遇，惋惜他没有看到全国的解放，他那清新俊逸的文笔也无缘描绘新中国的山水人物了。诗的前半是回忆 20 年代（主要是 1924 年）在北京我和几个朋友与达夫交往的情景。

1921 年创造社的出现、《创造》季刊的出版是中国新文学史上一个具有重大意义的事件。当时不少爱好文学的青年读到作为"创造社丛书"第一种的《女神》，都被那些气势磅礴、富有时代精神的诗篇所震动，他们顿开茅塞，预感新中国将从旧中国自焚的火焰中诞生。不久，丛书的第三种《沉沦》问世了，作者大胆地写出一个久居异国的青年精神上和生理上的忧郁和苦闷，在文艺界激起强烈的反应，它被抱有同感的青年读者所欢迎，也受到一些卫道者的诟骂，一时毁誉交加，成为一部有争议的作品。这时，周作人在《晨报副刊》上发表一篇评论《沉沦》的短文，给《沉沦》以公平的评价，并启发读者，应如何看待这部小说。此后，《采石矶》《春风沉醉的晚上》等名篇陆续发表，郁达夫读者的范围也就更扩大了。那时，住在上海的浅草社的朋友林如稷、陈翔鹤常与达夫交往，他们给我写信也有时提到他。

1923年下半年，北京大学经济系教授陈启修（豹隐）被学校派往苏联考察经济，他推荐郁达夫代替他讲授统计学。我听到这个消息，非常兴奋。那时我刚满十八岁，从来不曾拜访过名人，可是郁达夫，我从朋友们的信中知道，他为人如何率真，如何热情，尤其是对待爱好文学的年轻人，这使我下决心要去认识他。当时位于北京北河沿的北京大学第三院主要是政治、经济、法律三系学生上课的地方，我按照学校注册科公布的郁达夫授课的时间和地点，于10月18日下午准时走进一座可容八九十人的课室，里边坐满了经济系的同学，我混在他们中间，我知道，我期待的心情跟他们是不一样的。上课钟响了，郁达夫走上了讲台，如今我还记得他在课堂上讲的两段话。他先说："我们学文科和法科的一般都对数字不感兴趣，可是统计学离不开数字。"他继而说："陈启修先生的老师也是我的老师，我们讲的是从同一个老师那里得来的，所以讲的内容不会有什么不同。"这两段话说得那样坦率，我感到惊奇，我已经念过四年中学，两年大学预科，从来没有从一位教员或教授口里听到过这类的话。这对于那些一本正经、求知若渴的经济系的同学无异于泼了一盆冷水。而且刚过了半个钟头，他就提前下课了，许多听讲者的脸上显露出失望的神情。可是我很高兴，可以早一点去找他谈话。我尾随着他走进教员休息室，向他做了自我介绍，还说陈翔鹤给我写信常常提到他。他详细地问我是哪省人，住在哪里，学什么，会哪种外国语，我也问他是不是第一次来北京，对北京有何感想等。我们谈了大约有半个多小时。此后，我再也没有去听他的课，不知他是怎样讲授那离不开数字的统计学的。可是他下课后有时顺路来找我，因为我住在距离北大第三院很近，被称为"三斋"的宿舍里。他约我出去走走，北京的气候渐渐进入冬季，也没有多少可供玩赏的去处，我们多半是逛逛市场，逛逛旧书摊。东安市场里有十几家小书店，出售的书籍中有不少是上海扫叶山房石印的线装蓝布套的诗文集、笔记、小说等。我向达夫说，"我读了你的《采石矶》才知道黄仲则①，我的《两当轩全集》就是在这里的一家书店里买的。"

---

① 黄仲则（1749—1783），即黄景仁，清代诗人，字汉镛，一字仲则，号鹿菲子，武进（今江苏常州）人，有著作《两当轩集》22 卷。

他笑着说，"扫叶山房的老板应该谢谢我，我的那篇小说不知给他推销了多少部本来不大有人过问的《两当轩全集》。"关于黄仲则的诗，他并没有向我谈过他在《采石矶》里引用的诗篇，以及"似此星辰非昨夜，为谁风露立中宵"等名句，他却对《焦节妇行》一诗赞叹不已，他说，"这首诗写的恐怖而又感人的梦境，中国诗里真是绝无仅有，西方的诗歌间或有这种类似的写法。"

有一次，北京刮着刺骨的寒风，我想不起是什么缘故了，我们来到宣武门内头发胡同的"小市"。这"小市"有卖旧衣旧家具的，有卖真假古玩的，也有卖旧书的。（鲁迅在教育部任金事时，就常路过这里买些小古董。）那天的风很大，尘沙扑面，几乎看不清对面的来人。我们走进一家旧书店，我从乱书堆里，抽出一本德文书，是两篇文章的合集，分别评论《茵梦湖》的作者施笃姆①和19世纪末期诗人利林克朗②这两个人的诗。郁达夫问了问书的价钱，从衣袋里掏出六角五分钱交给书商，转过身来向我说，"这本书送给你吧，我还有约会，我先走了。"实际上那天我身边带的钱连六角五分也凑不起来。

1923年底（或1924年初），陈翔鹤从上海来到北京后，我和郁达夫见面的机会多起来了。1924年是我们交往比较频繁的

---

① 施笃姆（Theodor Storm，1817—1888），德国小说家、诗人。又译施托姆。
② 利林克朗（Detlev von Liliencron，1844—1909），德国诗人。又译李利恩克龙。

一年。我不止一次地和陈翔鹤、陈炜谟一起到西城巡捕厅胡同他的长兄郁曼陀的家里去看他。他住在一大间（按照北京的说法是三间没有隔开的）房子里，一面墙壁摆着满架的图书，有英文的、德文的、日文的，当然也有中文的。我翻阅架上的书，在一本德文书的里页看到他用德文写的一句话，"我读这书时写了一封信，叙述了对于结婚的意见"。这可能是他在日本留学时写的，可是我想不起来这是一本什么书。这时，他向我推荐海涅的《哈尔茨山游记》。他说，"这篇游记是我读过的最好的散文里的一篇，写得真好。"我听了他的话，就找出这本书来读，书中明畅的语言、尖锐的讽刺、自然美景生动的描绘，把一座哈尔茨山写得活灵活现，并引起我的愿望，将来把它译成中文。我们在他那里谈外国文学、中国文学，也谈文坛上的一些琐事。他曾应翔鹤的要求，把他喜欢读的外国文学作品开列一个清单，约有二十几种，我记得的其中有斯特恩①的《感伤的旅行》、王尔德的《道林·格莱的画像》、海涅的《哈尔茨山游记》、凯勒②的《乡村里的罗密欧与朱丽叶》、屠格涅夫的小说等。有一次我们正谈得兴高采烈，郁曼陀从院中走过，也进来打个招呼，随即走去了。

　　有时郁达夫和我们不期而遇，便邀我们到任何一个小饭馆

---

① 斯特恩（Laurence Sterne，1713—1768），英国小说家。
② 凯勒（Gottfried Keller，1819—1890），瑞士德语作家。

里小酌。我难以忘记的是一个晚春的夜里，断断续续地下着迷濛小雨，他引导我们在前门外他熟识的酒馆中间，走出一家又走进一家，这样出入了三四家。酒，并没有喝多少，可是他的兴致很高，他愤世嫉俗，谈古论今，吟诵他的旧作"生死中年两不堪，生非容易死非甘……"直到子夜后，大家才各自散去。

达夫也喜欢独自漫游。那时一般人游览只懂得近则公园，远则西山，达夫则往往走到人们不常去的地方，而且有所发现。一天，大约是将放暑假的时候，他向我说，朝阳门外三四里的地方有一座荷塘，别饶风趣。我听了他的话，便和一位姓张的同学，出了朝阳门，按照达夫形容的方向走去，果然三四里外，看到一片池塘，荷花盛开。我们在池边的小亭里坐下从附近的小饭馆买到包子和面条，也很适口。同时，不远的地方传来管弦清唱的声音。我当时想，这必定是北京本地人的常游之地，外来人不大知晓罢了。我没有打听那地方的地名，也没有再去第二次。如今那一带已是高楼大厦，那荷塘、那小亭，早已寻找不出一点遗迹了。

1925 年 2 月，郁达夫去武昌师范大学任教，这年暑假把他的家属移居在北京什刹海附近，此后他往返于武昌、北京、上海、广州各处，在北京几做停留，都是时间不长，我们见面的机会也渐渐稀少了。

郁达夫有时到鲁迅新居的老虎尾巴、到周作人的苦雨斋闲谈，他跟现代评论社的一部分成员也有交往，他众中俯仰，不沾不滞，永远保持他独特的风度。

庄子的《大宗师》和《天运》里同样有这么一段话："泉
涸，鱼相与处于陆，相煦以湿，相濡以沫，不若相忘于江湖。"
鲁迅晚年，写文章和写信一再提到这句话前半句里的"相濡以
沫"，这意味着在黑暗重重的社会里，处于困境的进步力量要互
相协助，像困在陆地上的鱼吐着口沫互相湿润那样。但庄子全
句的主要含义并不在此，而是说与其这样以沫相濡，倒不如回
到江湖里彼此相忘。"相濡"与"相忘"是两种迥然不同的人生
态度。但是郁达夫，这两种态度则兼而有之。他对待朋友和来
访的青年，无不推心置腹，坦率交谈，对穷困者乐于解囊相助，
恳切之情的确像是"相濡以沫"。可是一旦分离，他则如行云流
水，很少依恋故旧。我从1926年后，再也没有见到达夫，我们
各自浮沉在人海中，除了我仍然以极大的兴趣读他的《迟桂花》
《钓鱼台的春昼》等著名的小说与散文外，也就"相忘于江
湖"了。

1984年8月27日　写于青岛

附记：

  这篇短文是我受陈子善同志的嘱托，为他编辑的《郁达
夫回忆录》写的。当时在青岛疗养，资料缺乏，文中所记大
都是从记忆里掏出来的。写好后就寄给陈子善同志编审付

印，并在《散文世界》1985 年第一期发表过一次。后来杨铸同志给我送来他父亲杨晦同志保存的我在 20 年代写给他的信数封，其中有一信记有顺治门（即宣武门）小市买书事，与文中所记颇有出入。但文已发表，不便改动，仅将信里的话抄在下边，做为更正。由此可见，人的记忆是多么靠不住。

摘录 1924 年 11 月 30 日自北京中老胡同 23 号寄给杨晦的信："……今天午后（也是狂风后）我一个人跑到顺治门小市去看旧书。遇见达夫披着日本的幔斗也在那儿盘桓。他说他要写一篇明末的长篇历史小说。我随便买了一本 Lilien-cron 的小说。他约我到他家喝了一点白干。归来已是斜阳淡染林梢，新月如眉，醺醺欲醉了。"

1986 年 5 月 2 日　补记

仲平同志早期的歌唱

　　时间有时给人们安排了一些巧合的事。1924 年，我在青岛住过一个暑假，首次看到大海，回北京后，认识了柯仲平同志，他正在以无限的激情写他的长篇抒情诗《海夜歌声》。想不到整整六十年后的 1984 年，我又在夏季第二次来青岛，不久收到王琳同志的信，说今年 10 月是仲平逝世的二十周年。我在海滨望着海浪的起伏，海水色彩的变化，夜里听着海上的涛声，怎能不回想起仲平朗诵《海夜歌声》时的情景呢？

　　1921 年，新成立的创造社以两部大胆突破的作品贡献给当时还相当寂静的新文坛：一部是郭沫若的《女神》，一部是郁达夫的《沉沦》。《女神》中《凤凰涅槃》《地球，我的母亲》《我是个偶像崇拜者》等雄浑的诗篇给不少刚刚觉醒的青年扩大了视野和胸襟，激励他们反抗旧社会，创造新生活。当时确有这样的青年，在五四精神的感召下，在《女神》诗句的鼓舞下，不顾一切离开狭窄闭塞的家乡，跋山涉水，去寻找他们能够放声歌唱的场所。仲平就是这样一个。他在《海夜歌声·这空漠的心》里把郭沫若与屈原、李白、但丁、歌德并列，可见他对《女神》的作者是多么倾倒了。至于《沉沦》，尽管有人说它不健康，过于伤感，但在一部分青年的心目中，则认为《沉沦》如此坦率地反映一代青年的苦闷和忧郁，在当时的文学作品里是罕见的。人们还听说《沉沦》的作者平易近人，对来访者无不开诚相见，所以有的青年人愿意找他去诉说衷肠。1923年10月以后，郁达夫在北京教书，仲平可能是在1924年上半年认识了他。郁达夫从来无意给我和仲平做介绍，但是正由于与达夫都有交往，我和仲平很自然地就熟起来了。

仲平对于初次见面的朋友，从来没有像一般人常有的那种保持一定距离的态度，只要他认为是"我辈中人"，他便推心置腹，谈他自己心里的话。给我印象最深的，是他谈他的家乡以及他离开云南来北京的行程。云南，在抗日战争时期，我在昆明住了七年半，几乎成为我的第二故乡，但在当时对于我还是一个辽远而又生疏的省份。我以极大的兴趣听他说云南的山水如何秀丽，气候四季如春，花草树木茂盛，各种植物应有尽有，是自然形成的一座世界上最大的植物园；汉族以外还有其他民族（那时我们还不知道"少数民族"这个名称），他们勤劳耕种，能歌善舞，性格朴厚，不懂得狡诈。可是，这样一个美好的地区，被军阀恶霸、贪官污吏糟蹋得不成样子，老百姓过着暗无天日的痛苦生活。他说他从昆明到北京，要乘坐法国人修筑的滇越铁路的火车，经过河内，在海防登船北上，一路受尽法帝国主义者及其奴仆们的欺凌，可是，他第一次看到大海，海上的风和浪激荡着他向往远方的游子的心。我想，《海夜歌声》也许这时已经在他头脑里酝酿了。

他把《海夜歌声》看作是自己亲生的孩子，他为它的产生承受过极大的灾难，他开始写了一部分便生了一场重病，他很穷，靠着几个朋友（其中包括郁达夫）的帮助才能付出住医院的费用。

他病愈后，废寝忘食地继续写作。这时期内，我们不见面则已，一见面他就以高昂的声音朗诵诗中的片断。他朗诵，常常不带诗稿，有些段落他都记熟在脑里。他朗诵，一心只是要读给朋友们听，不管屋子外边有小孩子扒着窗口起哄，或是院子里有人风言冷语地嘲笑。

北京的小市民是不能理解仲平的为人的。他待人一片真诚，不会假意周旋，他头发鬈曲，不修边幅，常整夜整夜地写作，冬天没有钱买煤球生火，便把脚伸在稻草筐里取暖。邻人们把他看成是"怪人"，在他常常走过的街头巷尾，竟有人向他喊叫"大鬼！大鬼！"，他也毫不介意。有一次在秋天的夜里，月明如昼，我们一起散步到陶然亭。陶然亭的周围是浅塘丛苇，废冢荒坟，这时路上已无行人，仲平很兴奋，高声唱他的诗句，惹得远近人家的狗吠叫起来，甚至有人开门向外张望，以为发生了什么事故。

仲平在《海夜歌声》付印出版时，曾作为"一个紧要的希望"要求读者："读者能反平素诵诗的调子一唱吗？……起来吧，跳出屋外吧！"仲平自己是这样做了，这样唱了。

这首约有一千六七百行的抒情长诗，在那时确是少见的。朋友们评论这篇诗，觉得有些芜杂，重复的句子多，个别地方还比较晦涩，但是大家公认，这诗是有一种不能抵制的力量促使他去写的，而且"腔腔情血变狂歌"，是用满腔热血写成的。他说他的作品是亲生的婴儿，他宁愿用自己的生命换取婴儿的诞生。他说他"生在诗歌死在诗歌里"，"要唱呵，谁能塞住我的嘴?"所以他写诗的要求与唱诗的要求是同样迫切，也可以说，他写诗就是为了唱给人听。他不仅在朋友们聚会时高声朗诵，听说他在1925年第一次拜访鲁迅先生，也是没有谈多久，便唱起他的诗来，致使鲁迅的母亲周老太太听见了，感到不安，以为有什么人来跟鲁迅吵架。

《海夜歌声》里有不少雄壮的、豪放的诗句，这跟后来、尤其是十年浩劫中放空炮的"豪言壮语"迥然不同。仲平笔下的豪放的诗句跟他的生活与思想是一致的，跟自然界壮丽的景色也是合拍的。他向地球说，"你有海水狂跳，我有心血永潮"。他说："从来我就爱到荒野去听狂风歌，我也爱登山顶去看日出与日落。"他一再称呼海上的风、山上的风、原野上的风是他的"好友"、"老友"，实际上也是在朋友中间，只要仲平一出现，就好像带来了一股风。

《海夜歌声》里的歌者对于称王称霸的仇敌展开不屈不挠的斗争，他鄙视无视于现实的虚伪的和平说教者，更看不起苟且偷安、欣赏花香鸟语的文人。他的态度如此坚决——

> 荡我舟罢，——力的练习；
>
> 磨我剑呀，——剑也锐利；
>
> 一沧海，——磨剑池，
>
> 生时抱着剑来，死时抱着剑去。

把沧海看作是剑池，这是怎样一种雄伟的气魄！

　　但是这个海夜的歌者，随时都有一种孤独感。"海上一孤舟"、"狂浪上一孤舟"一类的诗句不断在诗里出现。在深夜的海上，这种孤独感甚至使歌者陷于惶惑——

> 我的孤舟呀，——失落在哪一边？
>
> 我独自一人呀，——又在哪一边？

并且失望地说——

> 从此，我不向哪一方呼唤，
>
> 就把一身当行船。

　　虽然如此，他焦灼的心还是盼望"天明"，想听到昆仑山下雄鸡的鸣叫。诗的结尾处还是出现了"东方的一点光明"。

　　那时聚集在北京的一些文学青年，多半是没落家庭的飘零子弟，他们有人愤世嫉俗，有人自伤身世，有人擅长讽刺，有人善于抒情。我们与仲平相处，各自从不同的角度与他产生共鸣，可是他有些观点，如对于战争与"和平"的看法，对于诗歌的主张，在朋友们中间还是最先进的，超出我们一般的思想水平。

约在 1925 年暑假后，他在北京法政大学学习过一年或两年。当他考入法大时，我曾经想过，这学校是给反动政府制造官吏的场所，对仲平太不合适了。其实，学校里并不缺乏进步势力。也许正是由于入了这学校，学一点社会科学，有利于他更好地读马克思主义的书。这时，他认识了后来于 1927 年与李大钊同志一起被奉系军阀杀害的谭祖尧同志。有一次，我和仲平，还有陈翔鹤，到北京大学附近的一个胡同里去看谭祖尧。谭祖尧住室的墙上贴着一幅列宁讲演的画像。我看着列宁双手支着桌子、向前探出上身的姿态，有过一个闪念，仲平朗诵他的诗，不有时也是这个样子吗？但是列宁面前有（那幅画上没有画出的）广大的听众，仿佛还能使人想象到有欢呼声和鼓掌声。至于仲平呢，他只能对着三五个贫穷的朋友朗诵，那时不仅没有宽广的场地，就连一个狭小的课堂也不能供给他歌唱一次。难怪他的诗里有这样的诗句"真正的歌声人间哪里听"。

平心而论，《海夜歌声》是一个革命诗人"千里之行始于足下"的处女作。它抒写了作者对黑暗社会的痛恨与不屈不挠的反抗精神，还掺杂着一些孤独之感与力不从心的叹息。1949 年北京解放后，仲平和王琳同志到北京不久，就到我家里来看我，青年朋友，各自度过了二十几年的惊涛险浪，仲平仍然是那样热情，那样坦率，但他已经是一个久经考验和锻炼的共产党员，沉着稳重，不像过去那样易于激动了。他的诗歌唱给广大的劳动人民听，取得了显著的成绩，新中国的大地上到处给他提供着歌唱的场所。"海上一孤舟"已荡出海夜，红日高升，万艇齐发了。

1984 年 9 月 5 日

祝杜甫纪念馆成立三十周年

对于在政治、经济、学术、文艺等任何一方面为祖国、为人民有过贡献的历史人物，后人常常在他们生活过或工作过的地方建祠树碑，以志不忘。祠堂和碑碣的建树者大多是根据史书的记载或民间传说称颂某某人物的为人或业绩。这是一种优良的传统。但是史书的记载往往过于简略，民间传说又易于繁衍失实，所以祠堂碑碣只能表示后人对古人的敬仰与怀念，而对于学术研究并不能提供多少可贵的资料。

新中国成立后，在党和政府的关怀下，渐渐有某某历史人物纪念馆的兴建。这些纪念馆在表示敬仰与怀念的同时，还广泛搜集有关文献和文物，日积月累，逐渐形成有专门性质的图书馆或博物馆，给某某历史人物的研究者提供许多方便。这样的纪念馆目前虽然还为数不多，但有少数几个已经斐然可观了，杜甫纪念馆就是其中最早、最有成绩的一个。

成都西郊的杜甫草堂，从五代北宋以来就是诗人吟咏、人民游览的胜地，它几经变乱，时兴时废，到国民党反动派统治时期，竟成为驻兵饲马的场所，被糟蹋得不成样子。杜甫纪念馆成立后，把草堂修茸一新，扩建园林，吸引中外人士来瞻仰这位中华民族足以自豪的伟大诗人。更有意义的是纪念馆收集了杜甫诗集的各种版本、研究杜甫的专著和论文，以及国外的译本，并开辟研究室，供杜甫研究者使用。十一届三中全会后又以纪念馆为基地组织杜甫研究学会，出版学刊《草堂》，推动杜甫研究的深入开展。

纪念馆在三十年内取得这些成绩，是来之不易的。它和许多美好的事物一样，也经历过坎坷不平、甚至荆棘丛生的道路。1963 年后在"左"倾路线控制下，杜甫就受到无理的（不是讲道理的）批判；十年浩劫期间，杜甫更是不断地横遭诬蔑和侮辱。在这恶浊的气氛中，纪念馆的负责人能坚持真理，使馆内丰富的馆藏得以保存，没有损失。在这一点上，我作为杜诗的爱好者更要向杜甫纪念馆工作的同志们表示敬意。

三十而立。祝杜甫纪念馆在现有的基础上有更大的发展，成为全国性的杜甫研究中心。

1984 年 9 月 29 日

《骆驼草》影印本序

1930 年春，废名（冯文炳）跟我商量，想办一个小型周刊，我也同意。经过短期筹备，这刊物的第一期就在这年 5 月 12 日出版了。周刊定名为《骆驼草》，是废名想出来的。刊名的含义是：骆驼在沙漠上行走，任重道远，有些人的工作也像骆驼那样辛苦，我们力量薄弱，不能当"骆驼"，只能充作沙漠地区生长的骆驼草，给过路的骆驼提供一点饲料。刊头"骆驼草"三个字是请沈尹默先生写的。刊物的经费是几个朋友拼凑的，我们用费不多，因为在那上边发表文章，一概不付稿酬，唯一的开销是每期的印刷费。订购处北平米粮库 18 号是杨晦的住所，可是那时杨晦并不在北平。编辑、校对，以及发行，几乎都由废名和我办理。9 月 12 日，我离开了北平，以后的几期，主要是废名独力支撑的。

《骆驼草》创刊的本意，可以说是要继承《语丝》的传统。作者自由发表意见，不求一致。记得第一期出版前，废名写过一张广告，贴在当时位于沙滩汉花园的北京大学第一院门前。广告大意说：《语丝》于 1927 年冬被迫迁沪，近来又听说业已停刊，北平的空气真是沉浊闷人，为了冲破沉闷的空气，我们将发行《骆驼草》周刊，像过去《语丝》那样跟读者们见面。我们创办时虽有此意图，但时势已不同往日，《骆驼草》并没有体现出《语丝》"要催促新的产生，对于有害于新的旧物，则竭力加以排击"（见鲁迅《我和语丝的始终》）的批判精神。因为撰稿人（不管是过去在《语丝》上发表过或未发表过文章的人）在中国革命还处于低潮、北平的政治与文化生活十分混乱的情况下，他们大都思想消极，不仅未能"催促新的产生"，反而有人在闲情逸致中苟且偷生，欣赏"旧物"，对新的产生起阻碍作用。鲁迅在上海看到《骆驼草》第一期，就写信给章廷谦说："以全体而论，也没有《语丝》开始时候那么活泼。"

虽然如此，《骆驼草》还是登载过一些值得一读的作品，如岂明（周作人）、俞平伯、玄玄（朱自清）、秋心（梁遇春）的散文，废名的小说等。至于我在那上边发表的散文和诗，内容庸俗，情绪低沉，无甚可取，我后来编选我的诗集和散文集，除个别篇章外，都没有收入。

上海书店出版部影印《骆驼草》共二十六期，合订成册，约我写序。我自己留存的《骆驼草》都已散失，无从参考，仅就个人的记忆和我现在对《骆驼草》的看法，写出这篇短小的序文，也算是一个说明。

1984 年 10 月 15 日　北京

回忆《沉钟》

—— 影印《沉钟》半月刊序言

上海书店在影印了《浅草》季刊之后，又将影印《沉钟》半月刊，委托我为此写一篇序言。上海书局影印这类如今不容易找到的文学刊物，为的是给中国现代文学研究者提供资料，那么，我这篇序言也只能是写点事实作为资料，以供参考。

一 "沉钟社"与浅草社的关系

有人说，"浅草是沉钟的前身"。这句话有一定的根据，但也不完全符合事实。

1922年，林如稷会同上海和北京一些爱好文学的朋友和同学组织了浅草社这个文学团体，在上海于1923年出版了三期《浅草》季刊，第四期本来也按期编好，但在承担出版发行的泰东书局积压了一年多，到1925年2月才印出来。浅草社由于林如稷善于联系，社员人数较多，他们彼此之间并不都很熟识，后来林如稷于1923年秋去法国留学，浅草社人员渐趋涣散，当季刊第四期出版时，这社团几乎是停止了活动。

至于 1925 年 10 月起始出版的《沉钟》周刊，1926 年 8 月起始出版的《沉钟》半月刊，则只是由杨晦、陈翔鹤、陈炜谟、冯至四个人编辑的。陈翔鹤、陈炜谟原是浅草社的基本社员，冯至在《浅草》出了两期以后即 1923 年夏才加入，杨晦是冯至长兄一般的好友，他从未参加浅草社，也没有在季刊上发表过作品。可以说，若是没有浅草社，陈翔鹤、陈炜谟、冯至就不会彼此认识，成为朋友，二陈也不会由于冯至的介绍与杨晦结交。浅草社其他的社员人各一方，音讯渐疏，只有罗石君（罗青留）以他的诗，莎子（韩君格）以他的童话给《沉钟》丰富内容，但他们很少过问《沉钟》编辑出版等方面的具体事务。

　　浅草社一开始，就以文艺社团的姿态出现，《沉钟》的编辑者却仅仅是四人，他们从来没有组织什么社团的打算。他们结合的基础是亲密无间的友谊，他们只想通过这个刊物发表自己的创作和翻译，为新文艺做些微薄的贡献。后来这个刊物与读者见面了，不知从什么时候起始，文艺界给了他们一个"沉钟社"的称呼，他们也未予否认，就把这个称号接受下来了。可是"沉钟社"的成员仍然是四个人，并没有因为是"社"了而有所扩大，只是在 30 年代初期，林如稷从法国回来后，他参与了复刊《沉钟》半月刊的工作。

　　关于刊物的内容，《沉钟》与《浅草》最显著的不同是《浅草》只发表创作，《沉钟》则创作与翻译并重。那时《沉钟》的编辑者都在学习外语，阅读外国文学作品，有时自己认为略有体会，思想感情上发生共鸣，有时也遇到比较艰深的文字，难以索解，经过反复钻研才能有所领悟。这两种情况都曾使他们内心里感到愉快，愿与人共享，便翻译一些诗文，在《沉钟》上发表。在创作方面也比《浅草》要求较严，虽然《沉钟》里也没有多少可读的"佳作"。

以上是"沉钟社"与浅草社的关系。从人的关系来看，可以说浅草是沉钟的前身，因为若没有浅草社这个组织，就不会有沉钟社的形成。可是刊物的内容和形式，《沉钟》和《浅草》则有相当多的不同之处。

二　刊物为什么命名《沉钟》

《沉钟》的四个编辑者思想不尽相同，性格更为悬殊，写作的风格也不一样，但是他们有一个共同看法，即艺术理想与现实生活之间存在着不能调和的矛盾。他们把艺术看作是至高无上的，社会现实则与文艺为敌，处处给文学艺术布置障碍。这显然是一种偏见。那时他们不知道现实生活是文学艺术的源泉，也不懂得中国半封建、半殖民地社会的实质，眼前只是一片漆黑，不合理的现象处处可见。西方 19 世纪末、20 世纪初的文学里有不少与他们观点相类似的作品，实际上他们这种观点的形成多半是受了这类作品的影响。德国戏剧家霍普特曼①在1896年写的童话象征剧《沉钟》就是表现艺术与现实生活相矛盾比较突出的一部。铸钟师亨利以极大的努力铸造成一口钟，在运往山上教堂的途中被狡狯的林魔把钟推入湖底。亨利沮丧而绝望地离开他的妻子，走到山上，与（象征艺术的）林中仙女罗登德兰相爱，他恢复勇气，决心另铸一座新钟。但他想念家中的妻子，下山探视，却遭受世俗的嘲弄。他再回到山上时，一切都发生了变化，罗登德兰已因喝了魔浆被水怪俘获在井中，亨利也在喝了魔浆后死去。

这部用象征手法写的艺术家的悲剧，如今无论在西方或是在中国都很少有人提及了。但是在六十年前，《沉钟》还享有盛名，有一位西方的评论家从亨利的悲剧中得出积极的论断："艺术家若要完成他的理想，必须献出整个的生命，忘怀家庭与世俗的生活，要有足够的勇气独行其是。那些不敢这样做的人，就不能攀登艺术的高峰"（大意）。他们四个人常常谈到《沉钟》，同情亨利的命运，更为赞赏那位评论家的言论。

1925年夏，北京的北海公园首次开放，一天傍晚，他们四人坐在北海公园的水边，谈论办刊物的计划，也讨论刊物的名称问题。这时暮色苍茫，天际有一个巨大的流星滑过，随后不知从什么地方传来几响钟声。冯至好像受到钟声的启示，他说，

---

① 霍普特曼（Gerhart Hauptmann, 1862—1946），德国剧作家。又译豪普特曼。

叫作"沉钟"好不好？因为想不出更为合适的名称，最后都同意了这个建议。

他们采用"沉钟"这个名称，用意并不是说，刊物将要像亨利所铸的钟那样，刚一完成就沉入湖底，刊物的编辑者将与亨利同命运。而是认为，正如那位评论家所说的，从事文艺工作，必须在生活上有所放弃，有所牺牲，要努力把沉入湖底的钟撞响，若是撞不响需要另铸新钟时，要从亨利的失败里吸取教训。所以《沉钟》周刊第一期的刊头上就用英国作家吉辛的一句话作为"题词"：

> 而且我要你们一齐都证实……
> 我要工作啊，一直到我死之一日。

从古今中外作家和思想家的著作中摘取简短的名言警句印在刊头或首页上，以表示编辑者的主张和态度，成为《沉钟》周刊和半月刊的常例，从周刊的第一期到半月刊的末期都没间断过。题词的内容不外乎是说生活如何艰难，世路多么坎坷，人应该怎样克服困难，为崇高的理想而严肃工作。可是他们当时所谓的理想和工作，不外乎是写出自己认为满意的诗文，翻译自己喜爱的外国作品而已。

三 《沉钟》半月刊出版的期数和撰稿人

前两节由于叙述的需要都谈到《沉钟》周刊，这一节因为影印的只是《沉钟》半月刊，也就只限于谈半月刊了。

《沉钟》半月刊共出版三十四期。从 1926 年 8 月 10 日至 1927 年 1 月 26 日，出版了十二期，附"特号"一期，这是前期；1932 年 10 月 15 日至 1934 年 2 月 25 日出版了二十二期，是后期。中间停刊了四年零十个月。前期停刊，主要是因为当时北京在奉系军阀白色恐怖的统治下，文化人纷纷离京，负责出版《沉钟》的北新书局也把营业中心迁移上海。在这种情况下，半月刊难以继续下去，便宣告停刊了。1927 年暑假后，陈炜谟、冯至在北京大学毕业，到外地去教书，杨晦、陈翔鹤留在北京。1928 年夏，陈炜谟、冯至返回北京，陈翔鹤又去济南，四个人很少有聚在一起的时机，重办刊物的事也就无从谈起。可是从 1928 年下半年起，杨晦曾短期编辑《新中华报副刊》，后又有较长时期编辑《华北日报副刊》，他们的创作和翻译又有了发表的园地。

《沉钟》半月刊的后期，基本上是由杨晦主编，自费维持，林如稷从旁协助。那时冯至在德国，陈翔鹤有时在北平、有时在外地，陈炜谟回到四川家乡养病去了。复刊后的半月刊，无论内容和形式与前期都没有什么两样。

关于前后两期半月刊的撰稿人，下边做一些必要的说明。

从前期半月刊每期的目录里可以看出，那四个编辑者也是主要撰稿人，他们署名一般都用真名真姓，但有时为了避免一个名字在同一期内重复出现，也用过临时性的笔名。笔名中"楣"和"晦"是杨晦，"有熊"是陈炜谟，"君培"和"琲琲"是冯至，陈翔鹤没有用过别名。罗石君即罗青留，莎子即韩君格，他们都在《浅草》季刊发表过较多的作品，是林如稷在北京师范大学附中读书时的同学。前者后来学习法律，专攻劳动法，解放后在重庆西南政法学院任教，约于1979年逝世；后者擅长音乐，研究农业经济，北京农业大学教授。南冠即蔡仪，当时在北京大学学日语，现为著名的美学家。张定璜即张凤举，北京大学教授，《沉钟》从开始时他就给以支持和鼓励，现在美国。杨丙辰又名杨震文，北京大学德文教授，已逝世。葛茅即顾随，是冯至的好友，他填词作曲，后来在北京和天津不同的高等院校里讲授词曲，于1960年逝世。姚蓬子曾短期来北京，把几篇翻译交给陈翔鹤在《沉钟》上发表。流沙原名张皓，是北大同学，听说在抗日战争时死去。

后期的半月刊使人最感遗憾的是，人们在这刊物里读不到陈炜谟的小说和翻译了。陈炜谟在家乡长期养病，不能写作，等到他恢复了健康又拿起笔来时，半月刊早已停刊了。如前所述，后期的刊物工作，主要由杨晦担任，林如稷协助，至于具体情况，我因不在北平，就不知其详了。前期撰稿人中，杨晦继续发表剧本和翻译，陈翔鹤发表小说，冯至从德国、蔡仪从日本经常寄来一些稿子，虽然为数不多，却没有间断过。其他的撰稿人在前期半月刊都没有发表过文章。那时林如稷在中法大学教书，他的稿子主要是翻译和散文。北京大学中文系毕业的修古藩、英文系毕业的顾绶昌、左浴兰分别以小说和翻译充实半月刊的内容。现在修古藩在北京师范学院、顾绶昌在广州中山大学任教，左浴兰后来的情况如何，就不知道了。不幸早逝的散文作家缪崇群在半月刊发表他早期的作品。鹤西即程侃声，后为农业专家在昆明农业研究所从事研究工作。周作人（岂明）、穆木天也在半月刊上发表过极少量的散文和翻译。

我个人收藏的《沉钟》半月刊都已散失，这里谈的撰稿人是根据《中国现代文艺资料丛刊》第四辑（上海文艺出版社）中佳风同志辑录的《沉钟半月刊总目》所列的各期的目录。可能有一两位撰稿人被遗漏，因为《总目》中缺少第三十二期的目录，这一期的撰稿人是谁，我目前无从查考。

这是数目的凑巧，前期与后期的撰稿人各有十二三人左右。前后两期互见的只有杨晦、陈翔鹤、蔡仪、冯至，前期没有林如稷，后期缺少陈炜谟。撰稿人中，有的始终没有离开文学工作，有的后来与文学告辞，研究社会科学或自然科学，有的如今还健在，有的已去世，除去个别人外，绝大多数都各自在不同的岗位上曾经或仍然辛勤地工作着，这是使人足以自慰的。

写于 1985 年 7 月 21 日

昆明往事

一　前言

如果有人问我："你一生中最怀念的是什么地方？"我会毫不迟疑地回答："是昆明。"如果他继续问下去："在什么地方你的生活最苦，回想起来又最甜？在什么地方你常常生病，病后反而觉得更健康？什么地方书很缺乏，反而促使你读书更认真？在什么地方你又教书，又写作，又忙于油盐柴米，而不感到矛盾？"我可以一连串地回答："都是在抗日战争时期的昆明。"

近些年来，我总想写点什么，纪念我在抗日战争时期居住了七年半之久的昆明。可能是由于我对它的感情太深了，拿起笔来，就不知应从何处说起。每逢我写别的文章，只要略微涉及昆明，我便插入几句并非"略微"的话，回味一下我那时在那里的生活。这样写，好像是念念不忘昆明，但是零敲碎打，却冲淡了我比较集中地去写昆明的计划，起着破坏作用。

我怀念昆明，并不是因为它有四季如春的气候和一花末谢一花开的花草树木，也不是由于三百四十平方公里水势浩荡的滇池和横卧在滇池西北角的西山，以及那里著名的寺院与绝壁上的龙门石坊；也不是由于黑龙潭龙泉观里有唐梅、宋柏、明代的茶花，凤鸣山上有 17 世纪铸造的金殿；也不是由于我经常散步的秀丽的翠湖；更不是由于从昆明出发可以去观赏路南的石林，或者更远一些，西去大理，漫游苍山洱海。这些奇丽的山水花木，不知迎接过多少游客的光临，被多少诗人所吟咏，用不着我画蛇添足，浪费笔墨。我在这里只想写一写我旅居昆明七年半平凡而又难以忘却的往事，也就是说明一下，我对于前边提到的几个问题为什么那样回答。

二　初到昆明

　　1938 年是抗日战争的第二年。我跟随同济大学于 10 月下旬从江西赣县出发，经过湖南到了桂林，在桂林和八步小住后，又经过平乐、柳州、南宁取道河内乘滇越铁路于 12 月到了昆明。那正是武汉失守、广州沦陷、长沙大火以后的一段时期，我们一路水上是狭窄的民船，陆上是拥挤不堪的火车和汽车，天空经常有敌机的空袭，晚间在任何一个旅馆或野店里把铺盖打开，清晨又把行李捆好，熟悉的事物越走越远，生疏的景物一幕一幕地展现在面前，一切都仿佛是过眼云烟。在广阔的天地之间，只觉得与狭窄的船和拥挤的车结下了不解之缘，这样日以继夜，将永无止境。体力的疲劳与精神的振奋在我身上同样起着作用。一到了昆明，说是要在这里住下，我立即想起杜甫也是在 12 月到达成都时写的《成都府》那首诗：

> 翳翳桑榆日，照我征衣裳。
> 我行山川异，忽在天一方。
> 但见新人民，未卜见故乡。
> 大江东流去，游子日月长……

杜甫由陇入蜀，历尽艰辛险阻，到了成都，眼前豁然开朗，写出这首悲喜交集、明朗的诗篇。我入滇的行程，远远不能与当年杜甫经历的苦难相比，但我反复吟味这几句诗，仿佛说出了我初到昆明时的心境。经过常常有阴雨天气的赣、湘、桂三省，一到海拔二千公尺的昆明，只见天格外清，一切格外明亮，在 12 月的冬季，和暖如春，街上行人衣履轻便，女人穿着夹旗袍，上边套着一件薄薄的毛衣。真是"我行山川异，忽在天一方"。

云南从前对于我是一个辽远的地区，在北平，在上海，我遇见过一些从云南来的朋友和学生，却很少听说有谁到云南去。如今大不相同了，从北平、从上海来的熟人，随时随处都可以碰到。不消说，这是迁移到后方的机关学校把他们带来的。所以在"但见新人民"之外，经常有平时很难见面的亲朋故旧在街头巷尾偶然相逢，彼此在惊讶的同时很自然地一握手，随即异口同声地说："啊，你也在这里，什么时候来的，住在哪里？"有时也有机会遇见取道河内路过昆明去四川或其他地方的人士。我到昆明不久，在1938年年底，茅盾路过昆明，将飞往兰州，文艺界抗敌协会昆明分会在一家饭店里宴请他，我被邀参加，在座的我记得有楚图南、冯素陶，这是我在新中国成立前唯一的一次与茅盾的晤面。此外，我还在1939年上半年接待过个别过路的朋友如梁宗岱等，既是重逢，又是送别，后来滇越铁路中断，这种机缘也就不再有了。

给我印象更深、帮助更大的是我在昆明结识的"新人民"。昆明人热情好客，可以说颇有古人的遗风，不像北平、上海等大城市的人们那样彼此漠不关心、不相闻问。我在昆明搬过几次家，每家房主人男的常说："我们是交朋友，不在乎这点房租"；女的站在旁边说："还不是因为抗战，你们才到昆明来，平日我们是请也请不来的。"这样的话，不管是出于客气，还是出于真情，风尘仆仆的远方的来人听在心里，总是感到一些温暖。更可爱的是小孩子们以惊异的眼光望着我们，听我们对于他们是异乡口音的谈话。我们就在这样和蔼的气氛中解开行囊，安排什物，心里想，这样可以住下去了。

在昆明住下，首先感到的是生活便宜，也比较安定，更加以昆明人朴实好客，不歧视外人，我真愿意把这个他乡看作是暂时的"故乡"。同时从北平、上海来的熟人日益增多，见面时谈谈战争的形势或沦陷区的情况，有许多说不完的话，颇不寂寞。在和青年学生的交往中，精神上也吸取了不少新的营养。

三　通货膨胀

我所提到的第一个优点生活便宜很快就发生了变化。我初到昆明时，一般物价还用滇币计算，折合法币，显得很便宜。大约过了三个月，商店门前都贴出布告，从某月某日起，所有货物买卖都改用法币。与此同时，从学校里领来的工资，市场上流通多时的旧纸币逐渐减少，崭新的刚出厂的票子日渐增多，大家不言而喻，通货膨胀的阴影渐渐临近了。它先是缓缓地，不久就急剧地奔腾起来，给靠工资生活的人们带来无法摆脱的灾难。战争结束后，西南联合大学经济系教授杨西孟写过一篇《几年来昆明大学教授的薪津及薪津实值》并附一表格，在上海《观察》杂志第三期发表。他从生活费指数为一百、薪津约数与薪津实值相等的 1937 年上半年算起，到 1939 年上半年生活费指数已上升为二百七十三，薪金约数三百元等于战前法币的一百零九点七元，这是我初到昆明觉得生活便宜的时期。可是下半年就不美妙了，生活费指数上升为四百七十二，薪津约数仍为三百元，实值就下降到六十三点八元，不过，这还说得下去，战争时期大家都应该节俭过日子。此后通货膨胀便像脱缰的野马，无法控制。杨西孟在他的文章里说："自抗战以来，由于物价剧烈上涨而薪津的增加远不及物价上涨的速度，于是薪津的实在价值如崩岩一般的降落。到三十二年（即 1943 年）下半年薪津的实值只等于战前法币八元。由三百数十元的战前待遇降落到八元，即是削减了原待遇百分之九十八。三十三年至三十四年上半年薪津实值盘桓于十元左右，这主要是因为米贴按市价计算的缘故。"那么，1943 年下半年的情况是什么样子呢？表格里表明，生活费指数上半年为四万零四百九十九，薪津约数为三千六百九十七元，实值为八元三角。杨西孟继续写道："在抗战后期大学教授以战前八元至十元的待遇怎样维持他们和他们家庭的生活呢？这就需要描述怎样消耗早先的储蓄，典卖衣服以及书籍，卖稿卖文、营养不足、衰弱、疾病、儿女夭亡等等现象。换句话说，经常的收入不足，只有销蚀资本，而最后的资本只有健康和生命。但这一切我们在这里不拟加以描写。"表格里的数字是冷酷无情的，是铁一般的事实，表格的制作者说他的目的是"可供目前和今后若干年代研究者参考，特别是关心于社会、经济，以及政治问题的人们的参考"。最后他这样结束："回视抗战中高度通货膨胀下的昆明生活，恐怕大家都会感觉有如噩梦一场，这份数字也许可以认为（是）梦中的一种记载吧。"

经济学家杨西孟以精确的数字说明国民党统治区恶性通货膨胀给人民带来的灾难，他说那些教授们怎样"消耗早先的储蓄"，基本上也是实情。工资低于教授的众多教师职工们，他们的生活会多么困苦，更是可想而知了。可是杨西孟说："有如噩梦一场"，却未免有些片面。据我看来，噩梦只是昆明生活的一方面，即物质方面，而精神方面，不仅没有贫穷化，反倒一天比一天更丰富（这是后话，我在下面的几节里将要谈到）。总之，我们在昆明过的不完全是一场噩梦，此外还有更多的另样格调的"美梦"。纵使是在"噩梦"里，也有美好的事物值得怀念。

我年轻时读郁达夫的小说《沉沦》，记得其中一首七言律诗里有一联是"乱离年少无多泪，行李家贫只旧书"，我每逢迁居或搬家，常常想起这两句诗。我初到昆明时，已经满了三十三岁，不能说是"年少"了。但自从抗战以来，一路上拖着沉重的书籍，从上海到浙江金华，后来又到了赣县；离开赣县时，觉得前途茫茫，不知将行止何方，这些书，再也不能继续拖来拖去了，于是把书捆成几十包，分为两批，一批寄给长沙徐梵澄，一批寄给成都陈翔鹤，剩下三四十本舍不得离开的书带在身边，既是一种负担，也是一种享受，郁达夫的那两句诗总是在脑子里萦绕着。如今要在昆明住下去，首先考虑的是如何安放我随身带来的"旧书"。书架是没有的，更不能妄想书橱。不知是谁的发明，从杂货店里买来大约一尺二寸宽、一尺高的装洗衣肥皂的木箱，两角钱一个，靠墙堆起来，就是我们现在的所谓"组合书架"。我也照样办理。把书摆在里边，也不显得怎么寒伧，这真是架不在美，有书则灵。我寄到长沙的书毁于大火，寄到成都的书，后来翔鹤如数寄来，书多了一些，给我这用肥皂木箱组合起来的书架生色不少。

我们在昆明住的地方不是没有电灯，但是常常停电。战争时期，煤油奇缺，买个煤油灯也等于虚设。夜间停电时，照明只能依靠最原始的泥制的灯碟，注入菜油，点燃用棉花搓成的灯捻，发出微弱的灯光。它被放在桌上的中央，我和妻对坐桌旁，读书、读报、改学生的作业、写诗写文、译书、打毛线以及缝缝补补，后来初入小学的女儿也凑上来温习功课，都仰仗那点微光。我现在视力衰退，四十烛光的电灯泡还感到光照不足，我真难以想象，那时这点如豆的灯光竟能对我们发挥那么大的作用。而且这盏菜油灯，我们还要为它费尽心思，倍加保护，睡前把它用盆子盖好，以防老鼠来偷油吃，白天出门，也照样办理，因为老鼠在白天室内无人时也出来活动。

几只装肥皂的木箱，一盏泥制的菜油灯，始终如一地陪伴着我们在昆明生活，不管生活费指数怎样疯狂地上升，薪津实值又如何急剧下降。因为它们从我们在昆明住下来的那一天起，就符合后来薪津实值的最低水平，它们不能离开我们，除非把"组合书架"里的书卖光，油再也买不起。但是书，我又不肯卖光；油，也只能以节油、省油相告诫。

穷，总有穷的办法。读书时，没有卡片做索引或记录要点，就利用学校注册组发的"学生选习学程单"。这种"选习学程单"，学生每人一张，选课时交给教师，它比正式卡片小一半，它的背面可以代替卡片使用。在昆明的前两年，还买得到商务印书馆的标明年月日的《袖珍日记》，我一年作两年用，一年用钢笔写，一年用铅笔写，以示区别。这样，两本袖珍日记记了四年的事。后来，日记本上不能再记第三年的事，到1943年冬季，日记也就中断了。

杨西孟提到的消耗早先的各种储蓄，除去健康和生命外，我一项也不缺少。首先是我带来的几件"来路货"（当时人们这样称呼外国的进口货），由于昆明地处偏僻，很受欢迎，容易卖出，还可以取得较高的售价。于是照相机、留声机、跋涉千里未忍抛弃的几件玻璃器皿、外国朋友送给我的女儿的玩具等等，都相继与我们含泪告别。其次是从有限的衣物中拣出几件暂时可以不穿的衣服交给寄售店，从舍不得出卖的书籍中挑出几本目前不需要的书卖给旧书店。写文章换点稿费，自然不在话下。妻在赣县重病之后，得不到适当的营养，体温长期在三十五度左右，我则不断生病，回归热、斑疹伤寒、疟疾，以及背后的疽痈，女儿患百日咳和不起免疫作用的各种麻疹，却都没有导致付出最后的资本"生命"。出乎意料，每次病后，反而换回来新的健康，上课、写作、与朋友和学生交往，好像更有精神。妻的体温恒低，仍然坚持教学和家务工作，不感到疲劳。在这一点上，我们跟杨西孟所开列的最后要销蚀的"资本"，就略有不同了。"新的健康"和"更有精神"的由来，分析起来也并不悖乎常情，一来我们那时正是三十几岁的壮年，二来是抗日战争在鼓舞着我们。

四　空袭警报

初到昆明时感到的好处，一是生活便宜，二是比较安定。如前所述，"便宜"很快就发生了变化，紧跟着与"安定"相反的不安定也接踵而至。在战争时期，全民族生死存亡之秋，本来不安定是正常的，安定反而是反常的。自己想过安定的生活，是没有出息的表现。

我在1939年暑假后，辞去同济大学的工作，接受西南联大外文系的聘书。这时西南联大文、法学院从蒙自迁回昆明，供文、理、法三院使用的新校舍已在大西门外落成，分南北两区，北区一边是课室，一边是男生宿舍，中间是图书馆，南区面积较小，完全是课室。房屋十分简陋，铁皮房顶，室内是泥土地，却呈现出一片"安定"的气象。据说1938年9月28日敌机曾一度轰炸昆明，此后平静无事，将及一年之久。从1939年下半年起，有时有警报，却不见敌机，可是人人心中都有"早晚有那么一天"的预感。果然，1940年9月30日，"那么一天"终于来到了。预行警报发出后，紧接着是紧急警报，大家觉得这次不比寻常。那时我住在东城节孝巷内怡园巷，巷口对面是闻一多、闻家骝的寓所，寓所后五华山坡下挖有一座防空洞。我们便跑到闻家，与闻氏兄弟一家躲入防空洞。我和闻家骝因为同在外文系，早已熟识，闻一多，我还是初次见面。大人和小孩屏息无声，只听着飞机的声音在上边盘旋，最后抛下几枚炸弹，都好像落在防空洞附近。飞机的声音去远了，又经过较长时间，才解除警报。大家走出洞口，只见一颗炸弹正落在洞门前，没有爆炸。我们回到怡园巷家里，则是一片慌乱，我住房的后院炸出一个深坑，走进屋里，窗上的玻璃破碎，到处都是灰尘，屋里不知从什么地方飞来一块又长又扁的石头。第二天全城骚然，昆明的市民扶老携幼纷纷向乡间疏散。我们也迁住在金殿山后一个林场内的茅屋里。我因为要到学校上课，往往是下午进城，次日早晨上山，单程约十五里，走来走去，也不觉得劳累。

这年 10 月是警报最频繁的时期，此后过几天总有一次警报，一直延续了两三年。在山上时，听到警报的声音，当然无须移动，若在城里，预行警报一响，就往城外跑。后来渐渐摸出规律，警报响时，多半在上午九十点钟，警报解除往往在下午二时左右。敌机轰炸目标，有时是昆明，有时是云南其他地方，有时根本没有飞来。飞机的数目并不多，几架，十几架，很少超过二十架。掌握了这个规律，跑警报也就习以为常，由早期的惊慌失措转变为泰然自若。警报来时，都是晴朗的好天气，或走入树林，或在土丘旁小坐，或在田埂上闲步，呼吸新鲜的空气，有益于身心的健康。而且会遇见朋友和熟识的学生，大家不招自来，很自然地凑在一起，上天下地无所不谈，最重要的还是战争的消息和政治局势的动向，也会谈到与学术、文艺有关的问题。日久天长，渐渐探索出朋友们走的路线，谁经常往哪里走，在哪里坐下休息。所以要找某人谈话或接洽事务，就用不着登门拜访，在这里相遇，谈起话来，格外自然，有什么麻烦事也比较容易解决。有时不想遇见熟人和朋友，便找个偏僻的地方散步或坐下，想些从前不大想过的事。我想，这么大的一个中国，不知有多少大大小小沉睡着、甚至是昏睡着的城市。昆明也是其中的一个。它有那么蓝的天空，那么秀丽的山水，那么迷人欲醉的花木，可是人民，身受封建禁锢和军阀官僚的压迫剥削，更加以硕鼠横行，蚊蝇肆虐，过着与优美自然环境极不相称的贫苦的、不卫生的生活。它无声无息，不知睡了多少年。近百年来，国内发生不少重大的事件，都曾一度把它从睡中惊醒，可是翻一翻身，它又入睡了。1938年在赣县时，收到过友人从成都寄来的《工作》半月刊，在某一期读到何其芳的一首诗《成都，让我把你摇醒》，看来这首诗也适用于昆明。但是若要真正把中国大大小小睡着的城市摇醒，不是以"我"自称的诗人所能办到的，而是战争，伟大的全民的抗日战争——敌人的侵略也在起着把它们摇醒的作用。

跑警报时，人人的心里各自有不同的忧虑，有几次昆明市内遭受轰炸，也感到气愤和担心，可是日子久了，见面时却都面带笑容，好像有一个共同的命运把人们融合在一起，生死存亡也置之度外了。这种心情，跟平日在自己房屋里那种独自一人的感觉迥然不同。每逢警报解除了，一想又要回到自己的家中，与那些看厌了的简陋的用具厮守，应付一些生活琐事，对于郊外阳光下的会合，反而有些依依难舍。

五　林场茅屋

我初到昆明，一位家住昆明的同济大学同学吴祥光给我许多热情的帮助，他很快地为我们在大东门内报国寺街找到住所。如前所述，1939年暑假后，渐渐有空袭警报，人们预感总会有那么一天，敌机来轰炸昆明。8月20日，吴祥光带我们去参观他父亲经营的林场，那里有两间空闲的茅屋，他问我，一旦昆明有空袭愿不愿意到这里来住，我欣然答应了。那林场周围二十里，已经营二十多年，种植着松树、枞树，还有巍然耸立的有加利树，位置在金殿的山后。走出大东门，沿着去金殿的公路，约七八里到了小坝，再往前走过路左边的菠萝村，向右拐不远是一个名叫云山村的小村落，此后便顺着倾斜的山坡上弯弯曲曲的小径，走入山谷，两旁是茂密的松林。林场所在的山叫作杨家山。

林场主人在一口清泉的附近盖了七八间简陋的瓦房，用现代的语言来说，这就是林场的"管理处"。周围有宽广的空地，土墙围绕，茅屋在围墙内的东北角，跟那几间瓦房有一定的距离。那里空气新鲜，特别幽静，不仅可以躲避空袭，也是"疗养"的好地方。我看中了这茅屋，安排下简单的床板桌凳，预备了一些米和木炭、一个红泥小火炉，靠墙摆了几只肥皂木箱，此后一有空闲，就到那里去住两三天。这种"周末"的清福，我过去不曾、后来再也没有享受过。

我也常邀请朋友们到那里去玩。为了引起他们的兴趣，我先向他们夸耀茅屋外的松林一望无边，茅屋内别有天地，随即问，愿不愿意到那里去看一看。若是有人说愿意去，我心里的高兴，无异于得到一件宝贵的赠品。为了客人不迷路，我告诉他们先沿着公路到金殿，约准时间，我们越过几个山头去金殿迎接他们。也有时我陪伴客人一起从城里出发，走我常走的路径，一路上谈谈讲讲，很快就走过小坝和云山村，进入山谷，最后在林荫下一个泉口旁休息片刻，口渴了，双手掬起清凉的泉水，喝下去沁人肺腑。然后转身走上小山坡，便到达目的地。那口泉水不知流了几千几百年，此时此刻，它仿佛在接受我这远方来人的感谢，因为若没有它，林场主人就不会在这里建立包括茅屋在内的"管理处"，我也不可能享这里的"清福"。

在这里接待客人所感到的快乐，有如读了一本好书希望别人也能读到，看见一幅好画希望别人也能欣赏。这种心情跟平日在家里留朋友吃一顿饭的心情完全不同。我总是上午欢欢喜喜地把客人迎来，下午欢欢喜喜地把客人送走，无论是迎来或送走，都要向客人说，松林被阳光蒸发出来的香气是多么健康，路旁的小草，尤其是别处罕见的鼠曲草是多么谦虚而纯白，走到高处，眺望滇池有如一面明镜，是多么心旷神怡，如果客人点头称是，我便感到无限的安慰。

1940 年 9 月 30 日昆明遭受轰炸，10 月 1 日以后我就有更多的时间住在那里，不只是度"周末"，而是以茅屋为家了。进城上课就住在学校教员宿舍里。我在那茅屋里越住越亲切，这种亲切之感在城里是难以想象的。在城市人们忙于生活，对于风风雨雨、日月星辰好像失去了感应，他们被烦琐的生活给淹没了。在这里，自然界的一切都显露出来，无时无刻不在跟人对话，那真是风声雨声，声声入耳，云形树态，无不启人深思。所谓"管理处"的人员不过是几个老农，他们没有文化，却把树林管理得井井有条。他们豢养两条无声无息的水牛，只有时鸡鸣犬吠冲破四围的寂静。他们白天出去巡山，没听说发生过什么事故，夜晚豺狼嗥叫，他们习以为常，纵使叫到围墙外，他们也安之若素。这种田园风味，哪里有战争的气氛？可是若没有战争，我也不会到这里来。

树林里有些小路，我和妻常沿着任何一条小路散步，出发时没有目的，可是走着走着，两人一商量，就有了去向。例如我们在 1940 年 12 月 31 日，信步经过岗头村至沙沟看望我住怡园巷的房东周先生，归途经菠萝村上山；又如 1941 年 9 月 30 日中午，我们走到龙头村，访问了住在那里的罗常培、罗庸和来昆明作客的老舍。这些琐事若不是记在我一年两用的袖珍日记里，我怎么也不会想起；日记写得虽然很粗略，寥寥数语却使我想起我们当年在林间和田野散步时的情景。夜里我们守着一盏菜油灯工作，不管是月夜或是星夜，风夜或是雨夜，都能助长工作的效率。在深深地沉潜在工作中时，有时二人不期而然地同时抬起头来，"相视而笑，莫逆于心"。

1941年春，我在茅屋里起始翻译俾德曼编的《歌德年谱》，详加注释，在重庆出版的《图书》月刊按期发表。我从西南联大外文系图书室收藏的四十卷本的《歌德全集》中借出我所需要的部分，以年谱为纲，读歌德的作品，对于歌德一生的转变和他的重要思想有了初步的认识和理解，为我后来写论述歌德的文章打下基础。可是年谱注释到1807年歌德五十九岁时就中断了，没有继续下去。中断的原因主要是《图书》月刊的编者徐梵澄离开了重庆，其次则是由于生病。

1941年下半年我不断生病。最难忘却的是一次我在茅屋里发着高烧，外边下着大雨，家人束手无策时，友人翟立林从大东门外租来了两匹马，从城里请来一位同济大学医学院毕业留在昆明行医的同学为我诊治。我神志不清，恍恍惚惚地听着妻子和翟立林与医生谈话，谈些什么，我一点也不清楚，外边的雨还是不住地下。日后我们闲谈昆明往事，总忘不了谈到那天的情景。

大病痊愈后不久，背上又感染了葡萄球菌。这种菌繁殖迅速，两天就蔓延成手掌大的一片疽痈，疼痛异常。我忍痛下山，到云南大学附属医院行了外科手术，外科主任戴教授从我后背剜下来一块腐肉，颜色跟猪肝一样。我入病院前，翟立林于11

月4日在大西门内钱局街敬节堂巷为我们租了住房，出院后我就住在那里。我身体渐渐康复，警报不是没有，次数却减少了。从此我又在城里住下去，有时到茅屋去住一两天，我跟茅屋的感情也逐渐淡薄了。总之，我集中住在茅屋的时间是从1940年10月1日至1941年11月4日，在这以前和以后也在那里住过一些时日。"以前"有如初恋，我每到那里去一次，都发现那茅屋有一种新的魅力；"以后"，我就觉得和它疏远了，因为城里对我有了更多的吸引力。但我最难以忘却的是我们集中居住的那一年多的日日夜夜，那里的一口清泉，那里的松林，那里林中的小路，那里的风风雨雨，都在我的生命里留下深刻的印记。我在40年代初期写的诗集《十四行集》、散文集《山水》里个别的篇章，以及历史故事《伍子胥》都或多或少地与林场茅屋的生活有关。换句话说，若是没有那段生活，这三部作品也许会是另一个样子，甚至有一部分写不出来。

杨家山的林场现在怎样了，我时在念中。每逢昆明来人，我就向他们打听杨家山的近况。由于没有人再到那里去过，得到的回答很不一致。有人说，金殿后山的树林被砍伐了，我听了很难过。几年前我收到吴祥光的来信说："听说林业厅在林场近旁筹办了一座苗圃，林场树林茂密，胜况远超过昔时。"我读后又很高兴。但愿吴祥光信里的话是靠得住的，虽然吴祥光本人并没有到那里去看。至于那两间茅屋不知还存在不存在？

六　敬节堂巷

　　1941年秋，老舍应罗常培的邀请，来昆明住了两三个月。他做过几次讲演，讲演中有这样一段话，大意说，抗战时期写文章的人应为抗敌而写作，不要在小花小草中寻求趣味。我在学生壁报上读到这段话的记录，内心里感到歉疚。我自信并没有在小花小草中去寻找什么小趣味，也思索一些宇宙和人生的问题，但是我的确没有为抗敌而写作。我一走近那两间茅屋，环顾周围的松林，就被那里自然界的一切给迷住了。我前边提到过，抗战把沉睡中的昆明摇醒，昆明醒了，我自己是不是又入睡了呢？

　　不，在醒了的昆明我是不会入睡的。只要我回到城里，和朋友们交往，和同学们接触，看到目所能及的现实，我还是警醒的。我在1979年写的《自传》里这样说过："这七年内，朋友当中见面时常常谈些文学问题，给我不少启发的，是卞之琳和李广田，常常谈些政治形势和社会现象的，是陈逖、夏康农和翟立林。"这几位朋友（现在我应该称他们为同志）有的是重逢，有的是初识，他们对于我在思想上、政治上以及业务上都有过不少的帮助。我们见面时，或畅谈时势，或评骘文坛，既不觉时光的流逝，也忘却生活的贫困，相反，却丰富了见闻，打开了思路。我和卞之琳、李广田是同事，都在西南联大教书；

夏康农是中法大学的生物学教授，他剖析时事，常有独到的见解；翟立林毕业于同济大学工学院，他兴趣广泛，思想进步，曾在敬节堂巷与我们同住；陈逵是我的前辈，他在昆明时任云南大学英文教授，1942年暑假离开昆明去湖南大学，后来他赠给我两首诗，其中有句云："偶然知己遇，暗室匣珠明。"

此外，我还要想到三位中文系的教授，杨振声、朱自清、罗常培，用旧话说，他们都是我的学长，他们在北京大学毕业后一年或两年，我才考入北京大学预科。我跟他们交往不多，但他们给过我不少帮助和鼓励。

1939年暑假后，我初到西南联大，人地生疏，只知认真上课，改作业一丝不苟。过了一些时候，渐渐认识了少数同学，有听过我的课的，有没听过的。在1940年的日记里有这样一段："10月19日冬青文艺社纪念鲁迅逝世四周年，约我做讲演，接洽人为袁方、杜运燮。"我记得那晚的讲演是在联大校舍南区的一个课室，我只谈了些我对鲁迅的认识，没有比较全面地阐述鲁迅的精神。会后一个地质系的同学陪我出来，他说准备开会纪念"一二·九"，不知能否开成。（这同学名李炳泉，新中国成立后在新华社工作，听说在十年浩劫中被迫害致死。）这是我和学生社团接触的开始。冬青社作为一个团体，原属于联大早期宣传进步思想最活跃的群社。1941年1月皖南事变后，群社停止活动，冬青社在文艺范围内仍然坚持工作。它组织讲演会和座谈会，编辑手抄本的各种文学体裁的习作选集，尤其是以杂文为主的冬青壁报，针砭时弊，揭露黑暗，显示出冬青树的风格。冬青社成员的文艺思想并不一致，它却团结了大批联大同学中的文学爱好者，其中有人后来成长为颇有成绩的作家和编辑者。我和冬青社的关系，不限于做过一次关于鲁迅的讲演，1942年的日记有这样两条："3月10日晚，冬青社刘、王二君来访，交近译里尔克诗一首。"又"9月30日，冬青社刘北汜、王铁臣请之琳、广田和我在福照街小红楼晚餐。"刘、王二君的来访和小红楼的晚餐，当时情景如何，我们谈了些什么，我怎么想也想不起来了。若是没有这两条日记，就是这两件事也会化为乌有的。

和我关系更多的是林元和他几位同学共同组织的文聚社。林元，本来是群社、也是冬青社的成员，皖南事变后，他到昆明远郊区海源河农村住了几个月，1941年底回到昆明，起始筹备文艺刊物《文聚》。冬青社各种手抄本和壁报的撰稿者绝大多数是联大同学，《文聚》则迈出联大校门，走向社会。林元是组稿的能手，除了取得联大教师和同学的积极支持外，他在《文聚》上还发表了一些社会上知名作家的作品。当时在昆明《文聚》可以说是一种范围较广、质量较高的文艺刊物。战争结束后，林元在昆明曾短期办过小型的《独立周报》附有《文聚》副刊，在上海编辑《观察》杂志，林元和我始终保持组稿与投稿的友好关系，1951年《新观察》创刊，林元参加编辑工作，由于他的敦促，我在这年1月至6月写完《杜甫传》，按期在

《新观察》上发表。粉碎"四人帮"后，林元主编《文艺研究》，我也是这刊物的读者和投稿者。

1944年4月，联大一部分爱好诗歌的同学组织了新诗社，请闻一多为导师。新诗社一成立就显示出争取民主、反对独裁的战斗精神。他们常在校内或校外举行朗诵会和讨论会，我有时被邀参加，他们热情的歌唱开阔了我的诗的视野。新诗社没有随着联大的结束而结束，复员后它分别在北大、清华、南开三校继续存在。解放战争时期，他们唱到旧中国的死亡和新中国的诞生。新诗社社员中的闻山、秦泥到现在还常和我谈些诗的问题。

1942年后，我和林场茅屋的田园风光日渐疏远，在城市里看到一部分人在艰苦的环境中辛勤地工作，另一部分人置民族的兴亡于不顾，吸取人民的血汗，养肥自己，过着穷奢极欲的生活。那时我们常说（大概是爱伦堡文章里的）一句话："一边是荒淫无耻，一边是严肃的工作。"我在1946年冬给散文集《山水》写的《后记》里有这样一段话："自从三十一年（即1942年）以后……我就很少写《山水》这类的文字了。当时后方的城市里不合理的事成为常情，合理的事成为例外，眼看着成群的士兵不死于战场，而死于官长的贪污，努力工作者日日与疾病和饥寒战斗，而荒淫无耻者却好像支配了一切。我写作的兴趣也就转移，起始写一些关于眼前种种现实的杂文，在那时成为一时风尚的小型周刊上发表，一篇一篇地写下去，直到

三十四年（即 1945 年）八月十日才好像告了一个结束。"从
《山水》一类的散文转移到现实性较强的杂文，我在 1942 年冬
至 1943 年春写的《伍子胥》可以说是一架桥梁，它一方面还留
存着一些田园风光，一方面则更多地着眼于现实。

　　我写杂文，主要是由于昆明有了成为一时风尚的小型周刊。
这些小型周刊，按照时间的先后排列，最早的是《生活导报》，
创刊于 1942 年 11 月，其次是《春秋导报》，后又有《自由论
坛》，林元办的《独立周报》，出版于 1945 年底，已是尾声了。
这些周刊政治背景不同，发表的文章往往在同一刊物上就有各
种各样、甚至互相矛盾的观点，总的看来，基本上是进步的、
批判的，态度比较严肃，没有低级趣味，撰稿人大都是昆明高
等院校的教师和文化界人士。他们的编辑者除林元外和我都素
不相识，可是他们善于催稿，走进门来，和颜悦色地说明来意，
使人不得不给他们写点东西，当然，那时我自己也有写点什么
的需要。后来接触久了，也就熟了，其中最熟的是《生活导报》
的熊锡元，他甚至在 1944 年约我编了十几期《生活导报》的副
页《生活文艺》，但我们除了谈编辑工作外，没有谈过其他问
题。去年夏季，我忽然收到熊锡元从云南大学历史系的来信，
问我还存有《生活导报》否，可见时势多变，他自己办的刊物
也没有能够留下一份。

　　我很感谢那些如今已经不容易找到的小型周刊，它们促使
我写了一些杂文，内容与风格跟我从前的散文都有所不同了。

七　书和读书

读书人与书的关系，不像人们想得那样单纯。有人买书成癖，琳琅满架，若是你问他，"这些书都读过吗?"他将难以回答，或者说，"哪里能读这么多"，或者说，"先买下来，以备不时之需"。与此相反，有人身边只有少量的几本书，你问他，"近来读些什么?"他会毫不迟疑地回答，"读的就是这几本"。这两种情况我都有过。前者是在当年的北平即现在的北京，后者是在战争时期的昆明。这正如在一个地方住久了的人，对那里所有的特点失去敏感，经常注意不到，纵使有什么名胜古迹，总觉得随时都能去看，结果往往始终没有去过，倒不如短期来游的旅客，到一个地方便探奇访胜，仔细观察，留下深刻的印象，甚至一生难忘。我在昆明，仅只有摆在肥皂木箱里的几十本书，联大图书馆里的书也很贫乏，若相信开卷有益，任意浏览，是不可能的。幸而清华大学带来一部分图书，外文书放在外文系的图书室里，都是比较好的版本，我经常借阅，这是我读书的一个主要来源。其次是昆明为数不多的旧书店，里边好书也很少，但我在出卖用过的旧书时，也会偶然发现一两种稀奇或有用的书籍。此外，我在1942年3月，出乎意料在法律系办公室里看到几十本德语文学书，这是法律系教授费青在德国留学时买的，由此可见这位法学家读书兴趣的广泛，也许是因为生活困难，他把这些书卖给学校了。书放在法律系，无人借阅，可能我是唯一的借阅者。总之，书很有限，而且得来不易，那么，自己带来的书，就翻来覆去地读；借来的书要按期归还，就迅速地读；旧书店里买来的书，就爱不释手地读。这样，我读书就不能随意浏览，而要专心致志了。

前边提到过，我从 1941 年春起始翻译并注释《歌德年谱》，从外文系图书室借用四十卷本的《歌德全集》。这部《歌德全集》是德国科塔出版社为了纪念出版歌德著作一百周年于本世纪（20 世纪）初期约请研究歌德的专家门编纂的，虽然有些过时，但还有学术上的权威性。那时我下午进城，次日早晨下课后上山，背包里常装着两种东西，一是在菜市上买的菜蔬，一是几本沉甸甸的《歌德全集》。我用完几本，就调换几本，它们不仅帮助我注释《歌德年谱》，也给我机会比较系统地阅读歌德的作品。实际上也不能全读，有时只查一查与年谱有关的地方，参照我随身带来的袖珍本《歌德书信日记选》《歌德与爱克曼的谈话》《歌德谈话选》等，解决了不少问题，也加深了我对于歌德的理解。而且外文系的图书室不只有这部《歌德全集》，还有几部研究歌德的专著，若是没有这些书，我自从 1943 年以后发表的几篇关于歌德的论文是写不出来的。

至于法律系办公室里的德语文学书，我只看作是一个意外的发现，里边不是没有好书，却不是我当时迫切需要的，我借阅过几次，是些什么书我记不清了。

值得怀念的是青云街的一个旧书店，它并没有什么珍本奇书，但我在那里买了几本书，对我很有意义。1942年3月17日的日记："卖旧书一百三十元，买《圣经辞源》二十元；"1943年6月26日的日记："购《清六家诗钞》。"这两种书都是袖珍本，便于携带，至今还收藏在我的书橱里。《圣经辞源》可能人们认为是一种不值一顾的书，在米价一石超过千元的1942年，仅用二十元就能买到，几乎等于白送。可是它对我很有用，这是一本《圣经》里人名、地名、重要事件和词汇的索引，并有较为详细的解释，用它查阅中文本《圣经》，非常方便。直到现在我还常常使用它。《清六家诗钞》是日本印的清刘执玉编的清初六诗人宋琬、施闰章、王士祯、赵执信、朱彝尊、查慎行的诗选，线装袖珍四册，几乎每首诗都有日本近藤元粹的眉批，前有近藤的序文，写于明治四十年（1907），序文里声明他并不喜欢清诗，所以他的评语有褒有贬。我对于这六位诗人也不感兴趣，不过看看日本学者怎样评论他们，也不无意义。

在我购买《清六家诗钞》的前两天，我6月24日的日记写道："欲买杜少陵诗已售出，知为丁名楠购去。"25日的日记："丁名楠持来杜少陵诗相让，盛情可感。"这可能是我在24日以前就看到了杜少陵诗，由于袋里的钱不够没有买，再去时书已卖出，当时遇到丁名楠的一位同学，他把丁名楠买去的事告诉了我，又把我没有买到的事告诉丁名楠。在书籍非常缺乏的时期，丁名楠肯把刚买到的书让给我，真是盛情可感，同时我也要感谢那位传递消息的好心人。丁名楠是联大历史系同学，现在是很有成就的历史学者。

这部杜少陵诗是仇兆鳌的《杜少陵诗详注》，合订二册，属于商务印书馆的"国学基本丛书"，不是什么好版本。自从抗战以来，我就喜读杜诗，苦于身边没有杜甫的全集，如今得到这部平时很容易买到的仇注杜诗，我却视如珍宝。我一首一首地反复研读，把诗的主题和人名、地名以及有关杜甫的事迹分门别类记录在前边已经提到过的"学生选习学程单"的背面，这种"卡片"我积累了数百张。杜甫的诗和他的为人深深地感动我，我起始想给杜甫写一部传记，这时《歌德年谱》的注释工作中断已将及两年了。

歌德的著作与杜甫的诗是我在昆明时期主要的读物，读得比较仔细，比较认真，我之所以能这样，不是由于书多，而是由于书少的缘故。此外，我也以热情和兴趣读我随身带来的陆游的诗、鲁迅的杂文、丹麦思想家基尔克郭尔的日记、德国哲学家尼采①的个别著作、奥地利诗人里尔克的诗和书信。这些读物对于我的写作都有或多或少的影响。尤其是写杂文，虽然针对现实，有时也需要从书本里得到一些启发，或是摘引一两句名言警句，给自己的文章增加点分量。

---

① 尼采（Friedrich wilhelm Nietzsche，1844—1900），德国哲学家、诗人。

《十四行集》里有三首诗分别呈献给鲁迅、杜甫和歌德，现在看来，这三首诗未能较好地体现出他们的伟大精神，我只是在当时认识的水平上向他们表达了崇敬的心情。而且这部诗集里有些篇章，字里行间也不难看出里尔克的影响。

　　陆游诗中有许多脍炙人口、广泛流传的名句，《示儿》一诗，在抗战时期更为人所称道。但是我最钦佩他《送芮国器司业》一诗："往岁淮边虏未归，诸生合疏论危机。人才衰靡方当虑，士气峥嵘末可非。万事不如公论久，诸贤莫与众心违。还朝此段应先及，岂独遗经赖发挥。"这种政见，忧国忧民的杜甫不曾有过，辅佐魏玛公爵的歌德也不曾有过。又如《西村醉归》里的诗句："一生常耻为身谋"和"剑不虚施细碎仇"，都曾给我以教育。

　　比较复杂的是基尔克郭尔和尼采。前者生活在欧洲19世纪中叶，后者在19世纪末期。他们在世时非常孤立，死后也是毁誉参半。他们透视资产阶级社会的虚伪、欺骗和庸俗气，如见肺肝，他们毫不容情的揭露与批判无不入木三分。可是他们目无群众，把人民群众跟资产阶级社会混为一谈，这是他们的致命伤。最后基尔克郭尔在丹麦成为众矢之的，在哥本哈根街上散步时昏倒死去，尼采患神经错乱与世长辞。我读他们笔锋锐利的论战文字，时常想到鲁迅在《坟》的《题记》和《写在〈坟〉后面》里的两段话。鲁迅说："我的可恶有时自己也觉得，即如我的戒酒，吃鱼肝油，以望延长我的生命，倒不尽是为了我的爱人，大半乃是为了我的敌人……要在他的好世界上多留一些缺陷。"他还说："先前也曾屡次声明，就是便要使所谓正人君子也者之流多不舒服几天……"我并不要把基尔克郭尔与尼采跟鲁迅相比，甚至给人以替他们辩解的印象。他们的确给他们那时代的伪善者和乡愿们的"好世界"多留下了一些缺陷，使他们的日子过得不那么舒服。这是他们值得肯定的积极的方面。我看到社会上光怪陆离难以容忍的种种现象感到苦闷时，读几段他们的名言隽语，如饮甘醇，精神为之振奋。至于他们蔑视群众、强调个人、自命非凡的方面，往往在我的兴奋中被忽略了。记得在 1941 年秋，可能是参加一次欢迎老舍①的聚会，会后晚了，不能回山，我和闻一多在这天夜里住在靛花巷教员宿舍里。我们过去并不熟识，只因他读了我写的一篇介绍基尔克郭尔《对于时代的批评》的文章，甚为赞许，我们一直谈到深夜。

我在昆明读的书不多，那些书的作者却对我说了些真心话，话的种类不同，有过时的老话，有具有现实意义的新话，有的给我以教育，有的给我以慰藉，如今我怀念和他们的交往，也跟怀念当年与朋友和同学们的交往没有两样。

---

① 1941 年 8 月上旬，老舍自重庆赴昆明。——作者注

八　西南联大

西南联合大学是由北平的北京大学、清华大学、天津的南开大学三校在抗日战争时期先在长沙，随即迁往昆明联合组成的。它随着战争的开始而诞生，随着战争的终了而结束，它是与抗日战争相始终的。在这以前，学术界有所谓京派海派之分。这个区分本来就不科学，很难给两派下个明确的定义。若要勉强做个说明，海派姑且不谈，京派则一般认为，做学问比较扎实，思想倾向保守，有浓厚的士大夫气。"士大夫"这个名称由来已久，在历史上一个时代有一个时代的内容，30年代京派的士大夫气是什么样子呢？那时北平已经是摇摇晃晃的一座危城，国民党政府对日本侵略者节节退让，只求保住自己的小朝廷，不惜把国土一大片一大片地送给敌人。北平的一部分教授学者自命清高，不问时事，评文论道，不辞谈笑度年华。他们既不触犯统治者的逆鳞，更不捋及侵略者的虎须，起着给反动政府点缀升平的作用。实际上他们正是"鱼游于沸鼎之中，燕巢于飞幕之上"。另一方面，则有爱国的青年学生和进步教师深深感到北平危在旦夕，中华民族到了最危险的时候，他们大声疾呼，响应"停止内战，一致对外"的号召，在党的领导下开展轰轰烈烈的"一二·九"运动，全国人民兴起爱国运动的新高潮。

西南联大在昆明建立，北平天津三校的师生把士大夫气和

"一二·九"精神都带到昆明。士大夫气由于生活日趋困难，逐渐失去它的经济基础；国民党各级政府的贪污腐化，民间的疾苦日益加深，青年学生的爱国热忱，都促使"士大夫们"有较多的机会睁开眼睛看现实。现实不断地教育他们，使他们由自命清高转化为对国民党政府的鄙视，由不问时事转化为关心民族命运的前途。大家在艰苦的条件下却保持着三个学校的优良传统，即认真教书，踏踏实实地进行科学研究。除个别利欲熏心的人离开天空晴朗的昆明飞往雾重庆，为国民党当局出谋献策，梦想得到"委员长"的一顾外，绝大多数教职员都安贫守贱，辛辛苦苦地从事本位的工作。毋庸讳言，他们中间有各种不同的政治观点和学术思想，为了抗战时期的联大，基本上能团结合作；也毋庸讳言，三个学校各自有自己的校风，也暗自为自己的将来做打算，彼此之间不无矛盾，对某些问题的看法有时也有分歧，为了联大的一切工作能顺利进行，也彼此相让，互相谅解。

"一二·九"运动"停止内战、一致对外"的口号虽已实现，但国民党中的反动势力从抗战一开始就存心不良，企图制造分裂，大家在一度兴奋后逐渐增添了一种新的隐忧。"一二·九"精神并不能因口号的实现而结束，它需要进一步的发扬。实际上初到昆明的联大进步学生正是采取各种方式更为广泛而深入地发扬"一二·九"精神。其中工作最积极、影响最大的一个社团是群社。1941 年 1 月皖南事变后，白色恐怖笼罩昆明，不少群社的社员离开昆明，群社的活动因之停顿，联大的政治空气也一度低沉。在长达一年之久的窒息后，爆发了1942年的倒孔（祥熙）运动，以后要求团结、反对分裂、争取民主的种种活动在学生中间蓬蓬勃勃地兴起。学生推动教师进步，进步的教师支持学生的活动，联大成为西南民主运动的中心。1945年"一二·一"惨案的发生更为充分地暴露了国民党反动派的本质，四位被特务杀害的烈士用血擦亮了人们的眼睛，更多地促进了从前不大关心政治的教师和学生的觉醒。闻一多在《"一二·一"运动始末记》里说12月1日是"最黑暗的一天，也就在这一天，死难四烈士的血给中华民族打开了一条生路"。

那时，我跟党没有接触，也不懂党的政策，在大是大非面前，只认为抗日战争必须坚持到底，无论在什么样的逆境都不能动摇，全民抗战必须加强团结，谁若制造分裂，就是与人民为敌，是民族的罪人。在学校里由于亲身的经验，进步学生大多是头脑清晰，态度光明磊落；什么三青团、CC派的反动学生们干的事，总是鬼鬼祟祟、见不得人的。我在同济大学时是这样看法，在西南联大也是这样看法。"一二·一"惨案发生后，我一天清早醒来，脱口说出《招魂》一首诗，立即写在一张从赣县带来的福建制造的竹纸上，送到四烈士的灵前。我写这首诗时，根本没有意识到这首诗共有多少行。一天，夏康农对我说，"这首十四行写得好"，才提醒我数一数诗的行数，果然是十四行。我回答他说，"诗的行数十四，这是偶然的事，跟我过去写的十四行体完全是两回事。"

西南联大在八年抗战时期，如火如荼的历次运动在国民党统治区内产生巨大的影响，联大有不少同学毕业后或在学习的中途奔赴延安和其他根据地投身革命，这一切都给党领导的革命事业做出贡献，是众所周知的。但是另一方面也不容忽视，联大师生在艰苦的环境里，尤其是理学院、工学院实验器材极端贫乏，大都认真讲授，努力学习，给不久就诞生的新中国培养出不少有成就的科学人才。五四时期提出的科学与民主，西南联大在错综复杂的形势下给以新的发扬。如今在祖国大地上，到处可以遇见当年联大的同学在政治、经济、科技、文教各个领域内辛勤地工作着，可是他们也都是六十岁左右的人了。

谈到岁数，我不禁想起联大的另一个特点，这是人们一向不大注意的。北大、清华、南开，在中国都算是老学校，由这三个学校联合组成的西南联大的教师，现在看来却都比较年轻。理、工、法三学院的情况我不清楚，就以文学院而论，老一代的教授中，吴宓在 1944 年写出了《五十生日诗》，文学院院长汤用彤大约比他长两岁，朱自清在 1939 年是四十二岁，1946 年闻一多被万恶的国民党特务杀害时年仅四十八岁，大部分教师多在三十岁与四十岁之间，若用今天的话来说，不都是一批"中青年教师"吗？可是他们在自己的业务范围内和教学工作中都或多或少地做出了成绩，在一定程度上给新中国的建设做了些物质上和精神上的准备。

九　再到昆明

在这最后一节，我写"再到昆明"四个字作为小标题，心里不无歉疚，所谓"再到"几乎等于"未到"。我在近二十年内有两次再到昆明，都是在昆明的边缘走过，有如蜻蜓点水，一掠而去。第一次是 1965 年 9 月下旬，中国科学院哲学社会科学部（即现在的中国社会科学院）派尹达和我赴缅甸访问，乘飞机经过昆明，要在位于昆明东南区的民航招待所住一夜。傍晚我在街旁散步，这一带地方我从前很少来过，也叫不出街道的名称，像是在一个生疏的城市，丝毫没有旧地重游之感。10 月上旬从缅甸回来，又在昆明小作停留，李广田在机场迎候我，他劝我在昆明住几天，我心里也动了一下，但因为工作关系要赶回北京，我谢却了他的好意。这是我和广田最后的一次晤面。十五年后，1980 年 11 月 19 日至 23 日，我第二次到昆明，参加中国当代文学研究会在这里召开的学术讨论会。我住在昆明市西南的一座招待所，这里解放前也许还是一片农田。招待所的格式和布置跟任何一个省会的招待所差不多，在这里住着，觉察不出什么昆明的特点。上午下午都是开会，讨论粉碎"四人帮"后中国文学呈现出的起始繁荣的情况和创作上、理论上的一些新问题。这种情况和新问题是当年西南联大的文艺集会上怎么也梦想不到的。我在这里住了四天四夜，也不觉得是身在昆明。但是只有一个上午是例外。

　　我能有一个上午的例外，要感谢李乔同志。11 月 21 日早八时半，李乔借用云南省文联的汽车，引导我和宗璞到了大西门外西南联大旧址。这里已改建为昆明师范学院，据说里边还保留着两个联大抗战时期的课室作为纪念。我们径直走向"一二·一"四烈士墓，墓前有闻一多先生衣冠冢，墓后有李公朴先生墓，我们伫立墓旁，缅怀三十五年前联大师生民主运动的峥嵘岁月，烈士们的凛然正气依然存在，不觉肃然起敬。墓和墓碑在十年浩劫中没有遭受破坏，但四围杂草丛生，好像许久未经清扫，听说近来已修葺一新，并建有"一二·一运动陈列室"，想已不是五年前那样荒凉了。离烈士墓不远的地方，西南联大纪念碑也巍然竖立着。

　　随后我们沿着文林街向南转入钱局街，这一带没有多大变化。我急于要找到我住过的敬节堂巷，由于心切，觉得这条路比从前长了许多，又怀疑是不是错过了。问路旁一位老太婆敬节堂巷在哪里，她指给我说，前面有一口井的巷子就是。啊，我把这口井都忘了。当年我在巷口等候妻教课回家或友人来访，在这井旁徘徊，不知消磨过多少一分一秒。我们走进我的旧居，院子里静悄悄没有声息，只有一位姓王的老人在家。我看见我住过的三间北房已由三家隔开分住，王老住在先是翟立林、后是徐梵澄短期来昆时住过的那一间。王老和蔼地接待我们。我向他打听房东的近况，他说，房东一家都搬到香港去了，有时还回来看看，他的一个女儿在香港是有名的电影演员，影片《屈原》里的南后是她扮演的。我想，这也许就是三十五年前常跟我的女儿一块儿玩耍的几个小女孩中的一个。

我们又到云南大学绕了一个圈子，出了后门，不远有一片池塘，李乔说，这就是李广田在十年浩劫中被迫害致死的地方。

十一时左右，我们走上圆通山，瞰视昆明市，整饬美丽，改变了解放前那种封建省会的面貌。我们边走边谈。谈昆明的建设，向东北望去，小坝、菠萝村、云山村一带已是工厂林立，俨然是工业区了。前两个小时，我都在凭吊死者，怀念往日，这时在圆通山上，心胸开朗，眼前是蒸蒸日上的新昆明。我们也谈到昆明过去在"左"倾路线指引下，干了些劳民伤财、有百害无一利的蠢事。所谓围湖造田，耗费大量的人力物力，铲除湖周围的土丘，用以填平滇池的一部分，结果填出来的土地并不能种植农作物，只好在上边种些树木。种树，种在原来的土丘上不更好吗？为什么要把土丘搬到湖里来种呢？滇池面积缩小了，不仅伤害"五百里滇池奔来眼底"的美景，更为严重的是影响昆明四季如春的气候。还有毁林开荒，也给昆明带来一定的灾害。开荒当然是好事，用毁林来开荒就是坏事了。这时我的心已经驰往杨家山，但是我没有能够到那里去看一看到底是什么样子。

时间太短促了，从八时半到十二时，仅仅三个半小时可以说是"再到昆明"。下午又参加大会，听大会发言，脑子里想的是当代文学的成绩和问题，又不觉得是身在昆明了。

李乔同志以主人的热情一再说，希望我再来昆明多住些时日，多追寻些昆明的旧貌，多观看些昆明的新颜。转瞬间五年过去了，我未能再去昆明，只拉拉杂杂写出这篇粗糙的东西，以表达我对于在昆明度过的七年半以及四天内三个半小时的怀念之情。

写于 1985 年 9 月至 10 月中旬

附录：

今年年初，收到翟立林同志重访昆明时的来信，今年 3 月，又收到傅欣同志读了《昆明往事》后的来信。前信主要说的是昆明的今天，其中也有些怀旧的情绪，后信陈述了写信人当年作为《生活导报》的编辑向我组稿时的情况。两封信都和我这篇文章的内容有关，因此我从中把与之有关的部分摘录如下：

1. 摘录翟立林 1985 年 12 月 28 日写于昆明的信："本月 18 日自沪乘机来昆开会，明晨（29 日）将搭机返沪，今天闲来无事。提笔写这封信。

"自 1946 年离开昆明，一直无机会再来，而今年居然有机会来了两次。

"这次在昆明住了十天半，而会议只开了三天半，有七天的时间可以用来游览访问。因时间充裕，举凡过去游览之处，今天全部重游一次。

"22日游金殿时举首遥望杨家山，林木茂密，满目苍翠，祥光兄所谈似非虚夸。经向附近居民了解，这一带的树木在解放前夕大都为国民党驻军所砍伐，现在的林是解放后新造的林。经此指点，再观察一下附近的松树，果然是树龄为二十年左右者居多。由此推论，杨家山的郁郁葱葱已是更新一代的了。

"昨天蒙会议招待，乘船游览滇池。从大观楼出发，经西山脚下，过观音山，到白鱼口，归途在海埂公园登岸一览，此公园即围湖造田之产物。记得我们曾于1941年（或1942年）乘船游览西山（我在船中讲了一个和尚燃指化缘的故事，冯先生后来还写成文章发表），这次风光与那次颇为相似，只是旅程更长。

"近十几天来大群海鸥飞来昆明。翠湖、护城河、滇池等水面之上海鸥成群。夜间则栖息在民屋的屋脊上。我们昨天乘船回来时，即有一群跟船飞行。有好事者投以饼饵，鸥群越来越大，后来竟至有白鸥数百，尾船密集飞翔，夕阳之下，碧波之上，真是壮观！可惜我当时末携照相机，错过大好机会。据此地老人回忆，海鸥来昆明过冬，从无此事，所以昆明人认为。此事是昆明的大吉兆。每天有不少人在翠湖观鸥，市政府专门发布命令，不准捕杀。"

2. 摘录傅欣（原名傅道生）1986年3月20日自上海来

信："最近读了您发表在今年第一期《新文学史料》上的《昆明往事》一文，感到十分亲切。

"1942 年秋到 1945 年夏，我在昆明中法大学法国文学系读书，1942 年冬，进《生活导报》做编辑。您在文中提到这个周刊，并且给了它一定的评价，应该谢谢您。

"《生活导报》搞编辑的只有三个人，一个是您提到的熊锡元，当时他已在云大政治系毕业，留系任助教；一个叫陈尚藩，名义上是社长，总负责；另一个是我。由于我最年轻，二十岁不到，跑腿组稿的事大多是我干的。经常到您敬节堂巷家中来组稿取稿的是我。我至今还记得您文中提到的那口井、那扇门、那个院子。您总在右边的屋子接待我，我常在那儿遇到卞之琳先生，他坐在一张低矮的圆桌子前打字。我忘不了姚先生的热情招待。她当时在中法大学教第二外语，所以对我这个中法的学生更加客气一些。我也忘不了你们的女孩，有时是她来开门……

"1944 年夏天，反动政府对我们的迫害愈来愈厉害。熊锡元因为个人的事情暂不来报社，全由我一人维持，记得您对我一再鼓励，可能最后一期《导报》第一版登的就是您给我的一篇文章。报社被查封的那天晚上，我无处可去，硬着头皮来您府上求宿。您和姚先生热情留我住在左边那间房里。第二天一早我穿过城墙缺口躲到昆明西郊去了。那一夜的接待是我永远也难以忘怀的。我深深地感谢你们。

"解放后我一直在上海出版社工作，自己也译了一些法国文学作品，如今我也是六十以上的老人了。1981 年 8 月我曾来北京参加泰戈尔讨论会，在国际俱乐部看见您，因您很忙，所以和您说了两句话就分开了。以后我也不大可能再来北京，所以写这封信给您，请原谅我的冒昧。"

1986 年 5 月 4 日　摘抄

乐趣与没趣

　　鲁迅在为他翻译的《小约翰》写的《引言》里说他在日本留学时，除了听讲和抄讲义外，也自有一种乐趣，那就是去看看神田区一带为数众多的书店。那里"每当夏晚，常常猬集着一群破衣旧帽的学生"，鲁迅也"不觉逡巡而入，去看一通，到底是买几本，弄得很觉得怀里有些空虚"。这种乐趣，不少人做学生时都有过，有人后来随着生活的变化渐渐淡了下去，有人却不但没有淡下去，而且越来越浓，购书成癖。我虽然没有成为书癖，但这种乐趣我长期不曾中断，闷的时候总要到书店里走走，一直继续到50年代。

　　我在大学读书时，北京在北洋军阀统治下，黑暗而荒凉，可是书店却不少，且不说琉璃厂、隆福寺街那些历史悠久、藏书丰富的大书店，就是东安市场书店和书摊也不下二三十家，有卖新书的，有卖旧书的，还有专门卖外文旧书的。市场里的书店和书摊，规模不大，都可以供我于课余之暇在那里盘桓，浏览架上的群书。至于琉璃厂、隆福寺街的大书店，店门就不那么容易走进了，作为穷学生，自知钱袋羞涩，不无顾虑，要徘徊一些时刻，才鼓起勇气进去。鲁迅说"逡巡而人"，遣词的确很恰当，形容出穷学生们迈进书店时心理和行动的状况。书摊也好，大小书店也好，只要能发现一两本心爱的书，不管明天的饭钱有没有着落，买到手里，那种愉快的心情是人间任何赏心乐事都不能与之比拟的。

学校毕业后，当了教师，每月挣得一些工资，继续光顾市场里的书店书摊，自不待言，就是走进大书店也不那么踌躇了。去的次数多了，书店老板也熟识了，有的老板图书知识非常丰富，若是他知道你的专业或兴趣，他会主动拿出与之有关的书籍给你看，你看后不买，他也不介意。有时你想买某一部书，他店里没有，他会尽可能到旁的地方去找，找到后通知你，或是送到你家里。

在书摊旁，在书店里，有如置身于大大小小的开架图书馆，既可以找到迫切需要的书，也可以有意外的新发现，买到素不相识而又非常有意义或有趣味的书。日子久了，我有这么一种感觉，仿佛不是我去找书，却是书在等候着我。既然觉得书在等着我，我为什么不去呢，纵使那里吞蚀了我袋里有限的钱币，消磨了我宝贵的光阴，我还是乐此不疲。

但是"乐此不疲"到了60年代初期渐渐有些"疲"了，尤其是十年浩劫，斯文扫地，买书的乐趣也扫荡无余。十一届三中全会以后，出版界出的书一年比一年多，学校、研究机关以及读书人，数目也都大量增加，可是书店的数目比过去反而显著减少了。这种矛盾给书的"消费者"造成的困难不是三言两语所能表达的。

　　我也曾想恢复我往日的"乐趣"。但是由于书店少买书人多，店内拥挤不堪，我很难挤到玻璃书柜前，看看里边陈列着什么书。有时挤到书柜前，问售货员有没有我所需要的某一本书，售货员往往头也不抬，唇齿间发出两个字音"没有"。不过这样的回答在别的商店里也常听到，不足为奇，足以为奇的是我有一次由于视力衰退，看不清书架平摆着的一本书的书名，我问一个女售货员那是一本什么书，她冷酷地说了一句，"你戴着眼镜还看不清楚！"便转身走开了。如果说"没有"的回答是软钉子，这个女售货员不像回答的回答就是硬钉子了。受了多次不足为奇的软钉子和一次足以为奇的硬钉子，更加以由于书店少而造成的拥挤，进书店等于自找没趣，往日的"乐趣"想恢复也恢复不起来了。

　　现在提倡改革，不少行业都动起来了，我见闻浅陋，好书的市场还看不出多少改革的征兆。

1985 年 10 月 31 日

红樱桃与"红娘子"

偶然翻阅笔记本，看见我在 1984 年 1 月 10 日从当天《人民日报》第 8 版抄录下来的胡絜青同志《记齐白石大师》里的一段话。那段话说，她曾在日本千叶县访问东山魁夷，这位著名画家"珍藏着一幅齐白石的画，仅仅一幅，是他的家宝之一"。作者"打开画卷一看，是一幅装裱得相当素雅的小画，仅一尺见方，纸灰暗，画的是一只大黑老鼠，正在吃一粒樱桃，署名白石翁……东山先生以能收藏一幅齐白石先生的真迹而非常得意，非常高兴"。

我当时为什么读了胡絜青的文章后立即把这段话抄录下来呢？原因是我痛切地想到老舍先生以及我曾经珍藏过的一幅白石翁的画。

50 年代中期，北京市还没有现在这么大，人口没有现在这么多，公共汽车和电车的线路也比现在少，却没有现在这么拥挤，我正在中年，工作繁忙，却觉得时间相当充裕。我那时住在西郊北京大学，若是进城办事，事前或事后有时就到朋友家里坐一坐，老舍家里我也去过。有一次，可能是作协开会，会后老舍邀我和几位同志到他家里吃晚饭。饭前他给我们看他收藏的齐白石的几幅画，我越看越眼馋，我问他能不能请白石老人给我画一幅。他未置可否，就有人谈起别的事，把话岔开了。我没有继续追问，这念头也渐渐淡下去了。

过了几个月，老舍因事来北京大学，随后到我家里，腋下夹着一轴画。我喜出望外，这是老舍给我带来了怎样一件宝贵的物品。我请他坐下，把画接过来，立即悬挂在他对面的壁上。画面约二尺长，挺拔的枝条下垂着三个大小不一的藤黄色的匏瓜。老舍望着画向我说，白石老人作画时，他在案旁，画完后，他趁着老人题上款时，向老人说了说我是怎样一个人。老人听了很高兴，又提起朱笔在一个匏瓜上点出一个鲜红的小甲虫。老舍指着红甲虫说："这小虫俗称红娘子，它非同小可，能使这幅画增加一倍的价值。"的确，一个藤黄色的匏瓜上有了这么一点红，全画都显得格外出色。老舍不仅为我求得了这幅画，还装裱好了送给我，我对他感戴的心情不是用语言所能说得出的。

我记得，画的下款是"九十三岁白石"，据此推算，这应该是 1955 年的事。此后这幅画有时在壁上悬挂几个月，有时我又把它卷好收藏起来。每次我重新打开画卷悬挂时，那"红娘子"总是焕发着夺目的光彩。这样过了十一个年头。

不料到了 1966 年夏，在可敬而又可亲的老舍先生被迫害逝世后不久，这幅白石老人的画被一群无知而又可怜的红卫兵以"破四旧"为名撕成碎片，连同其他几件我心爱的艺术品同归于尽。我那时感到的痛苦也同样不是用语言所能说得出的。粉碎

"四人帮"后，想到十年浩劫，有那么多宝贵的图书文物被毁，人民的物质和精神遭受多么严重的破坏，我这一点损失的确算不了什么，心里也就释然了。

不料——又是不料！——读到胡絜青同志的文章，其中提到一位日本画家珍藏的白石翁的一幅画，纸是灰暗的，老鼠是黑的。那么，老鼠嘴边的樱桃呢？我虽然没有见过那幅画，眼前却仿佛有一粒深红色的樱桃闪闪发光。杰出的画家是运用颜色的能手，能让颜色充分发挥迷人的魅力。我可以确信，是这粒红樱桃在灰暗的纸面上、黑老鼠的嘴边使那幅画成为神品，成为一位著名画家的"家宝"。我想到这里，我怎能遏制住已"释然"的痛苦，叫它不涌上心头呢？白石老人给我画的匏瓜和匏瓜上的"红娘子"在我身边（也就是在世间）只存在了十一年，老舍先生送给我这幅画时的深情厚谊和言谈动作，我却永远不会忘记。

1985 年 11 月 19 日

我在四中学习的时候

　　明年是北京四中建校八十周年的纪念。在八十年内它培育了成千上万的青年学生，为祖国的教育事业做出了不可低估的贡献。我作为四中的学生于 1916 年至 1920 年度过一段值得怀念的青少年时期。那时，四中正从它建校后的第一个十年进入第二个十年，与八个十年相比，可以说是十分辽远的往日了。而且四年的学习，时间也是短促的。但在那既辽远又短促的时期内，国家、学校，以及我个人，都经历了一次巨大的变化——1919 年发生了轰轰烈烈的五四运动。

　　中国从旧民主主义革命转入新民主主义革命，以五四运动为转捩点，这是众所周知的，无需在这里多说。我只想谈一谈学校和我个人的变化。

　　四中建校于清朝末期，名顺天府府立中学。可能是在辛亥革命后民国初年改称为京师公立第四中学。我于 1916 年暑假考入四中，学校里房舍一部分还保留着封建官府的格式。走进高台阶的黑漆大门，坐北朝南是一座两明一暗的大厅，隔开的一间是校长办公室，打通的两间是教员休息室兼会客室。厅前花木茂盛，这大厅与其说是办公室，倒不如说像是某某官府别院里的一个花厅。还有位于校内中央的一座小亭，亭上匾额写着"漱石"两个字，我一看见那两个字，头脑里便发生疑问，石头怎么能在口里漱呢？后来才知道这是《世说新语》里记载的晋朝士大夫们故弄玄虚、强词夺理的一种坏习惯，说什么"漱石枕流"，分明用水漱口，却要用石，分明可以枕石而眠，却要头枕流水，而且还说出一番道理。后世有些自命"风雅"的人士，不问根源，不顾实际，只觉得把石和水的作用一颠倒，便意味无穷，引人"美感"，于是按照附近有石或有水的不同情况，在园林中亭阁的匾额上题写"漱石"或"枕流"等字样，这是屡见不鲜的。四中的这座小亭，想必是顺天府府立中学初建时的建筑，"漱石"二字，我后来虽然知道了它的出处，但它对于中学和中学生有什么意义，我仍然百思不得其解，日久天长，我对它也就不加理睬，它好像丧失了它的存在。

一排几大间单调而呆板的课室，半中不西，充分显示出清末民初时毫无风格的建筑"风格"。还有两排分割为三四十间的宿舍，里边住着家属不在北京的教师和来自外省外县的学生。我前三年住在亲戚家里做走读生，很羡慕住宿同学的生活比较"自由"，经过一番努力，我在最后的一个学年也迁入学校。使人难以忘却的是课室南的校园，那里春秋两季每天清晨是一片读书声；课室北有高大的槐树成阴，因而学校里当时唯一的一个课外组织叫作槐阴会。学校在十周年纪念时，曾以槐阴会的名义举行过一次盛大的游艺会，招待教育界人士和学生家长。

"槐阴"虽不像"漱石"那样不切实际，但它没有时代特点，也体现不出任何教育方针。这个会，我不知它始自何时，也不知它终于何日，大半在五四前后它不言不语地自行消逝了。

五四前，我在四中学习的三年内，国外的大事是第一次世界大战和十月社会主义革命，国内是军阀混战，中间还穿插了一幕张勋复辟的丑剧，学校里则静如止水，教师和学生按部就班地上课下课，开学放假，对那些事件不曾有过什么显著的反应。教师大都朴素无华，按照课本讲授，我从中得到一些应得的知识，但他们不能使我对他们所教的课程发生更大的兴趣，有时还感到沉闷。与此不同的是教数学的黄先生①和教国文的潘先生②，我们上这两位先生的课时，精神格外集中，课室内的气氛格外活跃。黄先生讲解数学，浅近易懂，善于引导学生解决难题而且要求加强速度，使我这一向对数字感觉迟钝的人对代数、几何也有了爱好。潘先生，我在回忆性的文章里不止一次提到过他，这里我还要重复几句。潘先生评文论事有独到的见解，他有中国正统思想以外的一种反正统精神，他讲《韩非子》时，批评孔子，讲《史记》时，反复发挥"窃钩者诛窃国者侯"这句话的意义。他常嘲笑《古文观止》里的文章，如今回想起来都有些过分。他并没有当时已经问世的《新青年》

---

① 黄自修先生。
② 潘云超先生。

所传播的进步思想，但是他在我的头脑里为我在五四后接受新文化铺设了一条渠道。

五四运动一起始，静如止水的四中立即掀起波澜。1919年的5月4日是星期日，第二天星期一我走进校门（那时我还是走读生）便看到全校沸腾，气象一新。"打倒卖国贼"、"废除廿一条"、"收回青岛"等等的小条标语转瞬间贴遍了墙壁和树干。紧接着是走出校门，宣传讲演，自动地成立学生会，派代表参加学生联合会，罢课游行，跟反动的北洋军阀政府进行斗争。

暑假后学校开学，教师却有了变化，我们最尊敬的两位先生离开了我们。潘先生因为在《益世报》上发表一系列支持学生运动的署名社论，被反动的北洋军阀政府判处一年徒刑，黄先生调往北京另一个中学去当校长，他们介绍了两位教师来接替他们。黄先生介绍的，据说是他本人的老师，可能姓陈，我记不清了；潘先生介绍的是他的学生，姓施①。我当时想，黄先生的老师必定比黄先生有学问，不料这位老师，不善于教学，上课就讲，对学生从不发问，跟学生毫无联系，他在讲台上讲他的，学生在下边干学生的，使我这对于数学有了爱好的学生又恢复了迟钝。我上了一年"三角"课，也买了一本《盖氏对数表》，结果是茫茫然不知"三角"为何物。如今我真难以想象学期结束时，这门课我是怎么考试及格的。可是直到现在，还

---

① 施天侔先生。

常梦见自己对"三角"一无所知，便无可奈何地走进考场，最后是从焦急中醒过来，才算是得了救。与"三角"课相反，是施先生的国文课。施先生向我们介绍西方文学的流派，讲解《庄子》，扩大了我的眼界，活跃了我的思路。他年轻，却很认真，对学生要求严格。他常说写文章要简洁，不要拖沓。有一次我写了一篇作文，力求"简洁"，自以为一定会得到好评，想不到作文簿发下来后，打开一看，有这样的评语："写得上气不接下气，什么事催得你这样忙。"我一时真是大失所望，再转过来看一看这篇力求"简洁"的文章，才渐渐认识到这样的评语是份所应得的。因此我对施先生更增加信任。这两位先生教学效果的不同，在我中学临毕业时解决了将来"学文乎、学理乎"的问题。

一些传播新文化提倡新文学的报纸杂志，在五四前我们连名称都不知道，这时都不胫而走地进入了宿舍和课室，我们从中学到了许多过去不懂得的道理，也获得不少从前难以想象的知识。这些道理和知识虽然还有人认为是离经叛道的狂言谬论，但我们只要阅读后略有领会，便如大梦初醒。当时一些醒了的青年，觉得既然醒了，就不仅要读要听，而且要说要做，全国各地的新文化刊物便雨后春笋一般成长起来。北京的中等学校中，高级师范附属中学出版了《少年》，赵世炎烈士曾经是这刊物的创办人之一；北京师范学校有人组织"觉社"，也出版一种刊物。我和同班的几个同学看到这种盛况，跃跃欲试，经过几度商量，在1920年寒假后也决定办一个小刊物，命名为《青年》。我们不知天高地厚，只觉得自己有话要说，不愁没有文章，最大的困难是印刷费从何而来。我们都是穷学生，怎么省吃俭用，也拼凑不出印刷费用，虽然每期只需要十几元钱。唯一的办法是拿着募捐簿向教师们募款。我们先找校长，校长写下了四元，这就等于给应捐的数目定下了"调子"，随后找各位教师，一般都写二元，也有写三元或四元的。我难以忘记的是一天晚上，我和另一个同学走到施先生的屋里，向他说明了来意，他毫不迟疑，拿起笔来在簿子上写了"十元"。施先生只教我们一班，教师中他的工资是比较低的，他这样做，是对我们的极大支持，我们很受感动。

刊物出版后，其内容的幼稚、浮浅，自不待言。但那时有一种风气，只要是提倡新文化、反对旧礼教的刊物，便"同声相应，同气相求"，不管刊物的水平高低，彼此都亲如同志，因为面前存在着极为浓厚的封建势力和帝国主义的侵略。我们把《青年》寄往全国各地新刊物的编辑部，在封面印上"请交换"三个字，各刊物便源源寄来。我们收到的刊物，质量不知比《青年》高出多少倍，这是名副其实的抛砖引玉。但有时也招来一点麻烦。有一次收到河南开封省立第二中学几个同学的来信，大意说，他们办的刊物也叫作《青年》，出版在我们的《青年》以前，为了避免发生误会，要我们改换刊名。我们的刊物已经出了两期，不便改变名称，只好在《青年》下边加上了"旬刊"

二字。许多年后，我们才知道，开封二中《青年》是曹靖华和他的几个同学创办的。

我们效法《新青年》，在一般性的论文与文艺作品后，每期写有几条随感录，批评社会上或学校内不良的风气。批评社会，没有人反对，有时还受到称赞；谈到校内时，便有人提出质问，"你们办刊物是专来骂人的吗？"这使我懂得了一种"世故"，批评的对象越带有普遍性，人们越觉得与己无关，只要略微触及具体的人或事，就会有人受不了，给以责难。《青年》出了四期，便因经费告竭停刊了，它思想浅薄，文字幼稚，一无可取，至多不过是在新文化战场的边缘上起了点摇旗呐喊的作用。可是它在我的思想里播下了一颗以办刊物为乐事的种子。

《青年》停刊后，我四年旧制中学的生活也接近尾声，经过了一段不太紧张的毕业考试之后，我不无留恋地离开了第四中学。

如今四中早已不是我所描绘的当年的容貌了。新中国成立以来，四中在党和政府的领导下，由于历届师生的努力，它的教学成绩在北京享有盛誉。最近又建筑了新的教学楼，增添设备，进行现代化的教学，匾额"漱石"的小亭和简陋的教室想已不存在了。可是我只能按照个人的经历谈那既辽远又短暂的四年内的一些往事。虽然如此，这也可以说明，在中国最黑暗的时期，有些教师怎样勤勤恳恳地教学，给学生以启迪，有些青年是怎样向往光明，五四运动是怎样神速地促进了他们的觉醒。我已年过八十，我写这篇回忆，设身处地，好像还怀有在四中做学生时的心情。人们常说，写回忆是老年人面前无路可走的一种征象，我这时却觉得，回忆可以使人再现青春。

祝四中随着时代不断前进，永葆青春！

写于 1986 年 4 月 13 日

文艺因缘二则

匏瓜图

我写过一篇短文《红樱桃与"红娘子"》，发表在今年1月5日的《北京晚报》上，怀念老舍和老舍请齐白石给我画的一幅《匏瓜图》，在"文革"初期被红卫兵焚毁，人亡物逝，略表哀思。文章发表后，没有听到什么反应，只听说丁聪同志为此画的插图，描绘老舍右手持杖、左腋下夹着画轴的神态，惟妙惟肖，颇得读者的赞赏。事隔半年，在7月初有一位张枫同志来访，说是受白石翁幼子齐良末同志之托，给我送来两轴画。其中有一幅画的是匏瓜，上有题词："家父昔年曾为冯君制匏瓜图。惜十年浩劫已成秦灰。先生痛彻之情，可想而知。今余特为先生制此幅，与先君之作相差远矣。愿聊解先生心头郁结之万一也。"另一幅画，与我文中提到的红樱桃有关，有题诗一首，思念老舍先生。我得到这两幅画，真不知怎样感谢才好。张枫对我说，齐良末在晚报上读了我的文章后，长夜未能成眠，尽在琢磨应该怎样画幅画，以补偿我的损失。

8月2日，我应邀参加齐良末画展开幕式，遇见胡絜青同志。她说，她早已画了一幅画，想送给我，但不知我的住址，无法寄出。我把住址告诉了她，过了一天，她就派她的女儿把那幅画送到我的家里。画的也是匏瓜，上边也有题词："忆惜卅年前，老舍曾亲携齐白石佳作葫芦与草虫一轴赠予冯老赏玩。不幸此轴毁于十年浩劫之中，甚为惋惜，溢于言表。予今特拟白石师技法摹写一帧，以慰老友遐思怀故之情。"题词下边写明作画的日期是"1986年小寒后二日"，而《北京晚报》发表我的文章那天正是小寒节日。我再看齐良末画上的题词，下边注明是"乙丑冬月"。"冬月"一般指的是农历十一月，这年"小寒"是农历十一月二十五日。从日期上可以看出，两位画家都是读了我那篇不到一千五百字的短文后，在两三天内便不约而同，各自遵循白石翁的画法，绘制了匏瓜图，准备送给我。他们同样没有忘记，在一只匏瓜上点画出一个当年老舍特别欣赏的草虫"红娘子"。我与白石幼子素不相识，与老舍夫人也久疏问候，他们的这种情谊使我非常感动。

我把那两幅"再生"的匏瓜图并排着挂在室内的墙壁上，望着藤黄色的匏瓜和水墨的瓜叶，念及"文革"初期，老舍含冤长逝，白石老人虽已在50年代逝世，但也横遭污蔑，我深感到在瓜叶茎条之间生动地交织着人间的父子之情、夫妻之情、师生之情。我能以体会这些可贵的感情，不能不说是我那篇短文得到的一种意料不到的可贵酬答。

回想十年浩劫，把人间感情命名为"人情味"，对此大张挞伐，并株连到人是否应有"人性"的问题。那时是非颠倒，黑白混淆，好像人世上不再存在着什么真情实感。可是浩劫后，十一届三中全会以来，万木逢春，人性复苏，人的情感也颇有些回味了。屈指间距离白石老人《匏瓜图》被毁时整整过了二十年，宋代词人陈与义写过这样的词句："二十余年如一梦，此身虽在堪惊。"于是我顺笔写成一首绝句：

> 偶著短文伤浩劫，
>
> 小寒两户扣心弦。
>
> 不期念载堪惊后，
>
> 又见匏瓜壁上悬。

木版画《沉钟》

我在 1929 年自费印了一本诗集《北游及其他》，作为"沉钟丛刊"里的一种。封面画借用了收入鲁迅编印的《近代木刻选集（2）》的日本木版画家永濑义郎[①]的创作《沉钟》。我除了在扉页上注明版画作者的名字外，并没有征求作者的同意，回想起来，实属失礼。关于永濑义郎，我一无所知，只读过鲁迅在"选集"的《附记》里有这样的介绍："永濑义郎曾在日本东

[①] 永濑义郎（1891—1978），日本版画家。

京艺术学校学过雕塑，后来颇尽力于版画，著《给学版画的人》一卷。《沉钟》便是其中的插图之一，算作'木口雕刻'的作例，更经有名的刻手菊地武嗣复制的。现在又经复制，但还可推见黑白配列的妙处。"此后我没有想更多地去了解永濑义郎，连《北游及其他》那本诗集也很少放在心上。不料在半个多世纪后，去年我收到日本的中国现代文学研究者佐藤普美子女士的来信，说永濑义郎的夫人永濑照子听说《北游及其他》的封面用过她丈夫的版画《沉钟》，向她询问详情，她把这本诗集的封面复制了一份赠给她，她很高兴。今年3月，永濑照子女士给我来了一封信，信里有这样一段："今天冒昧给您写信，一定让您吃惊。非常对不起，请您原谅。现在让我自我介绍，我叫永濑照子，是已故的永濑义郎的妻子，是佐藤普美子女士的朋友。1929年7月，冯先生的诗集《北游》封面采用了我丈夫的作品木雕《沉钟》，我知道后非常高兴。"信里还说，她将于本年10月上旬访华，希望和我见面。我在回她的信里大意说："《北游》出版后过了五十七年，由于佐藤普美子女士的热心联系，得知您对此事很感兴趣，这是一段美好的文艺因缘，和您会晤，这将是我今年很快乐的一件事。"此后我又收到永濑照子寄赠给我的一部装帧非常精美的永濑义郎生平创作的总集。这是限定只印一千部的珍本，每册标明号数，我这部是"第763番"。我翻阅画集，看到有一页标题为《〈给学版画的人〉的时代》，上边为首的一幅版画就是《沉钟》，文字说明里还提到鲁迅当年怎样把这幅画介绍给中国，并给以什么样的评价。

10月6日晚，永濑照子一下飞机，就来到我的家里，我请她和我的家人共进晚餐，在座的还有精通日语的李德纯同志。我们一见面，她就流露出十分兴奋的心情。她说，她的丈夫在30年代到过北京，在旧书店里无意中发现一本标题《北游》的诗集，封面上印有他的版画《沉钟》，他买了带回日本。如今原木刻早已遗失，那本诗集也不见了。她很想再看到《北游》，也想知道些《北游》作者的情况。为此她曾向日本汉学界的人士打听。多谢佐藤普美子，她不只给她复制了一份《北游》的封面，还告诉她说《北游》的作者还"健在"。——我听她说到这里，不由得想起杜甫的诗句"今夕复何夕，共此灯烛光"。随即我取出一本原版的《北游及其他》送给她，她喜出望外。

她向我谈她丈夫一生从事版画工作艰苦的历程。我说："我翻阅永濑先生的画集，总联想到挪威画家蒙克，不过永濑晚期的作品比蒙克有更丰富的想象力。"她说："不错，在20年代蒙克的艺术在日本很有影响。"谈来谈去，她总离不开永濑义郎。她用她住宅的一部分设立了永濑个人美术馆，藏有她丈夫大量的创作。她说，她和永濑义郎结识时，永濑身无长物，只有画具是他的财产。我指着我的妻姚可崑向她说："《北游》里最后一部分的诗是我们认识后不久的时期内写的。那时我二十五岁。"越谈越不像初次相逢，而像是熟识的朋友叙家常了。临别时，我送给她一对青石的镇纸，上边刻着一副对联："海外逢知己，天涯遇故人"。

永濑照子回日本后，来信说在我家中的聚会，快慰生平，并说，"承蒙李先生的协助，我们的话兴始终很浓，谈了很长时间，我竟忘却该告辞的时刻了。"还说明年 4 月举行永濑纪念画展时，也将要把那本《北游》展出。我读完那信后，写了如下的几行诗：

> 五十七年的风风雨雨，
> 消逝了多少现实，
> 吹散了多少梦幻。
> 在现实和梦幻以外
> 好像有另一个存在，
> 是时隐时现的文艺因缘。

1986 年 12 月冬至日

海德贝格记事

1987年6月我第三次重访海德贝格，回想五十六年前在海德贝格学习时的往事，略有可记者，现追记如下。

一　关于译名

在中国人们都把海德贝格译为海德堡。实际上这个地名的第二个音节，音译应译为"贝格"，意译应译为"山"，无论音译或意译都与"堡"无关。我不知道我们的译者为什么对于"堡"那么有感情。同样情形，第二次大战后审判纳粹战犯国际军事法庭的所在地纽伦卑尔格被译为纽伦堡；瑞典著名作家斯特林贝（按瑞典语读法省略"格"音），也命名为斯特林堡。这些不应译为"堡"而译为"堡"的地名人名，散见于辞书里、文学译品里、学术著作里，似乎约定俗成，想改也改不过来了。我只手难挽狂澜，自知呼吁无门，至于写文章，由自己负责，我就不把地名人名的尾音"贝格"译成"堡"了。

但是海德贝格这个译名，带有一定的妥协性，也可以说是取长补短。因为我在1930年9月底到达这座城时，遇见为数少得不能再少的几个中国人，他们给它的命名不是海德堡，也不是海德贝格，而是海岱山。海岱山这个名称的确很文雅，海岱二字不只是译音，而且颇有诗意。我不加思索，后来作文写信都采用了这个译名，有数十年之久。如今仔细一想，这座山城秀丽有余，雄伟不足，它既不临海，也不似岱岳，徒有诗意，却与事实不合，倒不如实事求是，朴素一些，索性译为海德贝格。"海德"，取"海德堡"的前两个字，"贝格"则是坚持我的主张。这样，字头虽有一个"海"字，则与大海无关，只是取其音了。

二　记徐诗荃[①]

1930 年 9 月 12 日，我从北平起身，经过我在《北游》里写过的哈尔滨，经过广袤的西伯利亚，经过正在进行第一个五年计划的莫斯科，在柏林住了几天，乘夜车到了海德贝格。海德贝格晨雾初散，只见两山对峙，涅卡河一水横流，我觉得很新鲜，又很生疏。我心里想，这就是我的终点站，要在这里住下去吗？山和水都沉默无言，显出不拒绝也不欢迎的样子。

当天上午我在一个小学教员的家里租了一间有家具设备的房

---

① 　徐诗荃（1909—2000），原名徐琥，现名梵澄，笔名冯珧、梵可等。湖南长沙人，中国社会科学院世界宗教研究所研究员、翻译工作者。

屋。出乎意料地凑巧，这里还住着一个姓戴的中国学生，约十七八岁，正在读中学。他告诉我说，海德贝格中国人很少，他只知道在大学里学习的有两位同胞，一个学文的姓徐，一个姓蒋的学医，此外就没有了。我听了他的介绍，中国人如此稀少，并不觉得惊奇，因为我在国内时，很少听人谈到过海德贝格，我是听从了一个德国友人的建议才到这里来的。那个德国朋友向我说，若去德国学习，不要到大城市。大城市太热闹，人也忙，谁也顾不了谁，同学之间，师生之间，不容易接近。在较小的城市，尤其是在所谓大学城里，除了大学外，没有其他重要的机构，整个城市都围着大学转，人们容易很快就熟悉起来，这对于提高语言能力，增进知识，了解社会生活都有好处。他帮助我选择了海德贝格。理由是海德贝格大学是德国境内最古老的大学，已有五百五十年的历史，有著名的教授，若学文，享有盛名的宫多尔夫①教授正在那里讲学。这番道理，那时人们知道得还不多，所以在海德贝格的中国留学生寥寥无几。

第二天下午，我到涅卡河南岸的一个小巷里拜访了学文学的徐君。我的突然来访，主人并不觉得惊奇，我们互相报了姓名，好像一见如故，虽然二人都有些矜持。他来德国已经一年多，向我介绍了海德贝格大学的情形，我也跟他谈了些国内的近况。我看见他的书桌上摆着一幅鲁迅的照片，又看见书架上

---

① 宫多尔夫（Friedrich Gundolf，1880—1931），德国文学史家、文学批评家。

德文书中间夹杂着些中文书刊，我心里想，今年春天，我在《萌芽》月刊里读到过一篇从德国寄给鲁迅的通信，署名季海，莫非就是这个人吗？但我没有向他说明，因为他告诉我他姓徐名琥。那时大学还没有开学，他带我熟悉海德贝格的某些名胜古迹，以及与大学有关的机构，如图书馆、报刊阅览室等。渐渐熟了，谈话的内容也渐渐丰富而深入了。他在上海复旦大学学习过，1928年5月，鲁迅在复旦实验中学讲演，他做了记录寄给鲁迅，后又在《语丝》上发表了《谈谈复旦大学》一文，揭露复旦大学当时的腐败现象，惹起复旦当局的不满与复旦校友们的非议。也许就是这个缘故，他不愿在复旦待下去了，他到了德国。他少年气盛，谈世事谈到愤慨时，便朗诵清代诗人王仲瞿祭西楚霸王的诗句："如我文章遭鬼击，嗟渠身手竟天亡。"他也欣赏南社诗人高天梅拟作的"石达开遗诗"，如"我志未酬人亦苦，东南到处有啼痕"、"只觉苍天方愦愦，莫凭赤手拯元元"，这有多么沉痛！他不仅古典文学知识渊博，也常常和我谈起他湖南家乡的王湘绮[①]、杨皙子[②]等人物。

---

① 王湘绮（1832—1916）：即王闿运，字壬秋，又字壬父，号湘绮。湖南湘潭人，咸丰乙卯年举人，后钦赐翰林院检讨。以文章见长，有《湘绮楼全集》。

② 杨皙子：杨度（1874—1931），湖南湘潭人，字皙子，王闿运的门生。曾留学日本，宣传君主立宪，辛亥革命后又在袁世凯内阁任职，主张恢复帝制。后思想转变，倾向革命，李大钊被捕后曾多方设法营救。1929年加入中国共产党，在白色恐怖下为党工作。

大学开学后，我主要选修文学史课程，徐琥则用更多的时间研究美术史，并练习木刻，他室内挂着一大幅他自制的高尔基木刻像。日子久了，我们也就无所不谈。一天，他笑着对我说，我们首次会晤后，他曾写信给鲁迅先生，里边有这样一句话，"今日下午有某诗人来访"，但没有说出我的姓名。后来他收到鲁迅的回信，信里说到"某诗人"时，也没有提名道姓，只在文字中间画了一个小小的骆驼。不言而喻，这指的是我于1930年夏在北平和废名共同编的一个小型刊物《骆驼草》。关于《骆驼草》我不止一次地说过，"我在这里边发表的散文和诗，有的内容庸俗，情绪低沉，反映我的思想和创作在这时都陷入危机。"从信里画的小骆驼也可以看出，鲁迅对这刊物是不以为然的。

　　从此我知道，徐琥经常和鲁迅通信。徐琥有不同的别名和笔名，如冯珧、季海、诗荃等，鲁迅则对他以诗荃相称。如今翻阅鲁迅的日记，从"1929年8月20日徐诗荃赴德来别"到"1932年8月30日夜诗荃来自柏林"三年零十天（即徐琥在德国的时期）的日记里，提到诗荃有一百五十四处之多，内容都是书信来往。徐琥在德国为鲁迅搜集图书画册以及报纸杂志，鲁迅也把国内的出版物寄给他。鲁迅日记里提到的"寄诗荃以《梅花喜神谱》一部"、"为诗荃买《贯休罗汉像》一本……"以及"小报"，我在徐琥那里都见到过；所谓"小报"是上海低级趣味的《晶报》，从这里也可以看出鲁迅的用心，要使海外的游子，不要忘记国内仍然有这样下流的东西在流行。1931 年 7 月 6 日的日记"得诗荃信，上月 18 日发，附冯至所与信二种"，这两纸信里我写的是什么，如今我怎么想也回想不起来了。有一件事在鲁迅的日记里没有提到。那时曹靖华在列宁格勒，翻译绥拉非摩维奇的《铁流》，他把译稿用复写纸抄成两份，一份直接寄给鲁迅，一份寄给徐琥，由他转寄。这是因为从苏联寄给国内的邮件，常被国民党审查机关扣留，为了安全起见，再从德国寄去一份，比较保险。不知鲁迅收到的《铁流》译稿最后是一份呢还是两份？徐琥向我谈及此事时，还把他收到译稿后写给曹靖华的短信背给我听，是用文言写的，很古雅。他和鲁迅通信也常用深奥的古文，鲁迅在复他的信中有时还穿插几句骈体。遗憾的是鲁迅给他的信（这该是多么宝贵的一笔遗产！）在抗日战争时期失散了。

徐琥回国后，由鲁迅介绍他在《申报·自由谈》上用不同的笔名撰写杂文，也是由鲁迅介绍，他翻译尼采的《苏鲁支语录》和《自传》得以出版，署名徐梵澄。徐琥用过许多笔名，恐怕他自己也难以胜数，正如众流归大海一般，徐梵澄这个名字算是最后定下来了，一直沿用到现在。他在德国时期，梵澄二字还在虚无缥缈间，因为鲁迅的日记里称他为诗荃，所以我把"记徐诗荃"作为这一段的小标题。

三　"同胞事，请帮忙"

初到外国，多么想看见中国人啊。我在海德贝格，能与徐琥一见如故，自己觉得是出乎意料的幸运。那一位学医的蒋君，我当然也要去看看他。这一看，非同小可，我几乎吓呆了，也可以说是又一次的出乎意料。我叫开蒋君住室的门，走进来，在比较阴暗的房里看见四个中国人围着一张桌子在打麻将。我脑子里立即发生疑问，不是说这里包括我在内只有四个中国人吗，现在除了蒋君外怎么又多出来三个人呢？他们交谈用浙东的方言，我一句话也听不懂。蒋君对于我这不速之客似乎很不欢迎，冷冷淡淡，使我进退维谷，我记不得是坐了一会儿，还是在麻将桌旁站了一会儿，便匆匆告别走了。此后我再也没有遇见蒋君。后来我才知道，那三个人是浙江省青田县人，他们迢迢万里来到欧洲，在各处串街走巷，兜售青田石雕刻的花瓶笔筒以及其他用具。但青田石雕是有限的，货源并不通畅，不知是从欧洲的什么地方他们贩来一些仿制东方的瓷器，上边描绘的风景人物，说像中国的又有几分像日本的，说像日本的又有几分像中国的，总之这类恶劣的赝品是用来骗没有到过东方的欧洲人的。但这些商贩有艰苦的冒险精神，他们到欧洲来，有的经海路，有的甚至经过中亚的陆路，有的没有正式护照，有的护照过了期，他们居无定所，警察经常和他们发生纠葛。

人们轻蔑地称他们为"青田小贩"。

说实话，我那时对于这些青田的同胞也是蔑视的，觉得他们给中国人"丢脸"，而对于他们离乡背井、长途跋涉、遭受凌辱的苦情却毫无体会，也不想一想是什么缘故使他们走上这条渺茫的不可知的道路。我和徐琥天天谈的是什么，他们天天干的是什么，完全属于两个不同的世界。我有时在路上遇见他们，也不打招呼。如今回想，我蔑视他们是错误的。真正给中国人丢脸的并不是他们，而是那些军阀官僚、洋奴买办。可是有一次在1931年春，徐琥在路上被一个青田同胞截住，这人用不容易听懂的青田话向他说，他的两个同伴被警察拘留了，语言不通，请他帮助。他随即拿出一个名片，说这是在街上遇到的一个中国的旅游者给他的。徐琥接过名片，上边写着六个字"同胞事，请帮忙"，他再看名片上的姓名，是"林语堂"。徐琥于是到了警察局，他不仅勉勉强强地当了一次翻译，再且替被拘留者做了一些解释，同时充当了辩护人。

四　内心的空虚

我的房东有一幢三层的小楼，除自住外把空余的四间租给学生居住。我每月付出的房租包括天天在他家里吃早餐。我早餐时，作为小学教员的房东主人和读中学的小戴都已到学校去了。精明的房东太太在客厅里预备好面包和咖啡。与我同桌的有两个在他们家里租住的大学生，一个是匈牙利人，同情共产党；另一个可能与房东有亲戚关系，戴着花色小帽，一望而知是某一个大学生社团的成员。德国的大学生社团有比较悠久的历史，它们创始于反拿破仑自由战争后的1815年，本来具有爱国主义思想和进取精神，它们反对专制统治，甚至于1819年至1848年被政府禁止活动，后来又渐渐恢复，形成各种性质不同的组织。到了20世纪，大学里的社团种类繁多，有以政治倾向为基础的，有以同乡为基础的，各自用不同的颜色作为社团的标志，但总的说来，大都不再有1815年的革新精神，而带有民族主义的、国家主义的保守色彩了。这个与我同桌的属于某社团的大学生，浑浑噩噩，说不出一句有内容的话来，那个匈牙利人求知欲很强，经常谈到世界大事，也问我中国革命的形势。我们这三个人天天共进早餐，人人的心境不同，眼前的远景也不一样，却能和平相处，好像河水不犯井水。

但是街头上和大学里就完全不一样了。1930年全世界资本主义国家发生历史上最严重的经济危机，德国的经济更为恶化，工厂倒闭，资金外流，失业人口日益增加，以中央党领袖布吕宁为总理的魏玛共和国政府费尽心机，采取种种措施，克服不了这个艰难困苦的局面。纳粹党利用经济危机和民族情绪，大肆蛊惑群众，迅速膨胀起来，同时共产党的力量也增强了。在街上，常常看见共产党的红色战线战士同盟和纳粹党的冲锋队在激烈斗争。有时有右翼党派的学生成群搭伙，把大学旧楼的入口处堵得水泄不通，叫嚣不已。他们向学校当局提出无理的要求，如解聘具有进步思想反对战争的教授、限制犹太族师生的活动等。左派学生也出来据理力争，揭露和批判他们的谬论。但在学生中间也有袖手旁观的"逍遥派"，在两方面争辩得不可开交时，我听到过有一个学生冷笑着向我说："看，德国是多么热闹呀！"

我是外国人，处在旁观的地位，但是听了这句话，不由得起了反感。我想，他作为德国人，在激烈的斗争中，就应该采取这种态度，说这样的风凉话吗？——如今我回想，当时我对中国国内残酷的阶级斗争的态度，跟那个德国学生并没有什么两样，像我前边提到过的我与废名合编的《骆驼草》，其中某些言论与那句风凉话在性质上也没有什么不同。我对那个德国学生起反感，真是只看见别人脸上的斑点，忘记自己身上的疮疤了。

实际上我在海德贝格的时期内，无论是国内或是国际上进步势力和反动势力的斗争都达到火炽阶段，我却仿佛置若罔闻。我只认为，德国社会的动荡不安与我无关，中国人民的水深火热我也无能为力。但是我的内心却感到无限的空虚。20年代，不管我的思想如何幼稚，心境如何狭窄，还是真情实感地歌唱了十年，这时则一句诗也写不出来。当时有的留学生，一到外国便像插上了翅膀一般，神飞色舞，觉得一切学问和幸福便能迎面走来；而我，有如断了线的风筝，上不着天，下不着地，飘浮在空际。我刚到海德贝格时，每星期写一篇短文寄给杨晦在《华北日报》的副刊上发表，总标题为"星期日的黄昏"。仅仅这个标题就可以反映出我每逢星期日无法排遣的心情，但是写着写着，自己也觉得无聊，写了三篇，再也写不下去了。总之，没有真实生活的人是最空虚的人。

我怎样排遣我的空虚呢？

在一部分文科学生中间经常谈论两个著名的诗人：盖欧尔格和里尔克。他们都是在法国象征主义影响下开始写作的，但后来发展的道路各自不同。盖欧尔格一生致力于给诗歌创造严格的形式，把"为艺术而艺术"看作是道德与教育的最高理想，他轻视群众，推崇历史上的伟大人物，认为历史是伟大人物造成的。他从1892年起，创办《艺术之页》，宣传他对艺术以及对政治的主张，达十八年之久。他有一定数量的门徒，形成盖欧尔格派。门徒中最有成就、最有声望的宫多尔夫在海德贝格大学任文学教授。有个别学生是盖欧尔格的崇拜者，态度傲岸，服装与众不同，模仿盖欧尔格严肃的外表。但是宫多尔夫没有盖欧尔格难以接近的外表，他蔼然可亲，主持正义，当右翼学生提出不合理的要求时，他断然拒绝。他这学期讲浪漫派文学，阐释浪漫主义精神很能给人以启发。对于盖欧尔格的诗和他的思想，我觉得生疏难以理解，可是宫多尔夫的著作却能引人入胜。至于里尔克，则与盖欧尔格不同，读他的书信是那样亲切动人，读他的诗是那样耐人吟味，我从他那里重新学到了什么是诗，怎样对待写诗，我在另一篇文章《外来的养分》里较详细地叙述了里尔克对我的影响，这里我不重复了。

我就用读里尔克的书、听宫多尔夫的讲演排遣（而不是填补）我内心的空虚。想不到，宫多尔夫在 1931 年 7 月 12 日突然逝世了。

五　记梁宗岱①

大约在 1931 年 2 月底或 3 月初，一天我正在早餐，来了一个客人，他递给一封介绍信，是柏林一个朋友写的。我读了信，知道他是梁宗岱。梁宗岱这个名字，我那时并不熟悉，只记得在 20 年代前期他出过一本诗集《晚祷》，我没有仔细读过。他打算在海德贝格待两三个月，我首先是陪他去找房子租住。梁宗岱胸怀坦率，在找房子的路上他不住口地对我做了详细的自我介绍。他精通英语、法语，他是法国著名诗人瓦莱里②（他用广东语音把这名字译为梵乐希）的弟子，在 1927 年他就翻译了瓦莱里的名篇《水仙辞》。他能用法语写诗，把王维、陶渊明的诗译成法文，出版了一部豪华本的《陶潜诗选》，瓦莱里给他写了序。他还谈到罗曼·罗兰和纪德，谈到国内的徐志摩，也

---

① 梁宗岱（1903—1983），广东新会人。作家、诗人。
② 瓦莱里（Paul Valéry，1871—1945），法国诗人。

谈到里尔克，他从法文译本转译过里尔克的《罗丹论》。我说，里尔克也翻译过《水仙辞》，是1926年他逝世的那年译的。直到在涅卡河北岸山腰上一家住宅里租到了一间房子后，他的自我介绍才暂告结束。

　　我帮助他把住房安排好了以后，独自走回来，一路上我想，在北平时局限在沉钟社几个朋友的圈子里，自以为懂得文学、献身艺术的只有我们几个，好像我们一辈子就可以这样互相依存地生活下去。我每逢感到孤独寂寞，便自言自语，"北平有我的朋友"，用以自慰。殊不知山外有山，天外有天，能人背后有能人。徐琥的聪明才智已经使我惊讶，如今又遇见梁宗岱，也是才气纵横；一个是鲁迅的学生，一个是瓦莱里的弟子。鲁迅和瓦莱里，一东一西，20世纪前期的这两个伟大人物，他们的切身经历、文艺思想，没有共同之点，但是他们的创作历程，却有些相似。瓦莱里在19世纪90年代中期发表了他早年的诗作后，有过长期的沉默，到了1917年才以《年轻的命运女神》问世，一鸣惊人，此后就不断地写出他那宁静、纯洁、富有透明的理性的诗和散文。鲁迅青年时留学日本，撰写具有革命精神的文艺论文，译介欧洲当代的短篇小说，随后也是经历了将及十年的沉默，直到1918年，发表《狂人日记》，震撼了中国古老的封建社会，从此用他所向披靡的笔锋跟腐朽的、反动的恶势力战斗，永未停息。这两个人的气质完全不同。我在20年代，聆受过鲁迅的教诲，所以与徐琥的友谊有一定的基础。如今接触到以里尔克为代表的西方最纯熟、最精湛的一派诗风，与梁宗岱也不是没有共同的语言。

梁宗岱在海德贝格度过了这里最美好的季节，春天。他在3月21日写完了给徐志摩的一封长信《论诗》。这是一篇全面论诗的散文（我不说是论文），它涉及诗各方面的问题，显示出作者对古今中外的诗歌有较深的修养，并提出自己的见解。他的态度既严格而又宽容，既骄傲而又谦虚，以至诚的心情希望中国新诗能有健康的发展。他在写作过程中，遇到某些问题曾和我商讨，并把我从国内带来的几部线装书如李商隐的诗集、姜夔的《白石道人四种》等借去参考。我很惭愧，我对于诗不像他那样考虑得深远。

他从德语文学里翻译歌德、尼采、里尔克简短的抒情诗，都很成功。但我感到难以卒读的却是他极力称颂的瓦莱里《水仙辞》的译文。一来是原诗的难度大，不容易译，二来是这篇晶莹而清澈的纯诗，译者用了些不适当的华丽辞藻，而且为了押韵，有些词句显得勉强、不自然。我不懂法语，我读里尔克的德译，觉得比读梁宗岱的中译更容易懂些。

我把我1930年在《骆驼草》上发表过的八首诗给他看。他读后很坦率地对我说，这些诗格调不高，他只肯定其中的一首《等待》。他的评语对我发生了影响，后来我编选诗集，从发表在《骆驼草》上的诗里只选了一首《等待》，其他的都没有选入。

抗日战争时期，他在重庆，我在昆明。1941 年，我把我写的几首十四行诗寄给他。他回信仍然是那样坦率，他说，他不同意我用变体写十四行，他自然是严格的"形式主义者"。但是他严格遵守格律写的十四行诗，我读后总觉得语调不够自然，缺乏生气，虽然他论诗的文章写得很深刻，很认真，我从中得到不少的教益和启发。

六　记 F 君和鲍尔

宫多尔夫教授当时享有盛名，有不少学生是慕他的名声来到海德贝格大学的。他的课室里经常挤满了人。在课间休息时我认识了一位 F 君，他不过二十岁左右，是犹太人，很聪明，知识渊博。我从他那里首次知道西方两个著名的论战家：丹麦的基尔克郭尔和奥地利的卡尔·克劳斯①。他尤其钦佩克劳斯独自经营一个刊物《火把》，保卫德语的纯洁，反对报章文字，反对战争。他也常常背诵尼采的警句，他看不起尼采的妹妹，他说她不懂得尼采，只靠着在尼采的庇荫下生活，实际上他对于他所赞颂的人并没有什么研究，只不过是作为一个青年人读到他们犀利的文句、尖锐的讽刺特别感到痛快罢了。有一天下雪，我问他对于雪有什么感想。他似乎不了解东方人对于雪的

---

① 卡尔·克劳斯（Karl Kraus, 1874—1936），奥地利作家。

感情，他回答说："我们家开袜厂，雪后天寒，毛袜的销路会增长。"有一次我三四天没有看见他，见面后我问他这几天为什么没来听课。他说："这几天纳粹党的冲锋队在街上到处横行，我躲在家里没有敢出门。"1931年下半年我在柏林大学又遇见过他，后来纳粹党的势力日益膨胀，我们再也没有见面，他可能流亡到国外去了。

F君从此音信杳然，我却时常怀念他。我从他那里不仅首次知道了基尔克郭尔和克劳斯的名字，还听到了一些有意义的掌故。例如他说："宫多尔夫是一个藏书家，有许多珍本，他曾经在一个旧书店里买到一套连载狄更斯某部小说的杂志，上边有叔本华阅读时的批语。宫多尔夫跟书有难解难分的因缘，他常说，不是他找书，而是书在等着他。"我也一向爱逛旧书店和旧书摊，我听F君这样说，真是不胜神往。

在宫多尔夫的课室里我遇到的另一个同学是维利·鲍尔，我们后来成为很好的朋友。过了五六十年，世界发生了巨大的变化，我们的友谊却没有中断。他是宫多尔夫的崇拜者，直到老年他还自称是宫多尔夫的学生。我认识他时，我已经从小学教员那里迁至（意译为）鸣池街15号楼上的一间房里，距离鲍尔的住处不远，便于来往，很快就彼此熟悉了。鸣池街是通往海德贝格主要的名胜、位置在半山腰于17世纪被法国军队炸毁过的宫殿的必由之路，我们常在那一带地方散步。这时他已经在宫多尔夫指导下写好了博士论文，不久通过博士考试，随后便离开了海德贝格。此后我们不断通信，互相赠送书籍，谈近况，谈读书心得。希特勒攫夺政权后，他因为反对纳粹党专政，到法国、瑞士、意大利各地谋生，抗日战争时期，我曾邀请他来中国在同济大学附设高级中学教德语，学校先后迁移到赣县、昆明，他也跟着学校经受流离的辛苦。后来他回德国去了，由于中国和西德长时期没有外交关系，我们的通信也一度中断。十一届三中全会以后，对外开放，我又得到他的消息。最使我感动的是，我于1982年在慕尼黑与他重逢时，他把我从1931年到1947年写给他的信都保留完整，他允许我带回北京看一看，看完了再还给他。我拿到这些信，感到一种良心的谴责，他给我的信以及其他朋友的信，有的在战乱中失散了，有的在十年浩劫中焚毁了——鲍尔又何尝不是从战乱中过来的呢，却把信保留得这样完整！我给他的第一封信，是在1931年7月12日写的，是宫多尔夫逝世的那一天。信里这样说：

亲爱的朋友：

您会预想到，我收到您从美丽的阿尔卑斯山的来信，我是多么高兴。但是，我的朋友，您不能预想到，我现在是多么悲哀，我自从到海德贝格以来，这样的悲哀我还没有感到过。我一向所想象的，从今天起，都"写在水里"了。几月之久，宫多尔夫以他的讲授鼓舞了我。我衷心敬重他的人格以及他的著作。我是一个寻路的人，并把他看作是我的指路者，但是，他现在怎样了呢？我应该告诉您吗？——不，我不愿意……

您常常向我说，宫多尔夫有过许多计划。我迫切地等待着他关于里尔克的讲演。现在一切都随着他消散了。这对于德国文学是多么大的损失！我忽然觉得，好像海德贝格变得不美了，——下半年我不想待在这里了。

您什么时候回斯图卡特？若是我得到您从斯图卡特的来信，我就去拜访您。

以友好的祝愿

冯　至

鲍尔的父母住在斯图卡特附近的坎史塔特，鲍尔从阿尔卑斯山旅行回来后，我在离开海德贝格去柏林之前曾到他家里去拜访过他。他陪同我参观了一些与席勒、舒巴特①有关的遗迹。

从此我们书信往还很少中断。我们有时也谈到对于盖欧尔格与里尔克的看法。后来我在柏林读到沃尔特斯②写的《盖欧尔格与〈艺术之页〉》，过分推崇盖欧尔格，贬低其他有贡献的诗人。有一次我写信给鲍尔："我觉得，有些盖欧尔格的信徒太

---

① 舒巴特（Franz Schubert，1797—1828），奥地利作曲家。又译舒伯特。
② 沃尔特斯（Friedrich Wolters，1876—1930），德国作家及文学史家。

偏激了。例如沃尔特斯在《盖欧尔格》这部书里说，里尔克'这种不安定的自我暴弃，我们认为对于培养一种更高尚的生活是有害的，我们从来没有被这完全是斯拉夫倾向的灵魂震动所震动'。我想，宫多尔夫就不会这样说。所以我很想知道他对于里尔克的意见。"后来我才听说，宫多尔夫在他逝世前一个多月在埃森做了论里尔克的讲演，给里尔克以与盖欧尔格同等的评价。

1933年4月底我又回到海德贝格。有一次在8月里的一天我访问了宫多尔夫夫人，随后我写信给当时住在巴黎的鲍尔："这是一个偶然的侥幸，我给宫多尔夫夫人通电话，我立即被她很友好地接待了，就在这唯一的一天她在海德贝格。因为她在这天以前还在史特拉斯堡，明天又要到瑞士去。我们谈了许多有趣的事，谈到宫多尔夫丰富的藏书，谈到她拜访过里尔克，谈到她热爱中国的绘画。"这次会面，她赠给我一幅她在瑞士摄制的里尔克的照片。这照片我不曾在任何关于里尔克的书或画册里看到过，后来我把它带回国，在1936年12月份的《新诗》月刊配合纪念里尔克逝世十周年发表了。

宫多尔夫关于里尔克讲演的全文，由他的夫人于1937年在维也纳出版（这时宫多尔夫的书已经不能在纳粹德国印行），装帧精美，鲍尔来中国时赠给我一本，说是作为我们1931年在海德贝格结交、1938年在江西赣县重逢的纪念。

七　山河无恙

1933 年春到 1935 年夏，我又在海德贝格住了两年多。这次重来，山河无恙，人事已非。徐琥、梁宗岱早已回国，久无消息。鲍尔在南欧各地行踪不定。继任宫多尔夫讲座的阿莱文教授，我参加过一个学期他开设的研究班，不久因为他是犹太族被解职了。著名的哲学家雅斯丕斯和艺术史家戈利塞巴赫都有犹太族的妻子，他们还继续讲课，但是心里知道，早晚会有那么一天，不得不离开他们工作多年的处所。（果然，我 1935年回国后，他们都先后被解聘了。）在他们的课室里仍然挤满听讲的学生，可是笼罩着一种不知明天将要怎样的不安气氛。学校里再也没有左右两派学生的斗争，只看见身穿冲锋队、党卫队服装的纳粹学生横冲直闯，也有一部分学生噤若寒蝉，有的敢跟比较要好的外国同学说几句不满或讽刺的话。一向受人称赞的存在主义哲学家海德格尔[①]和表现派诗人贝恩[②]也大声疾呼地颂扬那个既没有哲学也没有诗的"领袖"，使人惶惑不解。（半个世纪以后，有一回，偶然和一位德国朋友谈起这两个人，他不无惋惜地说，这是他们传记里黑色的一章。）有时大学前的

---

① 海德格尔（Martin Heidegger，1889—1976），德国哲学家，受法国存在主义哲学家萨特影响甚深。
② 贝恩（Gottfried Benn，1886—1956），德国诗人。

广场上点起熊熊烈火，眼看着亨利希·曼①、托玛斯·曼②、史推芳·茨威格③等人的书一本本地被投入火焰。前边提到的我在8月里的一天访问了宫多尔夫夫人，可以说是一个消逝了的时代的回光返照。

我这时做些什么呢？我只有读我愿意读的书，听我愿意听的课。为了将来回国有个交代，找一位思想比较开明的教授，在他的指导下写博士论文。这教授姓布克，徐琥曾署名徐梵澄在《星花旧影》一文中说他给鲁迅写信谈到布克，说布克"思想比较开明，在美国讲过学，已秃顶了，上课照例不带讲稿。有一趟我告诉他易卜生的剧本，在中国多有翻译了，他听了很高兴。次日在课堂讲世界文学思潮传播之迅速，在东方的日本、中国、南洋各地，思想之传播多是先于作品的翻译云云。他时常引据狄尔泰的《体验与诗》及勃兰兑斯的《19世纪文学主潮》，算是相当进步了，却未尝根据唯物史观立论"（见《鲁迅资料研究》第十一辑，152页）。

我仍然住在1931年住过的鸣池街15号。房东兴德勒夫人的丈夫已逝世多年，有一儿一女，儿子约二十五六岁，女儿二十岁左右。她的丈夫可能曾经是某工厂或某公司的经理，人们

---

① 亨利希·曼（Heinrich Mann，1870—1950），德国小说家。

② 托玛斯·曼（Thomas Mann，1875—1955），德国小说家、散文家。

③ 史推芳·茨威格（Stefan Zweig，1881—1942），奥地利作家，又译斯特凡·茨韦格。

都称呼她经理太太。这个人家非常清静，与世无争，女儿天天出去上班，儿子似乎从小就娇生惯养，终日自由自在，无所事事。在这里住着，更是与现实隔离，与时代脱节。有时也和个别的德国同学以及学医、学法律的中国同学交往，可是再也不能像和徐琥、梁宗岱、鲍尔那样畅谈文学艺术、交流思想了。这时我要感谢姚可崑，她在海德贝格学哲学、文学，我们共同享受着、分担着这里的寂寞。我们不知有过多少次在我住室的凉台上望着晨雾慢慢散开，望着落日缓缓西沉，也难忘在涅卡河畔、在鲜花盛开的果树林里没有止境、没有终点的散步。我们也百无聊赖地联句拼凑打油诗，记得有一首七律，为首的两句是"他年重话旧游时，难忘春城花满枝"。

八 三次的旧地重游

四十四年后，我又有三次重来海德贝格。这三次是在 1979 年、1982 年、1987 年，正巧都是 6 月。

第一次，我参加中国社会科学院代表团访问联邦德国。6 月 20 日我们从图平根乘汽车出发，驶过涅卡葛闵特，沿着涅卡河畔走入海德贝格，首先的印象跟四十四年前一样，仍然是山河无恙，而且街道两旁也没有什么变化。在战争时，德国许多城市一度成为废墟，海德贝格却没有遭受轰炸，保持完好。下午四时半，到达海德贝格西郊新建的欧罗大旅馆，没想到，旅馆的大厅里有九个台湾留学生在等候我们，其中有四人是从法兰克福赶来的，他们显示出想和大陆同胞见面的迫切心情。他们有的学政治、经济、社会学，有的学哲学、文学，却没有人是学理科或医科的。我也为了首次遇见在台湾成长起来的青年感到高兴。略做交谈后，他们跟我们一起到了大学广场，我重新瞻仰了大学的旧楼、新楼，外表也是和四十四年前没有两样。新楼于1931年落成时，宫多尔夫为此提的铭语"献给生动的精神"仍然完整地镶刻在楼正面雅典娜女神雕像的上边。到了哲学研究室门前，哲学系主任亨利希正在门外准备回家，见我们来了，立即转身回来，热情招待我们参观室内的藏书。随后一部分台湾同学特意陪同我一个人走上山坡，访我在鸣池街的旧居。门牌的号数没有改变仍旧是15号。旧日房东的女儿已经不是兴德勒小姐，而是满头华发的邵尔夫人了。她说，遗憾的是她的哥哥在十天前死去了，她热情地请我到屋里坐一坐，由于时间不够，我感谢她的好意，在房门前与她合影留念便辞去了。

第二天，我访问了日尔曼学研究室、东方美术研究室和大学图书馆后，在保留着文艺复兴建筑风格的骑士饭店午餐，与哲学家兼文艺评论家噶达迈尔会晤。噶达迈尔曾继任雅斯丕斯讲座，现已退休。他跟我谈了些文艺问题。他认为盖欧尔格、里尔克、霍夫曼斯塔尔①是20世纪德语文学中最杰出的诗人，

---

① 霍夫曼斯塔尔（Hugo von Hofmannsthal，1874—1929），奥地利诗人。

在当代诗人中，他推崇采岚①，他写过一本书阐释采岚的诗，题为《我是谁和你是谁?》。他还说，人们对于 19 世纪的诗风感到厌烦，要用新的创作方法，表达现代人的思想感情。

三年后，1982 年，又是 6 月，我第二次到海德贝格。因为从 1 日至 4 日参加"歌德与中国——中国与歌德"国际学术讨论会，无暇外出，5 日是星期六，在德国等于是星期日，我得暇在大街小巷温习温习往日熟悉的地方。60 年代至 70 年代，学生运动在海德贝格最活跃，至今墙壁上还残存着油墨写的标语。也看到一些想不到的新奇景象：街旁有青年人三五成群，横躺竖卧地弹着吉他唱歌，颇有 19 世纪初期浪漫派的情调；又有成群印度教黑山派的信仰者披着黄袈裟，且歌且舞，在街心走过。这些人好像在"逆反"科学技术高度发展的现代文明。还有男女学生在大学广场上骑着自行车游行，他们要求海德贝格减少汽车行驶，代之以自行车，这不禁使我想起三年前噶达迈尔向我说的一句话，"从前人们信仰上帝，如今汽车主宰人"。

五年后，1987 年，也是 6 月，我第三次到海德贝格，姚可崑与我同来。6 月上旬，正当基督教圣灵降临节前后的几天，海德贝格大学的历史学家拉甫教授驾驶汽车引导我们游览许多地方，有的是旧地重游，有的从前没有去过。一天上午，重访鸣池街 15 号的旧居，不料人去楼空，房已易主。新的房主人刚

---

① 采岚 (Paul Celan, 1920—1970)，奥地利诗人，又译策兰。

把这所房子买下，还没有迁入，正在修缮，他告诉我，邵尔夫人已逝世。他允许我们走上楼看一看我从前住过的房间，我们穿过房间到凉台上伫立了许久，舍不得立即走去。眺望西方的远景，当年是一片田园风光，如今有更多的高楼耸立了。这中间，五十多年的寒暑从我们身边过去了，——确切地说，在这全世界发生巨大变化的半个多世纪内，不是寒暑从我们身边走过，而是我们穿行了五十多年的严寒和酷暑，当然，这中间也有过风和日暖的春秋佳日。我常常嘲笑过去，说那时是多么幼稚！可是在继续不断变化的新形势下，我又成熟了多少呢？我很怀疑。

1987 年 8 月　初稿

1988 年 3 月　誊抄

"但开风气不为师"

—— 记我在北大受到的教育

我于 1921 年至 1927 年在北京大学过了六年的学生生活，又从 1946 年到 1964 年在北大过了十八年的教员生活，若是把在昆明西南联合大学七年的教学也算在内，则共二十五年，因为在组成西南联大的清华、南开、北大三校中，我是属于北大编制的。论时间，我做教员的时期比当学生的时期多三倍甚至四倍；论地点，当年在闹市中不相连接的北大一院、二院、三院，更不能与盛称湖光塔影、饶有园林之美的如今的北大相比。但我经常怀念的是在简陋的校舍里学习的那六年。因为那时，在北大独特的风格与民主气氛的熏陶下，我的思想渐渐有了雏形，并且从那里起始了我一生所走的道路。雏形也许是不健全的，道路也许是错误的，但我却从来没有后悔过，只要提起北大的彼时彼地，便好像感到一种回味无穷的"乡愁"。

人们常说，北大有光荣的历史，实际上北大早期的历史（即京师大学堂时与改称北京大学后的初期）并不光荣，而是很腐败的。学校里不知学术为何物，学生到这里来只为取得将来做官的资格。当时北京前门外的酒楼妓院盛传它们主要的顾客多来自"两院一堂","两院"是参议院、众议院,"一堂"是社会上还沿用"大学堂"名称的北京大学,其腐败的情况可想而知了。至于北大发生质变,成为五四运动的发源地,成为新文化运动的先驱,则是从1917年蔡元培来北大任校长起始的。读蔡元培晚年写的《我在北京大学的经历》和《我在教育界的经验》二文,便会知道,蔡元培是怎样以坚决的气魄按照自己的教育理想,改造北京大学的。他来到北大,一步也不放松,采取一系列对症下药的措施进行改革,北大也日新月异,逐渐显示出新的风貌。蔡元培的为人则蔼然可亲,从容不迫,从来不表现他有什么赫赫之功。他延聘的教师,有的革新,有的守旧,有的反对旧礼教,有的维护儒家正统,只要他们言之成理,持之有故,都听凭他们在课堂上讲授,何去何从,让学生判断,自由选择。不同主张的教师们尽管争辩得不可开交,甚至水火不能相容,可是对于蔡元培,都是尊敬的。作为一个校长,这是一种多么感人的力量!所以不到两三年,北大便从一个培养官僚的腐朽机构一变而为全国许多进步青年仰望的学府。我并不怎么进步,却也怀着仰望的心情走进北大的校门。

我不记得胡适在什么地方引用过龚自珍《己亥杂诗》里的一句诗"但开风气不为师",表示他自己的主张,但在某种意义上这句诗也可以看作是当时北大的校风。龚自珍写《己亥杂诗》时,正当鸦片战争的前夕。他看到国是日非,读书人只一味地学讲师承,文宗流派,这都无益于国计民生,更重要的是唤人觉醒，打破万马齐喑的局面。辛亥革命后的六七年内，跟龚自珍的时期有些相似。反动的封建势力步步不肯退让，接连不断地演出袁世凯称帝、张勋复辟的丑剧。人们的思想窒息，生活麻木，在阴暗而闭塞的屋子里，迫切需要打开窗子放进新鲜的空气。北京大学的变革对当时的中国社会的确起了开风气的作用。

我刚到北大时，首先感到惊讶的是，我一向对《新青年》《新潮》《少年中国》等著名刊物的撰稿者都很钦佩，如今其中有不少人名列在北大教师的队伍中。我顿时觉得北大真是气象万千，别有天地，从此可以亲聆那些人的教诲了。但事实并不是我想象的那样。日子久了，我很少看到一个教授或讲师对学生耳提面命，更没有听到过有什么学生程门立雪，表示求教的虔诚。我个人在北大六年，也从来不曾想过，认谁为业师，更谈不上我是谁的及门弟子。那么，我所得到的一知半解都是从哪里来的呢？回答说，是北大开放了的风气给我的。

我说一知半解，不是自谦之词，因为我北大毕业时，回顾自己的学业，并没有掌握了什么万能的治学方法，占有多少研究资料，只不过在课堂内或课堂外，关于怎样做人，怎样作文得到过一些启发，而做人与作文又不是能够截然分开的。

蔡元培认为大学里应培养通才，学文史哲与社会科学的要有自然科学知识，学自然科学的要有文史知识，这样不至于囿于一隅。当时北大的预科分文理两部，课程就是根据这个精神安排的。后来我入本科德文系，同时也选修国文系的课程，得以中西比较，互相参照。蔡元培提倡美育，在学校里建立画法研究会、书法研究会、音乐会，我有时听音乐演奏，参观书画展览，开拓了眼界。懂得一点艺术，接受一点审美教育，对于学习文学是有所裨益的。

我是德文系学生，在那里主要是学德语和德语文学知识。在思想上给我影响较多的是国文系的教师，鲁迅在北大国文系，每星期只上一节课，讲"中国小说史"。后来利用这一节的时间讲他翻译的厨川白村的《苦闷的象征》。关于鲁迅上课时的盛况，以及我从中得到的启发和教益，我在《笑谈虎尾记犹新》和《鲁迅与沉钟社》两篇回忆文章里有较详细的记载，不再重复了。但是我不能不从中抄录一句："他讲课时，态度冷静而又充满热情，语言朴素而又娓娓动听，无论是评论历史，或是分析社会，都能入木三分，他的言论是当时在旁的地方难以听到的。"我还记得鲁迅讲《苦闷的象征》，讲到莫泊桑的小说《项链》时，他用沉重的声调读小说里重要的段落，不加任何评语，全教室屏息无声，等读到那条失去的项链是假项链时，我好像是在阴云密布的寂静中忽然听到一声惊雷。

我喜欢诗，常去听讲诗的课。沈尹默擅长书法，也是诗人，我听他讲唐诗，他有时离开唐诗本文，谈他个人写诗的体验。有一次他谈青年时写诗，很像辛稼轩一首《采桑子》里所说的"爱上层楼，为赋新词强说愁"，并不知道愁是什么滋味。我听了这话，不禁反思，我曾在晚秋时跑到陶然亭，春雨中登上动物园的畅观楼，寻词觅句，说愁诉苦，我又何尝懂得人世间真正的愁苦！想到这里，我对于我本来就很幼稚的诗产生了怀疑。我也听过黄晦闻讲汉魏乐府和六朝诗。黄晦闻是反对新文学的，但他治学严谨，为人耿介，他在他的《阮步兵咏怀诗注》的"自叙"里说："余职在说诗，欲使学者由诗以明志而理其性情。"一天上课，讲到鲍照的《代放歌行》，这诗为首的两句"蓼虫避葵堇，习苦不言非"，我不记得他是怎样讲解的了，我那时却很受感动。尽管有的注释家说蓼虫指的是小人，不理解旷士的"甜味"，我则宁愿为了自己所要做的工作，像渺小的蓼虫那样，不品尝人间的"葵堇"，去过清苦的生活。

我读大学的时期，军阀混战连年不断，北京时而死气沉沉，时而群魔乱舞，可是北大所在的沙滩、北河沿一带，则朝气蓬勃，另是一番景象。尤其是 1924 年至 1926 年，《语丝》《现代评论》《猛进》等周刊相继问世，极一时之盛。每逢星期日早晨起来，便听见报童们在街上奔跑叫卖，花两三个铜板买来一份周刊，就能很有心得地度过一个上午。因为这些小型刊物的撰稿人主要是北大的教师和个别学生，他们通过这些刊物跟读者见面，无拘无束发表各种各样的意见和感想，生动活泼，读起来很亲切。其中不少文章，提倡改革，无所忌惮地批评中国的社会和国民性。周作人介绍英国蔼理斯《性的心理研究》，分析道学家们的肮脏心理。鲁迅对现代评论派的斗争揭开了"正人君子"的本来面目。我从正反两面读这些刊物，进一步体会着道貌岸然的道德家与装腔作势的学者往往是靠不住的人物。可以说，不只是在教室内，更重要的是在教室外，构成了我思想的雏形，培育了我做人的态度和作文的风格。

除个别教师外，我很少听了某教师的课以后还登门请教。至于蔡元培，我在北大学习的六年内，他长期在国外，只有一年零四个月在校办事，其余的时间都由蒋梦麟代行校长职务。我一个普通学生和他更无缘相见，可是我无形中从他那里得到的感召和教益，如前所述，是终生难忘的。

另一方面，我在北大结识了几个朋友，我们志趣相投，哀乐与共，互相砥砺，交流读书心得，共同创办了一个文艺刊物《沉钟》。这刊物在当时热闹的文坛上默默无闻，却得到讲授"文学概论"的张凤举的支持，受到鲁迅的称赞。我从事文学工作，可以说是从这里起步的。近来阅读鲁迅的《华盖集》，在一篇题为《导师》的短文中有这样一段话："青年又何需寻那挂着金字招牌的导师呢？不如寻朋友，联合起来，同向着似乎可以生存的方向走。"回想那时我们朋友之间的情况，跟鲁迅的教导是相符合的。

限于字数，这里可以结束了。关于我的教师生活，不属于这篇文的范围，但我也想附带着说两句话。在我当教员超过四分之一世纪的时期内，我常常想到孟轲说过"人之患在好为人师"。这句话见于《孟子·离娄章句上》，与上下文毫无联系，不知孟轲为什么冒出来那么一句。后来在《尽心章句下》里又读到"贤者以其昭昭使人昭昭，今以其昏昏使人昭昭"，才恍然大悟，这句话正好是那句话的说明。因此我也告诫自己，我自知赶不上贤者的昭昭，但也不要强不知以为知，"以其昏昏使人昭昭"。

写于 1988 年 1 月 11 日

时为蔡元培诞生 120 周年纪念日

读魏斯科普夫^①的小说《诱惑》

　　我读的小说不多，在读过的小说中大致可以分为两类。一类是小说里的背景和人物都比较熟悉，像是亲身经历过的一般；另一类则引人走入另外一个世界，那里活动的人和事都很陌生，甚至难以理解。前者如旧地重游，故友重逢，越读越亲切；后者的内容往往是过去想也没有想过，梦也没有梦过，需要经过一番努力才能有所领悟，因而也就开拓了自己的眼界。这两类小说我不能说孰优孰劣，只要写得好，它们对于我同样是有益的。魏斯科普夫的小说《诱惑》（又名《莉茜》）属于前者的一类。不只是小说的内容，就是小说的作者，也唤起我不少往日的回忆。现在这部小说有了中文译本，我愿把我想到的一些事写在下边。

　　新中国成立后不久，魏斯科普夫作为捷克斯洛伐克的驻华大使来到北京。大约在1950年下半年，我听人说，这位大使是个作家，用德语写作。同声相应，同气相求，他很快就跟中国

---

① 魏斯科普夫（Franz Carl Weiskopf，1900—1955），［前］捷克斯洛伐克德语作家。

的作家有了接触。在接触中间，他知道我懂得一点德语文学，便起始和我有了文学上的交往，他把他的作品赠给我，我也曾把他的一篇短篇小说《远方的歌声》译成中文。后来他调离了捷克大使的职位，1952年入人民主德国国籍，更是接连不断地给我寄来他写的小说、轶事、游记、诗歌翻译，以及他和另一位作家共同主编的文学杂志《新德意志文学》。他于1955年逝世，他的夫人还把他逝世后出版的一本论文集《保卫德语》寄给我作为纪念。在他赠给我的书中，《诱惑》是我最喜欢读的一部。因为这部小说的故事发生的地点是柏林，时间是从1931年底到1933年初，我也正是那时期在柏林学习。

从1929年到1933年，西方资本主义国家发生过一次最长久、最广泛、破坏最严重的经济危机。德国在经济危机的冲击下，许多工厂停工，商店歇业，职工被大量解雇，失业人口从1930年2月的三百五十万增长为1931年12月的六百万，约占全国人口的十分之一。这中间，本来在一般人心目中没有什么地位的民族社会主义工人党（简称纳粹党）忽然膨胀起来，1930年9月国会选举它从原来的十二席位上升为一百零七席位，成为议会中的第二大党。纳粹党这种突然的"兴起"，当时许多人（尤其是外国人）都感到惊奇。因为纳粹党提出的那些纲领，若用理性来衡量，用逻辑来论断，确是荒谬绝伦，不会成什么气候。它的首领希特勒写的《我的奋斗》，宣扬野蛮的法西斯主义，更是杂乱无章，一片狂言呓语。可是这样一个党竟在产生过康德、歌德、马克思的国家内很快地便攫夺了政权，实行独裁统治，希特勒被看成一个民族的"救世主"。虽然所谓第三帝国猖獗了十二年便随着战争的失败而覆灭，但它极盛之时，在德国也的确曾经广泛地眩晕人的耳目，迷惑人的思维，使全欧洲的人民蒙受了重大的灾难。关于纳粹党，尤其是它兴起的原因，有过不少人从不同的角度进行研究，我不是史学家，不是社会学、人类学的学者，但我那时在德国由于耳闻目睹，以及和个别人的交谈，对此也仿佛有些一知半解。我的一知半解在魏斯科普夫的这部小说里得到了证实、纠正和补充。

我那时在德国作为一个阅世不深的留学生，接触的范围很狭窄。在狭窄的范围内我遇到过像卡格尔和马克斯·弗兰克那样的青年，他们聪明、坦率，有理想，有抱负，好像席勒、荷尔德林的血液还在他们身内循环。他们面对时艰，要改变现状，准备着为祖国、为民族、为人类贡献自己的一切。他们往往从类似的愿望出发，却各自走上不同的、甚至相反的道路。卡格尔不愿生活在腐化堕落的世界里，脱离资产阶级家庭，决心摆脱金钱的奴役，他认为渴望自由是德意志民族千百年来的遗产。但是他被纳粹党的名称迷惑住了，既是"民族"，又是"社会主义工人"，他投入了这个实际上是种族主义和法西斯主义的政党。在他参加游行队伍不肯听从指挥去向共产党挑衅时，被他的同党在他身后用手枪打死了。生长在红色维丁区的马克斯·弗兰克始终坚持共产主义理想，为无产阶级事业奋斗，他失业，遭受反动派的迫害和袭击，甚至无地容身，胜利的信心他却从来没有动摇过，他从暂时的失败中汲取教训，自信会变得更坚强、更聪明、更能干，最后他把党的接头暗号悄悄地告诉了莉茜，希望之光引导他向着远方走去。卡格尔和马克斯·弗兰克走着两条迥然不同的道路，在小说里的结局更不一样，但是当莉茜听到卡格尔天真而又坦率的议论后，她觉得，"他身上的一些气质跟马克斯颇为相似"。

我也遇到过像莉茜的父亲施罗德和与莉茜同住在一栋楼房里的犹太医生丹齐格尔那样循规蹈矩的人物，他们在第一次欧战前培育成的思想意识早已应付不了当前的局面。丹齐格尔是犹太人，本来就属于应被"消灭"的种族，更何况他知道了枪杀卡格尔的内情，当莉茜暗示他将有大祸临头时，他满怀信心地说，他没有任何不好的行为，而且"是生活在一个具有正常秩序和法制的国家里"。不料第二天窗子刚蒙蒙发亮，他就被冲锋队抓走了，再也没有回来。施罗德是工会工作者，他曾经认为革命是一种"罪孽"，千方百计要保持"和平"。他爱惜他在战场上立功获得的勋章，他把工会只看作是他的礼拜堂，但他也逃脱不了被抄家搜查的灾难。现实教训了他，他明白过来，认识到自己的、也就是他所代表的工会的过错，他说："我们干吗也是这样愚蠢的忍耐！……只是一个劲儿地退却。……即或别人不把这民主游戏的规则当作一回事，还总是认真地遵守着……现在对于每个错误、对于每个缺点要付出代价啦。用鲜血、用眼泪来付。代价是破天荒的昂贵啊!"这段沉痛的、"悔之晚矣"的话很能代表当时一部分沉醉于民主自由、迷信法律的人们忽然醒悟了的心境。

我初到德国时,正是议会选举纳粹党取得出人意料的胜利后不久,我常听人说,纳粹党不过是得意一时,德国人是有理智的,不能容许他们胡作非为,他们最后会自蹈灭亡。一个共产党员向我说过:"指导我们行动的理论是《共产党宣言》,而他们呢,是《我的奋斗》,你看,这两本书能够相提并论吗?他们最后会失败的。"这些话不能说不正确,但是对纳粹党的估计是错误的。等到纳粹党声势日益壮大,希特勒当上国家总理时,又有一些善良的人说,别看纳粹党这样残暴,他们如今掌握了政权,面对现实,他们的政策会渐渐缓和下来。这又是错误的估计。纳粹党一点也没有缓和下来,只是变本加厉,更为残暴。这样看,纳粹党的"兴起"和夺权完全超出了那些聪明人、理智人估计的常轨,纳粹党人成为一群怪物了。

这些怪物一点也不怪,他们善于运用聪明人、理智人从来不会运用的手法。在《诱惑》里可以读到,经济危机日益严重,广大的职工人人感到失业的威胁,由于走投无路而自杀的事件层出不穷,政府又软弱无力,没法解决当前错综复杂的问题。纳粹党却把问题简单化,编造出反科学的"理论",宣扬种族主义,说德国这样穷困都是犹太人造成的,犹太人操纵着经济的命脉,占领着文化阵地,玷污了民族的血统,甚至说共产党背后隐藏的也是犹太人。若使民族复兴，国家富强，首先要赶走、消灭犹太人。他们许下诺言，只要犹太人从德国的土地上消除净尽，就不会再有失业，女人也容易找到丈夫。他们专门说谎，大者如国会纵火，小者如枪杀卡格尔，都说是共产党干的。他们目无法律和公理，冲锋队的骨干卡切米尔契克说："对德国有利的就是法律！……为了德国而干的事情就是好，任何手段都是正当的！"他口中的"德国"就是纳粹党。他们举行讲演大会，布置旌旗招展的军事场面，希特勒抓住并利用集体下意识，发表他那充满仇恨的讲演。小说第十三章第二节对这类大会作了绘声绘色的叙述，使人觉得讲演越是强词夺理，越是语无伦次，越是歇斯底里，也就越有诱惑力，"每个人的神情动作都像着了魔一样"。纳粹党就用这些违背常情的手法诱惑着感到"目前这种情况再也不能长此下去了"的群众。于是有千千万万弗罗迈尔那样的人披上褐色的、黑色的制服走入冲锋队、党卫队的队伍。弗罗迈尔在旅行社里工作，本来只想做个安分守己的小职员，有一个漂亮的妻子，生个孩子，平平淡淡地过日子。想不到被解雇，谋求职业，到处碰壁，每逢受到社会上的冷遇走投无路时，脑子里便闪出这样的思想，他的不幸也许是犹太人造成的。后来由于卡切米尔契克的援引，穿上冲锋队的服装，不久便迁入新居，生活舒适，受到人们的赞赏，忽然自己也觉得成为"一个有本事的人"、"一个不同一般的人"了。

和自甘堕落的弗罗迈尔相反的，是他的妻子莉茜。莉茜是施罗德的女儿，在红色的维丁区长大，养成朴素善良的性格，也和一般略有姿色的少女一样，不免有时在男女关系上逢场作戏，最后和比她地位较高的弗罗迈尔结婚，满足于小市民的生活。但是好景不长，丈夫失业，她到处为他奔走，虽然受尽苦辛，却也认为是理所当然。等到丈夫一帆风顺，生活富裕了，物质上得到满足，但是，她对弗罗迈尔的所作所为，越看越不顺眼，担受着难以忍受的寂寞和孤独。她看她眼前的一切，好像是通过望远镜，"相距是这样的近，而在感觉上又隔得这么远"。最后她从马克斯那里接受了与共产党接头的暗号，她深深感到她"并没有被抛弃"。

在 30 年代后期，托玛斯·曼在一封写给他的女儿和儿子的信里说："自由是一种比暴力更复杂、更棘手的事物，在暴力下生活比在自由里生活要简单些；我们德国的知识界不善于使用自由，政治上很幼稚，没有经验。"年老的女作家利卡达·胡赫也说："自由不是享受，它是一个任务。它不赠予，它要求，若不是服从与忍受比自由更容易些，世界上就不会有这么多的暴君。"这两段话很能说明，当时大多数的德国人为什么甘心情愿在法西斯的暴力下生活，而抵抗的力量一再遭受挫折。虽然如此，这部小说里还是让人看到马克斯经受了千辛万苦，莉茜经过严峻的内心斗争，找到了走向自由的道路。

魏斯科普夫在 1953 年为《诱惑》写的"后记"里说："在其首次发表时，它还是一部当代小说，如今——十五年后——

它已成为一部历史小说。"如今又过了三十五年，这部小说并没有随着岁月的流逝而失去它作为历史小说的现实意义。

1988 年 2 月 26 日